修羅の爪

峰 隆一郎

学研M文庫

目次

修羅の爪

一章　女の血

一

浮田孫十郎は、加代の体を仰向けにさせ、肌着の衿《えり》を開いた。そこにみごとな二つの乳房があらわになった。

重たげな乳房である。その重さのゆえに、二つの豊かな膨らみは、わずかに外側に崩れをみせていた。男の手に余る乳房である。そのいただきに鮮紅色の乳輪と乳首がのっていた。乳輪はいくぶん広く、乳首は丸くとがって見えた。根元はくびれを見せていた。乳輪には小さな粒々が、とりまいている。

孫十郎の手が触れると、乳房がゆたゆたと揺れた。下からすくいあげるようにして乳房を掴《つか》んでみた。乳房が形を変え、指がめり込む。だが、その指をはじき返そうとする弾力が感じられた。

加代は、うめいて体をよじった。眸《め》は堅く閉じられ、まつ毛がおびえたように震えているのを見た。

孫十郎は、女の白い肌を改めて見直した。白くてなめらかな肌である。同じ白さにもいろいろあるが、乳の白さといっていいだろう。もし、加代が乳首から乳をにじませるとすれば、滴った乳は、肌の色にとけてしまうだろう。

かれは、これまでに、女の肌に飢えているわけではなかった。適当に女を手に入れる機会はあった。だが、そのほとんどは岡場所《おかばしょ》の女たちだった。貯えられた精汁を注ぎ込むには、そんな女で足りたのだ。男たちの手垢《てあか》に汚れ、鮫肌《さめはだ》といわれるほど荒れた肌であっても、女であることには、変わりはなかった。

その岡場所の女たちに比べると、加代の体は、あまりにも高貴にすぎた。おのれが抱くには、もったいない女に思えさえした。かつて孫十郎は、これほどの女を抱いたことがない。浪人暮らしも十二年になる。

かれは、下帯の中でおのれが膨れ上がり、苦しげに脈打っているのを覚えた。しきりに女の体を求めている。だが、おのれの欲情のおもむくまま行動するほど若くはない。おのれをなだめるすべも知っていた。

乳房を揉《も》みしだきながら、指の間から紅い乳首をのぞかせた。そして指の股《また》で締めつけながら、乳首の頂きに舌を這《は》わせた。なんどか舐《な》め回しておいて、それを口にくわえる。舌で乳首を押した。乳首は首をかしげ、舌が離れると躍り上がる。乳首はすでにとがりしこって、ぴんと立っている。その乳首のくびれを唇で挟みつけ引っぱる。乳首が唇から離れると、弾ねてもとにもどる。それを何度かくり返した。

加代が低く呻《うめ》きをあげて体をよじった。唾液《だえき》にまみれた乳首は、半透明に鮮やかさをまして見えた。更に舌は乳輪をなぞるように這い回る。

孫十郎は、乳首をくわえたまま、襦袢《じゆばん》と腰巻の紐《ひも》を解き、左右にはねた。そこに女の肌のほとんどがあらわになった。

「浮田さま」

加代が細い声を洩《も》らした。

行燈《あんどん》の灯りが、白い肌を浮き上がらせる。かれは、乳首を口から放さず、白い起伏を眺めた。視界に小さな黒い森があった。こんもりと盛り上がっている。量はそれほど多くなさそうだが、よく縮れ、黒々として艶《つや》があった。

かれは、その森を掌で包み込んだ。掌にすっぽりと包み込まれる量である。その手をはざまに滑り込ませようとすると、腿《もも》がゆっくり開いていって、そこに隙間《すきま》をつくる。

同じ掌がはざまを包み込む。そこは、ふっくらと膨らんでいて弾みがあった。掌を揺さぶってみると、その手にぬるりとしたものがからみついてきた。すでに深い切れ込みに露をためているものと見えた。

孫十郎は、加代の美しい顔に、もう一つの女の顔を重ねて見ていた。女の顔は美しいが若い。まだ稚《おさな》いおもかげを残していた。十二年前の、妻伊志だった。伊志は生きていればこの加代と同じほどの年頃《としごろ》だろう。

あるいは、加代はまだ三十前なのかもしれない。名を聞いただけで、齢はまだ聞いていなかった。

加代が、ひときわ高い声をあげた。伊志を思い出したのは久しぶりだった。少なくとも四、五年は思い出さなかったと思う。加代ほどの美しい女にめぐり会うことがなかったからだろう。

かれは、加代のはざまを包み込んだ掌の中指だけを折り曲げ、深い切れ込みの中に没していた。指を折り曲げたまま、掌をすりあげる。指は切れ長の溝をなぞっていた。そして指先が、小さな突起をとらえていた。

女体が、ひくっ、と揺れた。

「浮田さま」

加代は甘い声をあげると、体をよじり、男の下帯に手をのばしてきた。引っぱって下帯をゆるめると、それをわきに押しやり、そこに屹立《きつりつ》するものを手にした。

握る手に力を加えながら、加代は重い溜息《ためいき》をもらした。男の肌に接するのは、三カ月ぶりとか聞いた。

孫十郎の指は、二指を揃《そろ》えて、熱い沼の中に没入していた。指を根元までつくすと、加代は声をあげて、かれのほうに向き直った。そして、厚い胸に頰《ほお》をすり寄せた。すり寄せながら、唇は男の小さな乳首をとらえた。

「せつのうございます」

二指は体の中で、交叉《こうさ》し、そして抉《えぐ》っていた。男の指が動きやすいように、上になった脚は膝《ひざ》で折り立てられ、そこに空間をつくっていた。

かれは、下になった腕を加代の首下から通して背中を抱き寄せた。そのために乳房は胸の間に挟まれ、押しつけられてその形を変える。呻きながら加代が体を揺する。それだけ乳房は男の胸で揉みしだかれることになる。

加代は男の怒張したものを手にして、その手に力を加えたりゆるめたりしている。握ってはみたものの、それをどうあつかっていいものやら、困り果てているような動きだった。

「浮田さま、とにかく、これを、とにかく」

そう言いながら引っぱった。とにかく熱くたぎっている所へ埋めて欲しいのだ。孫十郎も、とにかくという気持ちになっていた。

体を起こし、女を仰臥《ぎようが》させて、腿を開かせてその間に体を割り込ませる。すると加代は、手にあるものを、おのれのはざまに誘い、尻《しり》を浮かせた。双方から歩み寄って、はざまが重なり合い、草むらがこすれ合った。

女の両手がかれの尻を引き寄せ、尻を浮かして、腰が揺れる。声がほとばしり、汗がぬめって、肌と肌の間で音をたてた。孫十郎は、そこにおのれを押しつけているだけでよかった。女が尻を振り回し、勝手におのれの悦びを昂《たか》めていくのだ。孫十郎は女の尻に両手を当てて引き寄せた。

やや冷ややかで柔らかい尻である。その尻が手の中で躍動する。かれは柔らかいものに包み込まれたおのれが、間断なく締めつけられ、そして奥のあたりが膨らみ、おのれを押し出そうとするかのような感触をおぼえていた。

女が、ひときわ高い声をあげ、全身を震わせた。気をやったとみえた。だがそれで終わったわけではない。そり返った体をすとんと、敷布の上に落とし、しばらくたって、再びその尻をもち上げ、

「またです、またでございます」

とぬれた声をあげた。

加代は、宿の浴衣を着て、部屋を出ていった。孫十郎は、汗にまみれて、窓辺に立った。素っ裸のままである。窓の障子は開け放たれていた。

「久しぶりに美味であった」

つぶやいて、含み笑いをもらした。

宿屋の二階である。江戸の町屋が見渡せた。まだ灯りのある家もあるが、ほとんどは、黒々とした屋根を見せていた。孫十郎は、目の下の屋根瓦《がわら》を見た。屋根伝いに隣家に渡れる。

孫十郎は、この部屋に入ったとき、窓を開けて逃走路を確かめておいた。これがこの男の習慣になっているのだ。

やがて、加代が水たらいを運んで来た。たらいを布団のそばに置くと、水で手拭《てぬぐ》いを絞り、孫十郎の首すじから肩、背中を拭いはじめた。

尻から脚を拭い終えると、加代は、布団に横になってくれるよう頼んだ。かれが仰臥すると、再び手拭いを絞り直して、胸から腹、そして腿を拭いあげ、新しく絞った手拭いで、かれの股間《こかん》にかかった。

そこにうなだれたものを摘み、その下に下がるふぐりから、尻のはざままでも拭いあげたのである。

加代は小娘ではない。すでに三十に近い女である。男の体のあつかいには慣れていた。

「快い」

孫十郎は低く言った。窓からは夜気が流れ込んで来て、肌の熱気を奪う。

加代は、かれの熱い胸に頬を押しつけてきた。水でも浴びてきたのか、汗の匂《にお》いは消えていた。片方の乳房が脇腹《わきばら》のあたりに押しつけられている。

「おはずかしゅうございます」

「なんの」

孫十郎は、女の手がおのれの股間に、ためらいがちに伸びていくのを見ていた。加代は乱れに乱れた。何度気をやったのか、かれも数えてはいなかった。三カ月も亭主にめぐり会えぬと聞けば、さもあろうという乱れようであった。

「いま、私は浮田さまより他に頼る人はございません」

「おれでよければ、お力になろう」

「うれしゅうございます」

女の指は、一物《いちもつ》を摘んでいた。摘まれてそれは膨れはじめている。女の体が動いた、と見えたときには、それは口にくわえられていた。女の口の中で、一物は一気に膨れあがっていた。ぬめった舌がおのれにからみついてくる。

この女は、何者かに追われていた。その怯《おび》えが、このような痴技をさせるのだろう。かれはそう考えた。女は怯えがあるとき、快楽の中にのめり込もうとする。

女は、熱く固くなったものを口から放し、息を吹きかけては、再び口にくわえ、飴玉《あめだま》をしゃぶるようにしゃぶる。そして、首と胴の境目あたりに舌を這わせてくる。巧みであった。

「明日から、どうなされる」

「はい」

くぐもった声で言った。加代はこの宿屋にすでに十二日も宿泊しているという。

「いつまでも宿屋暮らしもなるまい」

加代の路銀が豊かであるかどうかは、孫十郎は知らない。だが、加代は一日や二日で片づきそうにもない問題をかかえていた。

孫十郎は、加代の顔を上げさせ、体をずり上げさせた。重い乳房が躍った。加代はまぶし気に男の顔を見た。目には霞《かすみ》でもかかっているように見えた。思いきり腰を抱き寄せると、加代が呻いた。

「汚ない所だが、おれの長屋においでにならぬか、たしか空家があったはずだ」

孫十郎の言葉に、加代はあいまいに頷《うなず》いていた。決心しかねているのだろう。それとも、いまは明日のことなど考えたくないのかもしれない。

だが、孫十郎にしてみれば、これだけの関わり合いを持ったからには、女の身のふり方も考えてやらねば、と思ったのだ。

股間のものは女の掌の中で力をとりもどしていた。固くなったものに女の指が這う。馴《な》れた指の運びだった。柔らかくやさしい指が、ふぐりまでも探った。ふぐりが手に包み込まれ、揉みほぐされる。

孫十郎は、豊かな尻を撫《な》で回していた。丸くてなめらかな肌で、冷たい感触が手に快い。この女を尻から抱いてみたいと思った。尻に尾骶骨《びていこつ》が感じられない。この尻骨の長い女は下賤《げせん》だと、かれは考えている。尻骨がこの女は短いのだろう。おそらくさきほどは、とにかくの交わりであった。今度はゆるりと楽しむ気でいた。加代も同じ気持ちであろう。浴衣の腰紐を解いて、肌脱ぎにさせた。

女の肌を撫で回し、うつ伏せにした。そしてかれは、体を起こし、背中を見た。なだらかな起伏を持った背中である。背骨が快くくぼんで流れている。その先に白い小山が見えていた。

孫十郎は、背骨のあたりへ唇を押しつけ、這わせた。唇がゆるやかな坂をすべり降りる。腰の左右に小さなくぼみがあった。尻えくぼである。えくぼに舌を押しつけると、加代がかすかに呻いた。女の壺《つぼ》はこのあたりにある。

両方のえくぼを舌で突つき、丸い尻にとりかかった。尻には脂をためていた。そのために白蠟《はくろう》に似て、にぶい光沢をはなっている。

舌を這わせながら、両手で尻を摑んだ。孫十郎の脳が灼《や》けた。これほどの女をおいて、夫はどこへ消えたのか。

加代の夫は、古河藩士、江馬伝七郎という。伝七郎は三カ月前に古河城下からわけもなく姿を消した。わけはあったのであろうが、加代は何も聞かされていなかった。江戸詰めの古河藩士が、何度か江戸で江馬伝七郎の姿を見かけた、という噂《うわさ》を聞いて、加代は一人で江戸に出てきたのである。

十数日を探し回ったが、加代は伝七郎を探し出せなかった。そればかりか、加代は怪しげな武士に追われた。そして、浮田孫十郎に助けを求めた。以上が、加代が語ったあらましだった。

「浮田さま」

その声に応じて、孫十郎は膝立ちになっていた。そして、おえ立ったものを手で支えて切れ込みに埋めた。それが深みに埋まるまでまって、尻が回りはじめた。

「加代どの」

思わず孫十郎も口走っていた。

孫十郎は、快い疲れをおぼえながら、眠りについた。加代はかれの胸の中に体を埋めるようにしていた。

かれは夢を見ていた。脳の隅で夢であることを承知しながら、夢におのれをゆだねていた。夢の中に、十二年前の妻伊志がいた。孫十郎が伊志と夫婦になったのは、伊志が十七歳のときだった。二年後、伊志は寺侍と駈落《かけお》ちした。かれは、寺侍と伊志の仲を全く気付かなかったのだ。

驚愕《きょうがく》した。怒りよりも驚愕が先だった。妻を盗まれた武士は、妻と相手の情人を斬《き》らねばならない。それが妻仇討《めがたきうち》である。孫十郎は家禄《かろく》を藩庁に預け、妻仇討の旅に出た。

それから十二年を経ていることになる。伊志と寺侍の消息は全く知れなかった。

その伊志が、夢の中で笑っていた。

「旦那《だんな》さま、おゆるしを……」

「伊志、生きておったのか」

伊志は、立って体につけているものを脱ぎ捨てて全裸になった。十二年前のままの裸身だった。細身に乳房だけが椀《わん》を伏せたように丸い。腰も細かった。下腹に薄墨を刷いたような翳《かげ》りがあった。

「伊志!」

孫十郎は伊志を抱こうとして空を抱いていた。伊志は背を向けて去っていく。もう一度、妻の名を呼んで追おうとしたとき、目がさめた。

とたんに、孫十郎は、はね起き、枕もとに置いた刀を摑んでいた。脇差がなかった。闇《やみ》の中を手でさぐった。一呼吸するまでは、そこがどこであるかさえ思い出さなかった。

まず、孫十郎はなまぐさい血の匂いを嗅《か》いだ。片膝をついて、刀の鯉口《こいぐち》を切っていた。しばらくは、静止して部屋の中をうかがった。おのれの気を放射した。だが、はねかえってくるものは、何もない。

この部屋に生きている者は何もいないのだ。そのとき、加代を思い出した。かれは這って行燈を探した。闇を透かしてみると、何か黒々としたものが畳に横たわっていた。

形だけはわかるが、それが何であるかはわからない。

行燈を引き寄せて、石を打った。火花が散る。その火花の中に横たわるものの姿がちらりと見えた。

油の芯《しん》に火がともった。

孫十郎は、灯りに浮き上がったものに目を剝《む》いた。そこに横たわっていたのは、加代であった。浴衣の裾《すそ》を乱し、股間をさらして、そこを血で埋めていたのである。

首すじに手を当ててみたが、すでに脈はなく冷たいむくろと化していた。

「どういうことだ」

かれにはわけがわからない。だが、いまそのわけを探ろうとしても無理である。孫十郎は素早く着物をまとって帯を締めた。

加代の股間には、深々と孫十郎の脇差が刺さっていた。はざまを貫いて、刃のほとんどが埋もれている。それだけを見て、かれは窓を開け、そこに片脚をかけた。だが思い直してむくろのそばに寄って、脇差の柄に手をかけた。だが、肉が刃を咬《か》んでいた。

猶予はなかった。

白い腹を踏みつけ、腕に力を加えた。むくろがずるずると畳をこすった。脇差がぬけたとき、孫十郎はよろめいていた。

むくろの股間から鮮血が音をたてて吹き出した。

鞘《さや》は、むくろの左手に握られていた。指の一本一本をゆるめて、鞘を抜き取ると、脇差の血を拭うひまもなく鞘に収め、行燈の火を吹き消しておいて、窓から外に出て、屋根を走っていた。

浮田孫十郎は、松枝町の路地裏にある喜平長屋のおのれの住まいに走り込んでいた。表戸を閉めて、はじめておのれが裸足であることに気付いた。だが、いまさらはきものを取りにもどる気はない。どうせ、はき古した竹皮草履である。

表戸を閉め、上がりがまちに腰をおろして、まず息をついた。かれは血をみることには馴れているから、さして驚きはしない。だが、加代の死にざまは、あまりに奇怪だった。

――不覚!

胸の奥にくすぶるものがあった。加代が刺し殺されるのを気付かなかったわけはない。孫十郎は殺気には敏感である。わずかな殺気にも、かれは刀を摑んではね起きていたはずである。

「加代を刺した者は、全く殺気を殺していたということか」

声にしてみた。わけがわからない。謎《なぞ》はいくらもあった。加代を刺し殺すのに、なぜはざまでなければならなかったのか。いや、加代は脇差の鞘を手にしていた。

すると、加代は自害したのか、自害するにしても、なぜ、おのれの股間を刺さねばならなかったか、加代も武家妻である。自害するならば、咽《のど》を刺すのが法である。また、自害するには、おのれの懐剣を使うはずだ。加代は懐剣を持っていた……。

孫十郎は首を振った。

「わからぬ」

もう一つ、奇怪なことがあった。加代の死顔は恍惚《こうこつ》としていた。孫十郎が加代に重なり、おのれの腰を使ったとき、歓喜にゆがめた顔と同じだったのだ。

孫十郎は、そのまま後に倒れて寝転がった。夜が明けるには、まだ間がありそうだ。暗い天井をじっとみつめた。

殺されたにしても、自害したにしても、その気配も覚えないほど、おのれは眠りこけていたのか、と孫十郎はおのれを恥じた。

殺されたとすれば、殺されるわけがなければならない。そのわけがあるとしても、かれにはわからないのだ。

昨夜、日が暮れて間もなく、孫十郎は用心棒仲間と軽く酒を呑《の》んでの帰りみちだった。神田堀を歩いていた。夜空には半月があり、青白い光を投げかけていた。堀に架かる小さな木橋を渡りかけたとき、旅姿の武家女が走って来て、助けを求めた。

「追われております。お助け下さいませ」

女はそう言って声を震わせた。白い顔にも怯えを走らせていた。その女が江馬伝七郎の妻加代だった。

堀端には、塗笠《ぬりがさ》の武士が立っていた。加代を追って来たものだろう。武士はしばらく、笠をかしげて、孫十郎と加代の様子をうかがい、諦《あきら》めたように立ち去った。

孫十郎は、武士が歩き去る姿を見ていた。かれには、相手の歩く姿に剣の技倆《ぎりょう》を測る習慣が身についていた。かなりの剣の手練《てだ》れとみえた。

「それにしても」

とかれは思う。加代の美しい裸身が脳に貼《は》りついている。死なすにはもったいない女だったという思いがある。美しい乳房と尻を持った女だった。

もちろん、加代はおのれがなぜ追われるかを知らなかった。知っていれば、話さないまでもそのような様子を見せたはずである。

孫十郎は、何かを思いついたように起き上がると、手桶《ておけ》を下げて表に出ると、長屋の中ほどにある共用の井戸で水を汲《く》み上げた。桶を水でみたすと、下げて家に入った。

浮田孫十郎の住まいは、棟割長屋の奥から二軒目で、六畳一間に狭い土間がついていて、そこで煮たきができるようになっているが、かれは、煮たきをしたことがない。せいぜい湯を沸かすくらいなものである。裏は障子を開けると草ぼうぼうの野原になっている。

孫十郎は、水桶をかかえて、裏に降りた。脇差を鞘ごと抜いて、鞘を払った。刃には血のりが浮いている。その刃を水桶にひたし、ゆすいで、ぼろ布で拭う。拭ったくらいでは血のりはとれない。それを丹念に拭った。

この刃は、加代のはざまにほとんど埋まっていたのだ。幸い柄までは汚れていなかった。ぼろ布で何度もしごくように拭い、その刃をかざしてみた。

鋒《きっさき》から鍔《つば》もとまでのしのぎに、奇妙な斑紋《はんもん》が浮いて見えた。花が折り重なって咲いているようにも、痣《あざ》のようにも、あるいは焼傷のあとのようにも見える。

それをしばらく眺めてから鞘に収めた。この脇差に気を向ける気持ちの余裕はなかった。障子は開けたまま、敷きっ放しの布団にごろりと横になった。夜明けを待つつもりなのだ。

いつもなら、すぐ眠りに入るのだが、いまは頭が冴《さ》えていた。暗い天井をじっとみつめた。脳には、加代の乱れた姿態があった。白い乳房がさらされ、両方の肉付きのいい腿が奇妙にゆがんで開かれて、そのはざまには、脇差が深々と刺さっていた。

そのはざまは、孫十郎の精汁をためたままだったのに違いない。はざまから血を流しながら、恍惚とした加代の顔は異様だった。死におもむきながら、どうして加代はあんな表情ができたのか、もちろん考えてわかることではない。

眸を閉じると、加代の美しい裸身が浮かび上がってくる。あれほどの女を死なすのはもったいない。かれは素直にそう思った。乳房の膨らみも、尻の豊かさも充分だった。

孫十郎の脳の中が空白になった。ふと気がつくと、長屋には朝の騒々しさが訪れていた。夜が明けると、長屋の女たちが、朝飯の仕度をはじめるのだ。

井戸端に女たちが集まるのもこの時刻である。喜平長屋という。三十世帯ほどが住んでいた。もの売りや職人が多い。やがて、子供たちの声が聞こえはじめる。

表戸が開いて、隣りに住む大工のおかみが食膳《しょくぜん》を運んでくる。三十を過ぎた肥った女である。飯を運ぶのは好意ではない。飯代は毎月余分に払っているのだ。

「浮田の旦那、昨晩はお泊まりだと思ったけどね」

大工の女房はそう言い、笑いながら、食膳を上がりがまちに置いて出ていった。孫十郎の住まいを覗《のぞ》いてみたわけではない。隣りの気配は壁一重でわかるのだ。その壁も一部分崩れかけている。

塗りの剝げた膳に、盛り飯と味噌汁《みそしる》、それにたくあんがのっている。孫十郎は、飯に汁を掛けて胃袋に流し込んだ。

そのころになると陽は上がっている。かれはふらりと長屋を出た。路地を出て、北への道をまっすぐいくと柳原土堤に出る。夜は夜鷹《よたか》の稼ぎ場所であり、昼間は、古着屋などの出店が並び、人の往来も多い。

孫十郎は出店で竹皮草履を買った。昨夜宿屋に置いて来た。それを取りにもどる気はない。いまごろ、宿屋では加代の死体をみつけ、町役人が出張っているころだろう。下手人の疑いをかけられても仕方のないところだ。

二

神田川沿いに歩き、昌平《しようへい》橋を渡る。湯島横丁の路地裏にお紺という女が住んでいる。

そのお紺の家へ向かった。

孫十郎は、お紺の膝を枕《まくら》にして、長々と横になっていた。お紺は囲い女である。だからかれはお紺の情人ということになる。

お紺の旦那は、油商大友屋吉兵衛という。孫十郎は、用心棒が表稼業である。お紺にごろつきの虫がついたので、大友屋にたのまれて、その虫をひねりつぶしてやった。代わりにかれが情人になった。

「孫さん、どうしたのさ、浮かない顔してさ」

気分が浮くわけはなかった。かれは枕になっている膝を撫で回した。二つ並んだ膝頭が自然に開く。膝が割れてそこに隙間をつくる。その隙間にお紺は、男の手を誘い込みたがっている。もちろん、この家へ来たからには、女の期待に応えてやらなければならない。

もっとも孫十郎だって、昨夜の加代の体に精のすべてを注ぎ込んだわけではない。ただ眠っていないので、わずかだが疲労がある。その疲労がかえって、この男を欲情させていた。

膝の隙間に手をもぐらせる。内腿の柔らかい肌が汗ばんでぬめっていた。手は狭い隙間をかき分けながら奥へ進む。こういう形で手をのばすと、女のはざまはかなり奥深いところにある。

「大友屋はいつ来た」

「昨晩よ。吉兵衛にされると、どうもあと引くんだよ」

お紺はそう言いながら、かれの耳の孔をほじっている。この女はまだ二十三歳である。齢のわりには、体はこなれていた。浪人の娘といっているが、その辺の真偽はよくわからない。だが、男好きでおのれから大友屋に囲われたのだ。

まず手に触れたのは、ごわごわした茂りだった。毛濃い女である。毛が濃いだけ好きものといえる。月に一度は湯屋の毛切石で毛の手入れをするのだという。

茂りを撫でると乾いた音がする。その下のはざまに指をのばすと、お紺が腰をよじった。狭い隙間がさらに拡がり、指の動きを容易にさせる。

毛の数本を摘んで指にからめ引っぱる。するとお紺がかれの額を叩《たた》いた。はざまの膨らみを指で何度かなぞる。お紺は肥っているというほどではない。歩く姿はわりにすんなりとみえる。だが、着痩《や》せするたぐいの女だろう。わりに肉付きはよく、特にはざまの膨らみは充分だった。

大友屋吉兵衛が溺《おぼ》れているのは、このはざまの膨らみかもしれない。膨らんでいるだけ、切れ込みは深い。一指を切れ込みに埋めてなぞった。そこはすでに熱く潤んでいる。昨夜さんざんいじられたばかりなので、潤みやすくなっているようだ。指先が小さな突起をとらえていた。とたんに、お紺の膝がぴくんとはねた。

昨夜の加代のはざまと比べているわけではないが、つい思い出してしまうのだ。加代のはざまのほうが、柔らかだったような気がする、と思い、孫十郎はその思いを追い払うように首を振った。

「孫さん」

「何だ」

「昨日、女を抱いたね」

「わかるか」

「そりゃ、わかるさ」

女の勘というやつはあなどれない。

「いい女だったのかい」

お紺はいつもと異なる指の動きに、それを感じたのに違いない。それに応えずに、孫十郎は深い沼に指を潜らせた。その指にもう一指を加え、熱い壺の中で指を交叉させ、また指を曲げる。

「おしかさん」

お紺は下女の名を呼んだ。廊下を渡る足音がすると、お紺は孫十郎の腕を股の間に挟みつけた。五十近いとみえる女が顔を出した。お紺の身の回りの世話をしている女である。

「煙草、買ってきて下さいな」

とお紺は、小粒を投げた。おしかという女はわけ知りである。煙草を買ってくるわけではない。一刻《いっとき》(約二時間)ばかり、どこかで時間をつぶしておいで、という意味なのだ。

下女が去ると、お紺は再び膝頭を開く。孫十郎の腕は、わずかだが痺《しび》れていた。それだけ女の股の力は強いのだ。かれはときどき思う、お紺の股に腕を挟まれているとき襲われたら防ぎようがない、と。生きていれば敵もいる。いつ斬りつけられるかわからない。それが浪人暮らしでもあるのだ。

お紺がかれの頭から膝を外して立ち、奥に入った。しばらくすると帯を解く音がする。孫十郎は、奥で寝間の用意をしていることを知っていた。やがて、孫さん、と呼ばれることになるのだ。

ふと、気持ちが空虚になった。そこに十二年前の妻伊志の姿が浮いた。加代を抱きながら久しぶりに思いだした妻の姿だった。

浮田孫十郎は、川越藩十五万石の武具方奉行配下だった。代々、家禄八十石であった。十二年前、突然、妻の伊志が城下から姿を消した。それが何を意味するのか、数日は孫十郎にはわからなかった。孫十郎が二十二歳、伊志が十九歳だった。

やがて、噂が流れた。伊志は寺侍と駆落ちしたという。その寺侍というのをかれは全く知らなかった。顔さえ見たことがないのだ。調べてみると、仙音寺という寺にいた友谷俊之介という寺侍が消えていた。

孫十郎は、しばらくは呆《あき》れていた。伊志に男がいるなど、考えてもみなかったし、伊志もまたそういう気配を見せなかった。思い当たることが何もなかったのだ。

妻に駆落ちされた藩士は、妻仇討の旅に出なければならない。妻と男を斬り取れば、帰参がかない、もとの家禄を与えられる。そういうしきたりになっていた。川越藩でも例外ではなかったのだ。

孫十郎は旅に出るしかなかった。三年は妻の行方を追った。だが、全くその行方はわからない。その間に老父が他界し、かれは天涯孤独の身になったとき、妻を追うのを止めた。

不思議に憎しみはなかった。伊志に出会ったとき、男は斬れても、妻を斬る自信がなかったのだ。伊志がどこかで幸せならばよし、と思ったのだ。家禄八十石は惜しくはなかった。たかが八十石である。

加えて、藩は財政に貧して、藩士たちの禄借上げ政策をとっていた。八十石の半分四十石は、藩に貸している形になっていた。四十石では暮らしは立たなかったのだ。

「孫さん」

お紺の声に、孫十郎はおのれに還った。立って、次の間の襖《ふすま》を開けると、そこに敷かれた布団に襦袢姿のお紺が横たわっていた。緋色《ひいろ》の鮮かな色が、行燈の色さえ染めていた。

孫十郎は帯を解き、下帯姿になってお紺の膝を折り立たせ、股の隙間を大きくし、裾を左右にはねた。

行燈は枕もとと足もとに二つ置いてある。それが旦那大友屋の好みらしい。二つとも行燈に火が入っていた。足もとの行燈が、お紺の股間を白く浮き出していた。左右の腿の中心に黒々とした茂りがあり、その下がはざまである。白いはざまは光沢を放っている。すでに潤みが足りているのだ。

「孫さん、みて、みて」

お紺が、せっぱつまった声をあげた。折り立てた膝を大きく開き、おのれのはざまを、おのれの指で拡げているのだ。

孫十郎は、足もとにあった行燈を引き寄せた。灯りの中に開かれた切れ込みが見える。

だが、昼間の行燈である。襞《ひだ》の一つ一つまで、くっきりと見えるというわけではない。

「どうせなら、縁側のほうがよくはないか」

「それじゃ、恥ずかしいよ」

と言いながら、お紺はその気になったらしく、股を閉じてもそもそと起き上がる。その間にかれは、二つの行燈を吹き消した。

この女はおのれの股倉を男に見せて、悦びを昂める女なのだ。男にそこを見られないと、むつみ合った気がしないらしいのだ。孫十郎はそれをよく知っていた。あるいは旦那の好みに体が馴れてしまったのかもしれない。もっとも、女が望むことをしてやるのが情人のつとめなのかもしれない。

孫十郎が座敷へ行くと、お紺は庭に足を向けて仰向けになっていた。庭は小さいが、ときどき植木屋が入るらしく整っている。そのむこうは板塀である。人に覗かれる心配はなかった。

長襦袢の緋色が目にまぶしい。

お紺の腰のあたりにあぐらをかいて、緋色の裾を左右にはねる。そこに肉付きのいい脚が長くのびていた。まだ若いだけに肌は張りつめている。お紺はおのれで膝を折り立てると、その膝を開いた。はざまに陽光が流れ込み、そこをくっきりと描き出す。

孫十郎がのぞき込むと、お紺は指で切れ込みを拡げた。さんご色の美しい色がむらがっていた。そのさんご色の部分には、すでに露がおりている。切れ込みの上部には小さな花の芽があり、下部には男を迎える壺がある。その壺がパクパクと口を開いたり閉じたりしている。

まるで磯巾着《いそぎんちゃく》だった。そこだけがお紺とは関わりのない別のいきもののように見えた。

孫十郎は、そこを見ているふりを装いながら、目を閉じていたのである。かれの目には昨夜死んだ加代のはざまが映っていたのである。

切れ込みに刺さっていた脇差の刃が見えるようだ、その光景は、いまでもかれの眸になまなましいのだ。孫十郎は、目を閉じたまま、そこに指を使った。

お紺は尾を引く細い声をあげた。おのれのはざまを陽に当てたのははじめてなのだ。それだけに、より敏感になっている。白い尻がわずかによじれた。

指にねばりものがからみつく。二指をしめらせておいてから、伸縮している壺に潜らせた。若いだけに、そこは思ったほどゆるんでいない。柔らかい襞が指にからみつき、そしてやんわりと締めつけてくる。

孫十郎は、目を開けば、そこに血がぶつぶつと音をたてて湧《わ》き出してくるのではないかと思った。加代のはざまの光景は、当分忘れられそうにない。

いつもとは違って、孫十郎はおのれの指を交代させた。とたんにお紺は、四肢をからめてきて、身を震わせ、黄色い声をはりあげた。お紺はたあいなく気をやった。

三度目の震えが、お紺の体におこったとき、孫十郎は、それで情人としての義務を果たしたような気になり、精をもらしていた。しばらくして、お紺が薄目をあけた。

「孫さん、あまり気がのらなかったようだね」

と笑いを浮かべて言った。女には男の気持ちが手にとるようにわかるらしい。孫十郎も苦笑するしかなかった。

三

孫十郎は、お紺の布団で眠った。そして目をさましたときには、陽は西へ傾いていた。大きくあくびをし、のび上がって、体を起こした。肌にはびっしょりと汗をかいていた。水を浴び、茶漬けをかき込んで、お紺の家を出た。どこにも行くあてがあるわけではない。もっとも毎日をこのようにぶらぶらと遊んで暮らしているわけではない。孫十郎の表稼業は用心棒である。それにもう一つ、裏の稼業があった。それだけに、並の浪人と違って、赤貧というわけではない。人なみの生計《たつき》は立っているのだ。どこかで一杯引っかけるつもりで、かれは神田川沿いの道をぼんやり歩いていた。柳原土堤にも、まだ夜鷹が出る時刻には早い。土堤に並んだ出店が店じまいをしたばかりである。

考えごとをしながら歩いていた。考えることといえば、加代のことしかない。加代は失踪《しっそう》した夫江馬伝七郎を探しに江戸に出てきたと言っていた。そして何者かにつけ回されていた。なぜつけ回されるかも知らずに死んでいった。

江戸の古河藩邸を訪れれば、江馬伝七郎のことがわかるかもしれない。だが、藩邸に顔を出すわけにはいかない。加代を尾行していたという男は何者なのか、孫十郎はその男の姿を見ていた。その姿、歩きぶりからして、四十あまりの武士のようであった。

再び出会えばわかるかどうかは自信がない。顔を確かめたわけではないのだから。もっともそれをつき止めようという気力が孫十郎にあるわけではない。

視界の中で、前方から子供が歩いてくるな、という思いがわずかにあった。その小さな影とすれ違ったとたん、

「おう！」

と声を発し、孫十郎は一間《けん》あまりを跳んで、刀柄に手をかけ、鯉口を切っていた。抜き打ちの構えを見せながら、前方を見た。かれはすさまじい殺気を浴びたのだ。おのれの背中を裂かれたと思った。相手にその気があれば、相手の刃を存分に体に受けていただろう。

そこに子供が立っていた。

よく見ると子供ではなかった。五尺足らず（約一五〇センチ）の男だった。長髪をう

なじのあたりでまとめて結んでいる。その顔は老人のようであった。

「浮田孫十郎どの、わしが抜いていたら生命はなかったな」

妙なしわがれ声でそう言い、ケケケッ、と笑った。

「なにやつ」

その小男は、素直に名乗った。

「わしは、藤原《ふじわら》の鎌《かま》じゃ」

「なぜ、おれの名を知っておる」

背は低くても武士のようであった。腰には脇差とも長刀ともつかない刀を差していた。野太刀というものかもしれない。孫十郎が差す脇差よりやや長めだった。

「おぬしの名を知っているわけがある」

と言いながら、藤原の鎌と名乗った男は、そのわけを語らない。顔の皺《しわ》からみれば、四、五十には見えるが、孫十郎には、おのれの齢と比べてみても、男の齢はわからない。

孫十郎は、片手でおのれの首筋を撫でた。首筋が焼傷を負ったように、ひりひりとしていた。それほど凄《すご》い殺気であったわけだ。

四半刻（約三〇分）後には、亀井町《かめいちょう》にある居酒屋に入っていた。男に誘われたのだ。ついたての奥の座敷だった。卓を挟んで向かい合って坐《すわ》ると、まさに十二、三の童である。

「浮田どのも、かなりの使い手じゃ」

藤原の鎌はそう言った。

藤原の鎌と名乗った男、よく見ると皺は多いが端整な彫りの深い容貌《ようぼう》で、小柄ながら、威厳らしきものも備えていた。

居酒屋の亭主が酒肴《しゅこう》を運んで来た。亭主は藤原の鎌とは馴染みらしく、ていねいに頭を下げた。

孫十郎は、鎌に銚子《ちょうし》を突き出され、盃を手にしてそれを受けた。かれは、何気なく銚子を持つ鎌の手を見て、目を剝いた。その手は左手であったが、指が三本しかなかったのである。

怪我でもして指を失ったのではなさそうだ。指を失ったのであれば、切れた指の根がなければならない。その根がなかった。この男は体が小さいだけではなさそうだ。名前からして藤原の鎌とは奇妙である。

「浮田どのは、剣は何流を使われる」

低い重量感のある声だった。

「無玄流」

「無玄流とは聞かぬ流派だな」

「師は、舟木玄斎《げんさい》と申す」

わかったのかわからないのか、鎌は頷いていた。

藤原の鎌もかなりの使い手だろう。孫十郎には、たいてい相手の剣の技倆は見抜けた。身のこなしで、どれほどの剣を使うかはわかるのだ。だが、この鎌という男だけは、それがわからない。柳原土堤からずっと鎌のあとを歩きながら、測っていたが、ついにわからなかった。

つまり、孫十郎には得体の知れない奇怪な男だったのだ。鎌がすれ違いざまに殺気をほとばしらせたのは、かれの技倆をためすためだったのか。

孫十郎は、おのれの剣には自負があった。かれは、舟木玄斎門下では、師範代をつとめた。

川越藩には四人の剣術指南役があった。玄斎はその一人だった。玄斎の剣は難剣とされ、門弟も少なかった。その玄斎の免許を受けたのは孫十郎ただ一人だった。無玄流は玄斎が流祖である。玄斎の剣には一刀流、神道流などと違って剣理がなかった。体で覚えるしかない剣だった。

剣には、昔からの流れがあり、理論がある。だが、ときには独自の剣を編み出す者がいる。宮本武蔵がその一人である。武蔵の剣には、理も流れもなかった。そのために門弟がいない。舟木玄斎は、武蔵に似ていた。

「浮田どの、たのみがござる」

鎌が言った。鎌の双眸《そうぼう》には異様な光があった。これを目に力があるという。力のある目で睨《にら》まれると、俗人は目を伏せてしまう。だが、孫十郎はその目を睨み返した。

たのみがある、と言いながら、鎌は次の言葉をなかなか口にしない。

二本の銚子が空になった。亭主が二本の銚子を運んでくる。しばらく間をおいて、鎌が言った。

「女を抱いてもらえまいか」

「なに」

それは、かれには意外な言葉だった。孫十郎は、返事をしなかった。この男が抱けという女は、化けものではないのか、という思いがあったのだ。

「浮田どのは、女好きと聞いている」

「だが、女ならば誰でもいいというわけにはまいらぬ」

鎌は笑ったようだ。

「浮田どの好みの女でござる」

「おれの好みの女をご存じか」

「知っているつもりだが、その女に会ってもらえばわかる」

孫十郎は、鎌の三本指を見ていた。

五日後——

藤原の鎌と称する小柄な男に、孫十郎は会った。この日に会うことを約束したのである。

この日も暑かった。空には雲の一片もなく、焼けるような太陽が江戸の町に降りそそいでいた。

前を歩く藤原の鎌は、不思議に汗もかかず悠々としていた。孫十郎は、しきりに汗を拭いながら、あとをついて歩いた。

女のいる所にいくらしい。鎌は、浮田どの好みの女と言った。かれは、おれの好みの女とはどういう女であろうか、と興味を持った。その女への興味だけで、この男との約束を守ったような気がしていた。

柳原土堤の中ほどから神田川に架かる新三橋を渡り、道なりにまっすぐ北へ行けば、やがて三味線堀に行きつく。このあたりは、武家屋敷ばかりである。ちょうど堀を過ぎたあたりで、藤原の鎌は、とある屋敷に入った。

空屋敷とみえた。おそらく二、三百石の旗本が住んでいた屋敷だろう。まだ傾いてはいないが、かなりの古さである。家は人が住まないと死ぬといわれている。

屋敷の死骸《しがい》であった。塀は崩れかけ、庭には雑草が人の背丈ほども繁っていた。江戸にはこのような空屋敷があちこちに点在していた。

たしかに人が住んでいるとは思えない荒れた家だった。鎌はためらいもなく奥へ入っていく。

驚いたことに、奥の一室に、ひっそりと女が一人坐っていたのである。その部屋だけは新しい畳を敷かれ、調度もととのっていた。

障子も襖も、そこだけは新しかった。その奥にも人の気配があった。鎌は女の前に坐り、孫十郎にも坐るようながした。女は両手をついている。細い体つきのようだ。かれは、そこにあぐらをかいて坐った。

「この女、津由《つゆ》という」

女が顔を上げた。孫十郎は女の顔を見た。青白い顔をした美女であった。武家女であろう。﨟《ろう》たけた気品をその貌《かお》に浮かべていた。

「お気に召してもらえたかな」

孫十郎は、津由という女に露を思った。陽が出るとともにはかなく消えていく朝露である。幽美というのか、そんな美しさである。

「これが、おれの好みという女か」

「お気に召さぬか」

お気に召すも何も、孫十郎は、かつてこのたぐいの女を知らなかった。

「病んでおるのではないか」

白い貌をしている。だが、彼は白さにもいろいろあることを知った思いがした。透けるように白い。そのために血の管が青く浮き出ているように見える。こういう女は、どういう乳首をしているのか、どういうはざまをしているのか、と考えた。

「異存がなければ、この津由を五日間、抱いていただく」

「わけを聞きたいものだな」

まさか、この女が男狂いではあるまい。そこには理由があるはずだ。女は二十歳前後とみえた。もっとも、このたぐいの女をはじめて目にした孫十郎には、齢の予測ははかりかねた。

「津由に、浮田殿の種をいただきたい」

「なんと」

「くわしくは申しかねるが、この女は孕《はら》まねばならぬ」

「嫁して三年子なきは去るという。そのたぐいか」

「そのように考えていただいて、けっこう」

鎌はあっさりと言った。

孫十郎は美しい女が嫌いなわけはない。目の前に座す、津由という女を見た。すーっ、と消えてしまいそうな女である。

「断わられては困る」

藤原の鎌が言った。

「断わるつもりはない」

「それで安堵《あんど》した」

鎌は、ふところに手を入れると、袱紗《ふくさ》包みをとり出して、それを孫十郎の膝の前に押しやった。

「これは、種料の前金でござる」

「孕まぬときは」

「返すには及び申さぬ。めでたく懐妊すれば、さらに礼金を用意いたす」

包みを手にして、孫十郎は十両とふんだ。これを用心棒の仕事と考えれば、割のいい仕事である。

「五日間毎日、ここへ通っていただけるか」

「わかった」

「それでは、よしなに」

といって鎌は立ち、部屋を出ていった。奥の襖が開いて、奇怪な男が顔を出した。背が低くて肩幅のいやに広い男である。まるで蟹《かに》のように見えた。しかも片目がつぶれていた。この女の下僕だろう。

鎌にしろ、この男にしろ、奇怪である。鎌は五尺足らず、十二、三の子供の背丈である。下僕は、ようやく五尺くらいか。顔だけは三十面を下げていた。

「浮田さま、どうぞ」

いやになれなれしく孫十郎を呼ぶ。孫十郎が案内されたところは、湯殿だった。新しい檜《ひのき》造りの湯舟がそこにあった。わかした湯を運び入れたのだろう。

孫十郎は、裸身を湯舟にひたした。檜の香がかおる。

津由という女は、小大名の側室か、あるいは身分の高い武士の愛妾《あいしょう》だろうと考えた。そう考えれば、津由をはらませる理由も納得がいく。

だが、かれにはすべて納得できたわけではない。

「なぜ、おれでなければならないのか」

藤原の鎌も、蟹のような下僕も、浮田孫十郎の名をとうに知っている様子である。だがわからぬことを深く考えても仕方ない。

孫十郎は、流しに出ると、そこにおいてある糠《ぬか》袋を手にすると体を洗った。股間のものが自然に膨らみ屹立する。それを手で包み込んだ。

「おかしなことになった」

ひっそりと呟《つぶや》いた。

孫十郎は、妻伊志を探すのを諦めたときから、女好きになったおのれをよく知っていた。金があれば女を抱いた。女を抱くときだけ、おのれにやすらぎが訪れるのだと思った。

湯殿を出ると、そこに洗いたてと思える浴衣が畳まれてあった。もちろん、かれが脱ぎ捨てた衣類と大小もあった。

浴衣を着て襖を開けると、そこには酒肴の用意がなされていた。膳の前にある座布団にあぐらをかく。座布団の表は麻造りであった。かれが盃を手にすると、津由が銚子をとった。

「なぜ、おれがそなたの相手に選ばれた」

津由は答えない。

「そなたは、いくつになる」

それにも返事がなかった。

盃を重ね、酔いが回ったところで、女の手首を摑んで引き寄せようとした。ところが、女はその手を振り払ったのである。

「なにをなされます」

厳しい口調だった。孫十郎はあっけにとられ、思わず笑った。おれの種を欲しがる女が、と思った。

孫十郎は酔ったふりをした。多少酔ってもいた。男にとって女の中には荒々しく手込めにしてしまいたいと思うたぐいの女がいるものだ。

かれにとっては、津由がそのたぐいの女だった。美しいがどこかよそよそしい。可憐《かれん》でありながら、どこかが冷ややかなのだ。それでいて、手折ってしまいたいと男に思わせるたおやかさがある。

かれは、津由を抱き寄せた。膝の上に乗せようとした。すると、まるで幼児のように暴れるのだ。裾が乱れて白い内腿までさらした。その内腿に手を滑り込ませようとした。

「みだらなことは、お止め下さい」

女は叫んだ。どうやら本気らしい。

背筋に冷たいものを覚え、振り向くと、そこに蟹のような男が立っていた。目が鋭い。なみの男ではなさそうだ。

藤原の鎌と言った男のすさまじい殺気は知っている。この蟹男も、殺気を秘めている目つきである。

「おれの種が欲しいのではなかったのか」

男は目を伏せた。女もうつむいて座している。

「おれは、おれのやり方でやる。それがいやなら断わる」

どこか駄々っ子じみてるな、と思いながら、孫十郎は、さきほど鎌に渡された包みを投げだした。澄んだ音をたてて、十枚の小判が散った。それを女が拾い集める。

かれは浴衣を脱いだ。下帯だけの姿になった。脱いだ着物に手をのばした。

「お待ち下さい」

女はそう言って、蟹男に顎《あご》をしゃくった。部屋から出ていけと言っているらしい。男は軽く頭を下げて、湯殿のあるほうに消えた。

「お気の召すままに」

女はそう言って両手をついた。孫十郎はその気持ちを試したつもりはなかった。だが、結果としては試したのと同じになった。女はどうしても孫十郎の種をやどさねばならないようだ。

江戸には浪人は多い。なぜ、おのれでなければならないのか、という思いがある。それがかれの気持ちを苛立《いらだ》たせるのだ。それにはそれだけのわけがある。それを知ろうとしても女は喋《しゃべ》るまい。

孫十郎は、女を引き寄せた。そして、膝の上に横抱きにした。今度は暴れなかった。それだけ、美しい貌が冷たくなっている。つまり人形のように、かれになぶられよう、というのだろう。

かれは女の衿を押し開いた。そこに青白い乳房があった。細い体のわりには、豊かな乳房である。かれの手にいくらか余りそうな乳房、その頂きに紅い乳首があった。もっと小さくて淡い紅点を思っていたが、予想に反して乳首は大きく色濃かった。肌が青白いだけに紅い乳首が鮮やかにいろどられて見える。

乳房はよく実って重たげである。乳房の下部が丸く膨らんでいる。そのために乳首は上を向いていた。

その乳房を下からすくいあげるように手に包み込んだ。指がめり込みそうに柔らかい。指をめり込ませると、乳房がゆがむ。

女は目を閉じたままだった。人形のようにただ孫十郎の精だけを受けようというのだ。相手がそういう気持ちならば、という思いがある。

乳首の色形からみて、歓喜を知らない女体ではない。歓喜に狂わせてやろう、という気になる。

かれは紅い乳首を摘んだ。それを引っぱりながらひねった。

「寝間へ」

津由が言った。

「いや、ここでけっこう」

女も強いて、とは言わなかった。浴衣の腰紐を解いた。褄《つま》を左右にめくる。そこに白い肌がさらされた。

細い体つきで、肉が薄い。孫十郎は肌を胸から腿まで眺めた。細いが女としての色香は全身ににじませている。

股倉に茶色っぽい茂りがあった。それもまばらである。毛はよく縮れてはいる。はざまを透けて見せていたが、そこはぴたりと合わさっていた。

孫十郎は茂りの一部分を摘んで引いた。毛の四、五本が抜けた。女は何か言いたそうだったが、そのまま口を閉じた。

腿の合わせめに手をねじ込んだ。腿はわずかに拒み、そしてためらい勝ちに開いた。はざまを手で包み込んで、ゆさぶった。

「浮田さま、お情けを」

孫十郎は笑った。そう簡単にやってたまるかと思った。第一、女のはざまは、まだ露をためてはいないのだ。

その気になっていれば、はざまが膨む。その膨みさえ、まだなかった。はざまを掴み、ねじった。女の顔がわずかにゆがんだ。

はざまの肉付きも薄かった。そのはざまを指で拡げた。女はかすかに溜息を吐いたようである。首をねじ向けると、紅い部分が見えた。乳首と同じ紅い色である。

このまま女を貫いたのでは趣きがない。かれは乳首を口にくわえた。そして舌で転がした。乳首もまだ充血していない。その気になっていれば乳首はとがるものである。

孫十郎は、女を膝から降ろした。そして、おのれの下帯を解いた。とたんに、はねるように男がとび出し、そそり立った。

女の目がちらりと見たが、そのままそっぽを向いてしまった。女ははじめから孫十郎と情をからみ合わせるつもりはなかったのだ。ただ精汁を注ぎ込まれるだけで足りた。

女の手をおのれの股間に誘った。

「握ってもらおうか」

女は一度手を引いたが、おぞましいものにでも触れるようにそれを握った。

「指の使い方を知らないわけではあるまい」

とたんに、女の手が強く動いた。孫十郎の手が女の頰を軽く叩いていた。

「大事にあつかってもらわなければ困る」

ただ女の体におのれを埋めて噴出させて満足するほど、女には飢えていなかった。いかに美しかろうと、手荒にあつかわれてはかなわない。

「そなたの口でしてもらおうか、舌がしなやかそうだ」

女の目が揺れた。さきほど湯殿で洗ったばかりである。匂うはずがない。孫十郎が女の髪を摑もうとすると、女はその手を払いのけた。

そして、あぐらをかいた股間に、女は顔を埋めてきたのである。女は男のあつかい方は心得ていた。ぬれた舌で頭を舐め回し、そして口にくわえた。

舌がしなやかにからみついてくるのを覚えた。巧みな舌の動きである。根元を指で支え、頭を上下させる。深くのみこむときは唇をゆるめ、引き出すときには唇を締めた。これは作法にかなっていた。

上下する頭の動きも、その度に変わって、首を左右に振ったりする。なかなかのものである。

孫十郎が精汁をもらそうとすると、動きを止めた。精をもらす寸前の変化が、この女にはわかっているのだ。

男の精汁を情けの水ともいう。だから、女は交接を望むとき「お情けを」と言うのだ。

孫十郎の一物は津由の口中にあった。かれが精をもらそうとすると、女は舌の動きを止めた。それを口から出して息を吹きかける。熱くなりすぎたものを息で冷やそうとしているのだ。

「お情けをいただかせて」

と女は低い声で言った。情けの水をいただくのは、口ではなく女である部分なのだ。

冷たかった女の目に、やや潤みを見た。黒い眸が光っていた。

孫十郎は、女を突き転がした。転がす前に女はおのれから仰向けになったのだ。青白い腿がそこに並んでいた。決して豊かな腿ではない。手を腿の間にねじり込んだ。そこにわずかに隙間ができる。

かれは、おのれがまがまがしくなりつつあるのを覚えていた。女に対して、こんな気分になったのは、はじめてである。

これまで、孫十郎は女に対しては優しかったと思う。それが、この津由という女に対してだけは妙にいらいらしてくるのだ。そのわけがわからない。

女が快楽を求めているのではなく、ただ、かれの種だけを欲しがっているせいかとも思ったが、それだけではなさそうだった。

二つの膝頭を摑んだ。そして股を思いきり引き裂く。

「う、うっ」

女が声をあげた。

白い腿の中心に白いはざまがあった。それは豆腐の白さにみえた。白さの中心に切れ込みがある。その切れ込みがゆるんで、透明な露とともに、紅いものを見た。乳首と同じ紅さだろう。潤んでいるだけに鮮やかな紅い色をしている。そこをよく見るために行燈を引き寄せた。

「あーっ」

女は溜息に似た声をあげた。

孫十郎は、襖を振り向いた。そこから殺気に似たものがもれてくるのを覚えていた。この女の下僕である蟹のような男だ。

男はこの女に恋慕しているのかもしれない。だから、孫十郎に対して嫉妬《しっと》の炎を燃やしているのかもしれない。それが殺気に似てもれ出しているのだ。

さきほどまでは、冷えて乾いていたはざまが、いまは、そこに女の情をためているかに見えた。

紅い芽がつっ立っている。女体が男を欲しがっている証《あかし》なのだ。

「はやく、お情けを」

女は喘《あえ》いだ。

そこを男にみつめられるだけでも、女は悦びを昂めるものなのだ。もっともそれを感じない女もいる。

かれは、紅い芽を下からすくいあげるように舐めた。とたんに、女は甘い声をあげて、腰をぴくりと動かした。

「はやく……」

「そう、せくことはあるまい。女は気をやってこそ孕むといわれている。無駄に精をもらしたくない」

孫十郎は、これまで十年あまりを、女の体に無駄な精をもらし続けてきた。だが、この女にだけは、無駄玉を射ちたくない、という気がしていた。

紅い芽を唇で、鳥のようについばむ。その度に女の尻はゆれる。

「精を、精を……」

女は喘ぎ、口走る。そのころになって、この女にも、なみの女らしい色香が匂ってきた。かれは股のつけ根に舌を這わせる。

「浮田さまの、お情けを、下さりませ」

津由は、言葉をくぎって、喘ぎ喘ぎ言った。その声もとうに濡《ぬ》れていた。赤い芽の包皮に、葉っぱに似たものが左右に二枚ある。若いわりには、葉っぱが大きい。これを二枚まとめて、口にくわえ、飴玉をしゃぶるようにしゃぶった。

「つゆは、もう堪えきれませぬ」

畳から尻が浮き上がっている。背中も弓のようにそり反って、そこに空間をつくっていた。

かれは、そこに息を吹きかけた。すると、男を受け入れる沼の口が、まるで池の鯉が喘ぐように、ぱくぱくと伸縮しはじめた。若いわりには、よくこなれている女体である。

「せつのう、ございます」

顔をもたげてみると、女の顔は恍惚にゆがんでいた。孫十郎は頬をゆがませて笑った。冷たいこの女も、どうやら女をとりもどしたようだ。

悲鳴に似た声をあげて、激しく体をゆさぶった。気をやったらしいな、とかれは笑った。

「もう、もう……」

牛のように鳴く、もうこらえられない、と言いたいのだろうが、あとの言葉がとぎれて声にならないのだ。あるいは、もうあなたの男で埋めて欲しい、と言いたいのかもしれない。

孫十郎は、やっと体を起こした。すると女の手がのびてきて、股間の男を握った。そしておのれのはざまに誘う。

その手は、勃起《ぼっき》したものをしっかり摑み、細い指をからませ、しきりに前後させている。かれが沼の口に当てると、女の両腕は、かれの胴に回され、腕に力が加わった。

それは根元まで埋没した。それと同時に、女の口から、甲高い悲鳴が洩《も》れた。

それと同時に、孫十郎は、首筋から背中にこげつくような殺気を覚えていた。蟹のような男が、歯ぎしりしてもらす嫉妬の情だろう。

女の体が躍った。体がそり、男の体をはね返そうとするかのように。かれは、女体をしっかり抱き締めていた。そうしないと、女が蛙《かえる》のようにどこかへ飛んでいってしまいそうな気がしたのだ。

腕の中で、女体が硬直した。絶頂に達したのだ。これほど激しく暴れる女も珍しい。硬直のあとに弛緩《しかん》がやってくる。

まるでこんにゃくのようになった。だが、それも、孫十郎がゆっくりと出し入れをはじめると、再びしがみついてくるのだ。

「もう、お情けを……」

もらしてくれ、というのだろう。女はそう言って、下からもち上げ、尻を回しはじめた。そうすることによって、男の精が早くもれることを知っているのだ。

だが、孫十郎は、もっとこの女をいじめてやりたかった。何度も何度も、のたうち悶《もだ》えさせたいのだ。

「なぜ、おれの種がいるのだ」

その言葉に、女は、はっ、となって尻の動きを止めた。だが、問いには答えず、再び尻を回しはじめる。

この女を責めて、責め殺しても孫十郎の問いには答えないだろう。その強情を秘めていることは知っていた。

尻を回しながら、再び、三たび、絶頂を迎えた。

「ゆるして、ゆるして下さいませ」

女は泣き声を放った。

孫十郎は、一気に情を放った。それを受けて、女は何度目かの絶頂感に、まるで断末魔のように体を痙攣《けいれん》させた。昏までが、おののくように震えていた。

四

暮れ六ツ（午後六時）の鐘が遠くで鳴っていた。その日の風の向きで、鐘の音が聞こえたり聞こえなかったりする。

浮田孫十郎は、通りから路地に入った。その奥が、喜平長屋になっている。かれは、足を止めた。前方に人の気配があった。その気配の中に殺気を読み取ろうとした。

黒い影がものかげから出てきた。二人である。まだ暗くはないが、陽は落ちている。その影は逆光になっていた。

「孫十郎、達者か」

しわがれた声で言った。かれは、その人物の顔をうかがった。

「これは、お留守居役」

それは川越藩、留守居役の六角篤右衛門《とくうえもん》だった。意外であった。十二年になる。いや、こうして声をかけてくれたのは、はじめてだろう。

髷《まげ》は白毛がまじっていた。顔にも老いがあった。たしかもう六十に近い齢のはずだ。だが眼光にはまだ力が残っていた。

「伊志どのの行方は、まだ知れぬか」

「はあ、して、何用でしょうか」

「いや、ちょっとおまえのことが気になってな」

留守居役のそばには供の侍がついていた。村島俊兵衛という名前だけは思い出したが、その男とは馴染みがなかった。

「達者であればよい、ときには藩邸に顔を見せい」

「は」

六角篤右衛門は、村島をうながして歩きだした。孫十郎は、それを見送る形になった。首をかしげた。留守居役は、孫十郎の帰りを待ち伏せていたようだ。用がなければ、そのようなことをするはずがない。それなのにその用を口にしない。

「なぜだ」

呟きながら、長屋に入った。だが、そのなぜを深く考えるひまはなかった。住まいの戸を開けると、上がりがまちに、一人の浪人が坐っていた。

海部《かいふ》半兵衛である。

「孫十郎、仕事だ」

「表か」

「裏だ」

浮田孫十郎の表の仕事は用心棒である。表稼業では食えなかった。それで裏の仕事を持っていた。

裏の仕事に誘い込んだのは半兵衛である。病に倒れ、餓死寸前のところをこの半兵衛に救われたのである。

「急ぐのか」

「今夜だ」

「わかった」

孫十郎は、おのれから先に表に出た。二人は肩を並べて西に足を向けていた。鍋町《なべちょう》を横切ったあたりで、孫十郎は誰《だれ》かに尾行されているような気がした。

振り向いても姿は見えない。半兵衛もそれに気付いた。

「孫十郎、おかしいな」

二人とも神経をそばだてていた。これから人一人を斬ろうというのだ。神経が立ってもおかしくない。その神経に触れてくるものがある。

「こいつは、まずいな」

裏の仕事である。斬るところを誰かに見られてはおしまいだ。

「つけられているのは、おれかおまえか」

それを確かめるには、左右に分かれるしかない。半兵衛は待ち合わせの場所を囁《ささや》いた。

そして、半兵衛は南へ、孫十郎は北へ走った。もちろん尾行される覚えはなかった。

まっすぐ走れば筋違御門《すじちがいごもん》に出る。

孫十郎は須田町《すだちょう》まで走って、路地に身をひそめた。尾行されていたのはおのれだった。

ひたひたと、走る足音がしていた。三人らしい。足音で人数を聞き分けられる。

目の前を走り去ったのは、三人の侍だった。暑いのに三人とも黒い布で顔をおおっていた。三人の中の一人の姿に見覚えがあった。だが、どこで出会ったのか思い出せない。

三人が走り去って、孫十郎は路地から出た。とたんに殺気を浴びて、かれは腰を落とした。そこに走り去ったはずの三人が立っていた。三人は黒い影となっていた。

それぞれに、殺気をもらしている。殺気をためきれないのだ。

「人違いではないのか」

三人は答えずに刀を抜いた。刃がきらりと光った。それに合わせるように孫十郎も刀を抜き、腰にためた。

無玄流の構えである。

三人は青眼に構えをとった。そして三方に開いた。

そのとき、孫十郎は正面の武士を思い出した。加代という武家妻が脇差ではざまを貫かれ死んだ。その加代を追っていた武士だった。顔は見なかったが、姿は憶えていたのだ。

「そうか、おぬしは、古河藩士江馬伝七郎の妻加代を追っていた男だな。おれも会いたいと思っていた。加代を追っていたわけを聞こうか」

孫十郎は、つっと足を摺《す》った。何度か前に進む。その分だけ武士は退く。あとの二人が背後へ回ったことは知っていた。

かれは走った。いや、走ると見せて、いきなり、向きを変えて走った。二人の武士が狼狽《ろうばい》する。

あわてて斬りかかるのを外しておいて、腕のつけ根を斬り上げた。悲鳴が上がった。

斬られた腕が刀柄にぶら下がった。

孫十郎は、剣を再び腰だめにしていた。

「おれを狙《ねら》うには、少し、人数不足だね」

一人の武士を追った。そいつは逃げる。後からもう一人が追ってくる。逃げる武士は、まだ若そうだった。

孫十郎は振り向かず、若い武士を追った。走りながら息を切らしていた。追ってくる武士の姿はいつの間にか消えていた。孫十郎の剣を甘く見たらしい。

かれは、追うとみせて、路地に走り込んでいた。連中にはすでに孫十郎を追う気力はないはずだった。そのまま半兵衛の待つ場所に走った。

そこは、稲葉長門守《ながとのかみ》の上屋敷の外塀だった。半兵衛は、闇に体をひそめていた。このあたりが神田小川町である。大名や旗本の屋敷ばかりである。

「つけられていたのは、おまえだったな」

半兵衛が言った。

「わけがわからん」

「今夜の仕事は、手を引くか」

「そうもいくまい」

孫十郎も、半兵衛のそばにかがみ込んだ。襲って来た三人組と、留守居役六角篤右衛門との間に何か関わりがあるのか。なぜ、留守居役が、藩を離れて十二年にもなる孫十郎の前に姿を現わしたのか。半兵衛が孫十郎の脇腹を突ついた。むこうに提灯《ちょうちん》の灯りが見えていた。

「たのむぞ、孫十郎」

「相手に間違いはなかろうな」

しばらく経ってから、ない、と決断するように半兵衛が言った。斬る相手は、侍のようだ。提灯を手にして前を歩いているのは若党だろう。かれは鯉口を切った。

孫十郎は、提灯の前に、ヌーッと立ち上がった。

わっ、と声をあげたのは若党である。かれは、まず、提灯を切って落とし、刀を抜こうとする武士に、一閃《いっせん》を浴びせた。

確かな一閃だった。孫十郎は、おのれの腕に存分の手ごたえを覚えていた。肩から胸乳まで斬り下げた。即死のはずである。

斬った瞬間に、返り血を避けて体を開いていた。

その間に若党が逃げていた。

「いいのか」

半兵衛が頷いた。

四十すぎとみえる武士は、そのときになって朽木が倒れるように倒れた。半兵衛は、すでに、小走りに先をいっていた。孫十郎もそれを追う。

四半刻後、二人は居酒屋の奥座敷に向かい合って坐っていた。

「孫十郎、いつもながらの腕だな」

半兵衛は膳の下に、紙包みをすべらせた。二十両である。もっとも裏の仕事は、二カ月に一度あるかないかである。それでも、この仕事があるために、浪人としては不自由のない暮らしができるのだ。

おのれの斬る相手が何者なのか、どうして斬らねばならないのか、頼み人が誰なのかは一切知らないことになっている。もちろん斬った相手の顔も知らないのだ。

半兵衛に言わせると、武士を斬って若党を逸したのは、その武士の屋敷に死体を運ばせるためだそうだ。その屋敷では、武士の死を病死として届ける。それで家禄は安泰になる。つまり、若党を逃がしたのは、その家族への思いやりということになる。

孫十郎は酒をあおった。裏の仕事をすましたあとは、いつも女を抱きたくなるものだが、今夜はその気がなかった。

空屋敷で津由という女を抱いたせいでもあるし、明日もまた抱かねばならないことになっていた。五日間、津由を抱く約束で十両をもらっている。かれの懐中には、いま三十両の金があることになる。

「孫十郎、あの長屋を引っ越さぬか、家はわしが探してやる」

「そのうち越すことになるかもしれんが、居心地は悪くない、待ってくれ」

今夜、襲って来た連中も、かれの住まいは知っているものと考えなければならない。とすれば引っ越す機会かもしれないのだ。

孫十郎は、半兵衛と別れて、長屋にもどった。住まいに入ると、闇の中で敷きっ放しの布団をずらして横になった。

酔いもあって眠りに落ちた。

夢を見ていた。夢と知りながら見る夢もある。夢の中に、伊志がいた。十二年前に、寺侍と駈落ちした妻伊志である。十二年前の姿のままだった。
七、八年ぶりだな、と思った。むかしはよく妻の夢を見た。妻の行方を追いながら、なにかがふっきれたときから、妻の夢を見なくなっていたのだ。
病の床で、このまま死んでいく、と思ったとき、伊志を追うおのれのむなしさを知った。そのときから、海部半兵衛のすすめで、殺し稼業をはじめたのだ。

伊志は、帯を解いて裸になった。美しい十九歳の裸身である。

「旦那さま、抱いて」

と体を投げかけてくる。それを抱き止めた。

「ひさしぶりじゃないか、伊志、まだどこかで生きているのか」

かれの問いには答えず、肌をすり寄せてくる。孫十郎もいつの間にか裸になっていた。伊志は、他の娘と違って、いくらか成育が遅かったのだろう。細くいたいたしい体だった。十二年が経ったいまでは、どんな体になっているのだろう、と思った。

かれは伊志の肌を撫で回していた。尻も意外に小さかった。それでいてひどく柔らかかったのを憶えている。

夢に出てくるということは、あるいは死んでいるのかもしれない、と思ったりする。伊志の手が、かれの一物を握った。それは怒張して疼《うず》いていた。

疼いているのは、人を斬ったあとだからだと思う。細くて白い指が、怒張したものに這っていた。

指を輪にしてそれに回し、手を上下させる。乾いているので、わずかに痛みがあった。伊志は、夜毎のように一物を手にして、珍しげに眺めていたのだ。

孫十郎は、乳房を揉みしだいた。揉んでいるうちに、乳首が膨みはじめ、色も濃くなってくる。とがっていた乳房も丸みをおびてくる。それを不思議には思わなかった。夢の中である。何が起こっても奇怪ではない。

乳首を口にくわえ、肌を撫で回しながら股間に手をのばした。そこには、茂りもなく、のっぺらぼうである。はざまに指をすべらせる。そこもまた、花弁もなく切れ込みもなく、ツルリとしていた。女の壺がないのだ。奇怪といえは奇怪だが、孫十郎は、伊志がおのれを拒んでいるのだ、と思った。

夢の中では、怒張したものを切れ込みに埋めようとしても、埋められないということがしばしば起こることを、かれは何度も経験していたのである。

伊志は、孫十郎を突き放した。そして枕もとにあった脇差を手にとると鞘を払った。

「伊志、何をする」

這い寄ろうとしたが、かれの体は金縛りにあったように動かなかった。こういうことも夢の中ではたびたびあった。

脇差を手にした伊志は、刃をじっと見ている。斑紋の浮いた刃である。刃をみつめる伊志の目が潤んだ。それと同時に、白い裸身がくねりはじめた。

そして、おのれの手でおのれの乳房を摑み揉みしだき、喘ぐ。右手では、しっかり脇差の柄を握りしめている。その刃が震えはじめる。乳房を揉んでいた手が、はざまにのびた。

伊志は、股を開いた。さっきまではツルリとして何もなかったのに、いまは、切れ込みがあった。

切れ込みを指で拡げる。そこは美しい淡紅色にいろどられていて、うっすらと透明な油のようなものが張られ、光沢を放っていた。

淡紅色の芽があり、その芽は鋭くとがり、濡れて見えた。その芽を伊志の指がついばむのだ。

「あ、あっ」

声をあげて喘いだ。孫十郎はそれを正面から見ていたのである。妻の壺がそこにあるのに、おのれの一物をそこに埋められない焦立ちがある。

伊志は脇差の刃をみつめたままである。

「伊志」

と孫十郎が呼んでも伊志の耳にはとどかない様子だ。なぜ、伊志が脇差を手にしているのかはわからない。

伊志の指が淡紅色の沼に没した。一指にもう一指加わって二指になった。二指が沼の中で交叉している。あるいは指を曲げたりのばしたりして、抉っている。

そのさまが孫十郎にははっきり見えていた。抉るたびに、沼の中から露がつぎつぎに湧き出してくるのだ。

露がしたたり流れる。二指が三指になった。沼は少しずつ拡げられているようだ。そこは産道でもある。拡がっても不思議ではない。

三指が躍り、そのたびに伊志の体はよじれ、くねり、震えるのだ。

その光景を孫十郎は、目を皿のようにして見ていた。

伊志は、わけのわからない声をしきりにあげながら、両足と両肩でおのれの体を支えながら、腰をはげしく回していた。

いつの間にか、もう一指がふえていた。四指である。そこが怪物の口のように見えてきた。

孫十郎は息ぐるしさを覚えていた。伊志は何を見せようとしているのか、何を語ろうとしているのか。

ついに五指になった。手首がすっぽり、沼の中に入ったのだ。怪物の口に呑み込まれ、食いちぎられるかのように見えた。

伊志は汗まみれになり、体を震わせ続けている。

「伊志、止めぬか、止めてくれ」

孫十郎は叫んでいた。

熱い沼に手首が出たり入ったりする。その手首はぬめって鈍い光りを放っていた。いつの間にか手首が、一物の形になっていた。

巨大な一物が出入りしているのだ。その光景は、いかにも淫《みだ》らで奇怪だった。もちろん伊志は続けざまに、体を震わせ、声を張りあげ、気をやっている様子である。

一物の出入りにつれて、露が流れ出る。

孫十郎は、はっ、となった。伊志が、脇差を逆手に握り直し、切先をはざまに向けたのである。はざまを、脇差で貫く気なのだ、と思った。

「伊志ッ!」

と叫んだ。

おのれの叫びで、孫十郎は目をさましていた。ガバッ、とはね起きていた。夢と知っていたはずなのに、

「夢であったか」

と呟いていた。

汗まみれになっていた。

井戸の水を汲んできて、裸になり手拭いをしぼって汗を拭った。そして、再び薄い布団に体を横たえた。そして、大きく、息をついた。枕もとを手でさぐるまでもなく、そこに大刀と共に脇差もあった。

暗い天井をみつめながら、孫十郎は、加代という女を思い出していた。加代はかれが眠っている間に、その脇差の刃をおのれのはざまに突きさして死んでいた。

夢の中で伊志のはざまが血に染まるのまでは見ていなかった。夢は、何かの暗示に思えた。

「この脇差に何かあるのか」

加代という女に出会ってから、おのれの身辺に何か起こりつつあるのだ、と思った。

何かわけのわからない巨大なものが、蠢《うごめ》きはじめているような気がする。

五

浮田孫十郎は、三味線堀の裏手にある荒れ屋敷に足を運んだ。五日間は、津由という女を抱く、という約束だった。藤原の鎌という奇怪な小男から、種付料として十両をもらっていた。

表は人の住むとは思えない空屋敷だが、奥に入れば、津由という女と、蟹のような下僕の二人が住んでいるのだ。

先日と同じように、津由は両手をついて孫十郎を迎えた。だが、その目には昨日の冷たさと違って、ぬめりが浮いていた。

下僕が、かれを湯殿に案内する。裸になって、湯舟に体をひたしていると、女が裸になって流しに降りて来た。

「背中をお流しいたします」

そう言った。

美しい裸身である。湯殿には、蠟燭《ろうそく》の灯りがあった。その灯りに青白い裸身が浮き上がった。細い体のわりには豊かな乳房が、ゆたゆたとゆれる。下腹には茶色の茂りがあった。その茂りを透かして、はざまがちらちらと見えた。

津由は、はざまを手でおおって、湯舟のふちをまたいで入ってきた。向かい合って入ると膝と膝とが触れる。その膝を入れ違いにする。つまり、お互いの片方の膝頭を挟む形になるのだ。

乳房が湯に浮き沈みしている。その乳房を下から支えるように握った。紅い乳首がとがっていた。昨日は柔らかかった乳首がいまは、はじめからしこっていた。

孫十郎の訪れを待っていたのだろう。支えながら揉みしだき、もう一方の手で乳首を摘んだ。乳首はぬれて新鮮な紅色に染まっていた。

津由は、ためらいながら、手をかれの股間にのばして、そこに屹立するものを、そっと手に包みこんだ。

青白い貌が、湯のためか、あるいは羞恥《しゅうち》のためか、桜色に染まってみえた。赤い灯りのせいかもしれない。

男を握ったまま、女は、頭を孫十郎の肩にのせて来た。

「浮田さま、お待ち申しておりました」

昨日は、いやがる女を乱暴にねじ伏せて、体をいらった。それが功をそうしたものとみえる。この女は悶え狂ったのである。喘ぎ悶えたことで、女は孫十郎に屈伏したのか。

かれは摘んだ乳房を引っぱり、そして放した。

「うっ」

と女が声をあげた。

女とは変わるものである。昨日は人形のように冷たく男の精だけを受けようとした女が、今日はおのれから肌をすり寄せてくる。女とは、すぐ男の体に馴れるものなのかもしれない。

孫十郎は、女の細い体を抱き寄せると、乳首をすくいあげるように舌をのばして、くわえた。

「あ」

と津由は短く声をあげて、乳房をかれに押しつけてきた。乳首をしゃぶりながら手を腿の間にのばした。内腿の肉はとろけそうに柔らかい。

その感触を楽しみながら、奥へすすむ。そこに男の手を遊ばせるためか、腿は大きく開いていた。そこに指をそえる。ゆるんだ切れ込みに指を埋め、切れ込みに沿ってなぞると、小さな肉粒に触れた。

とたんに、ぴくりと女の体がふるえた。

「ゆだってしまいます」

女がか細い声で言った。女の目は燃えていた。その目に、孫十郎は、今朝方の夢に見た伊志の目を思い出していた。

流し場に上がると孫十郎は、小さな腰掛けに尻を降ろした。津由が背中に回る。

湯殿には湯気がみちていた。湯気の中に、ぼんやりと蠟燭の炎が見えていた。湯殿の外に下僕の気配があったが、今日は殺気を覚えなかった。諦めたのか。

女は、米糠を布で包んだものを、かれの肌に押しつけ、それで広い背中をこする。こすったあとで、指の腹で垢を擦り落とすのだ。背中の垢を落としたあとで、女はおのれの乳房を背中に押しつけて来た。

そして両腕をかれの胸に回すと、しっかり抱きついた。そして、こきざみに体を震わせる。そうすることによって、乳首と乳房が男の背中で揉まれるのだ。

女は孫十郎の前に回り、糠袋を使い、指でこすった。胸から腹、そして腿に回し、両足を洗ったあとで、女の細い手が股間にのびた。

一物を何度かしごき、ふぐりに手をのばし、それを揉んだ。細い指は、その下まで這い、尻の孔を撫で回した。

孫十郎は、体に女の手を覚えながら、今朝方の伊志の夢を思い出していた。なぜ、あのような夢を見たのかわからない。だが、いかにも暗示的だった。

伊志の夢を見たのも七、八年ぶりなら、脇差でおのれのはざまを貫こうとした淫景《いんけい》も、奇怪だった。いかに夢とはいいながら、十日ほど前に、加代という武家妻が、その脇差ではざまを貫いて死んでいるのだ。

おのれの身辺に、奇怪なことが起こり出したのは、加代に出会ってからだ、と孫十郎は思った。

そう思って、かれは首を振った。その三日前からだったように思う。

加代に出会う三日前、囲い女お紺のもとから帰る途中だった。柳原土堤を歩いていて、孫十郎は、背中に突き刺さるような殺気を覚え、振り向きざまに、刀を薙《な》いでいた。腕に充分な手ごたえを覚えた。

そこに旅姿の武士が脇腹を存分に裂かれ、よろめいていた。その武士は刀を抜いて、孫十郎に斬りかかろうとしていたのだ。

武士は膝をついた。夜目にも裂かれた腹から、内臓がはみ出しているのが見え、衣服は黒々と血に染まっていた。

その武士が、おのれの脇差を鞘ごと抜いてさし出した。そして、苦しい息の下から一言言った。

「らあじゃ……」

たしかに、らあじゃ、と孫十郎には聞こえた。そのまま、武士はうつ伏せに倒れた。脈をみるまでもなく、武士はこと切れていた。

武士は死ぬまぎわに、孫十郎になにかを頼みたかったのに違いない。

その脇差が、いま孫十郎が腰にしている脇差だったのだ。らあじゃ、とは何か、孫十郎には見当がつかなかった。

その三日目に夫江馬伝七郎を探す加代に出会い、加代はその夜のうちに死んだ。そして孫十郎の前に、藤原の鎌と名乗る小男が現われ、この津由という女を抱くことになったのだ。

それだけではない。孫十郎が十二年前まで禄を食《は》んでいた川越藩の留守居役六角篤右衛門が現われ、そのあと、三人の武士に襲われた。そして、十二年前の妻伊志の艶夢《えんむ》を見たのである。

津由は、孫十郎の股間にうずくまって、怒張した一物を口にくわえていた。孫十郎は、女の唇の間に出入りするおのれをぼんやりと見ていた。

孫十郎は居間ではなく別の部屋に連れていかれた。裸のままである。衣類と大小は津由が抱いていた。

そこは寝間だった。夏布団がのべられ、その布団にうつ伏せに寝かされた。窓にはすだれがあった。

行燈の必要はなかったが、明るすぎるというほどでもない。部屋にはいい匂いがただよっていた。香《こう》がどこかでたかれているのだろう。心なごむ香りである。

この香りが、津由にはよくあっていると思った。はじめはこの女の青いような白い肌を病んでいるのか、と思ったが、そういう体質らしい。

背中に津由が重なってきた。上半身を押しつけてくる。二つの乳房が押しつけられるのを覚えていた。

女の手は、孫十郎の肌を撫で回していた。どうして背中からなのか、昨日、この女を背中から愛撫してやった。そのお返しなのか。女の手は、かれの堅い尻を撫でていた。

「浮田さま」

津由はかれに仰臥するよううながした。仰向けになると、女は、唇を重ねてきた。舌で孫十郎の唇をこじあけ、ぬるりとした舌をさし入れてきた。

舌がからみ合い、唾液がまじり合う。女がかれの舌を吸い込んだ。そして、巧みに舌をからめて吸う。

外は、雨が落ちているようだ。それだけ涼しい風が吹き込んでくる。

女の唇がかれの小さな乳首に移った。舌で乳首を舐め回す。それと同時に、女の手は股間にのびていた。かれは女の口に、湯殿で吸いとられていた。津由は、口中に噴出されたものを飲み下していた。

女の手の中で、まだそれは柔らかかった。それを指で弄《もてあそ》んでいる。孫十郎は、女のなめらかな尻を撫でていた。湯上がりの肌が手を吸いつける。

孫十郎は、すすけた天井に目を向け、夢の中で伊志がおのれのはざまに突き刺そうとした脇差を考えていた。

刃に斑紋を浮かした脇差が、妖《あや》しげな魔力を秘めているのではないか、と思えてきた。

不意に斬りつけ、孫十郎に逆に斬られて死んだ武士は、その脇差をさし出し、「らあじゃ」と一言もらして死んでいった。

「らあじゃ」とは一体なんなのか、意味がわからない。らあじゃに漢字を当てはめてみた。羅阿蛇と。文字をあてはめてみると、脇差の斑紋は、蛇のうろこのようにも思えてくる。

おのれの一物は柔らかいまま、女の口にくわえられていた。舌が巧みにからみついてくる。根元を女の歯が噛《か》んだ。軽い痛みが走った。そのとたんに、一物は一気に膨んだのである。

女はゆっくりと頭を上下させはじめた。馴れた動きである。しばらく頭を上下させて、女は顔を上げた。

女は、一物と孫十郎の顔を見比べてから、彼の腰に跨《また》がってきた。そして、いまは膨れ固くなったものを指で支え、おのれの切れ込みに何度か往復させてから、ゆっくり腰を落としてきた。

それは襞《ひだ》をかき分けるように進み、根元までつくした。茶色の毛と黒々とした茂りが、もつれ合って見えた。

「うふっ」

と女が笑って孫十郎の目を覗き込んだ。

「浮田さま、何をお考えですか」

「らあじゃ」

と言ってみた。そのとき、津由の目が異様に光ったような気がした。女の尻が左右にゆれ、そして回った。

津由は、孫十郎の上に重なっていた。俗に茶臼《ちゃうす》といわれている形である。かれの目の上で乳房がゆたゆたと揺れていた。重たげな乳房である。

孫十郎は、女の柔らかい尻を両手で引き寄せていた。尻を掴んで揉みしだく。

「らあじゃの意味を知っているのか」

女は首を振った。女が知っていて知らぬふりをしているのかどうかは、孫十郎にも判じかねた。

かれは、いきんでみせた。すると、女が、うっと声をあげ、笑った。続けざまに、いきむ。それに応えて、女が尻を回しはじめた。目つきがまぶしそうになり、そして目を閉じた。

孫十郎は、脇差のことは忘れていた。だが今朝方の伊志の夢で気になりだしたのだ。伊志の夢を見たのも、何かの凶兆のように思えたのだ。

津由が、激しく尻を振り回し、はざまをしきりに擦りつけ、喘いでいた。かれが下から突き上げると、そのたびに呻き声を上げる。

「浮田さま、これでは、津由は届きませぬ」

声は濡れていた。

孫十郎は、女の尻を引き寄せたまま、反転した。立場が逆になっていた。女は背を弓のようにそらして、下からもち上げてきた。そして、その尻を左右に振り回す。

「そなたは、どこの生まれだ」

「さがみ」

相模か。

女の肌が汗ばんでぬめった。茶色の草むらと黒い茂りがもつれ合い、こすれあってエレキを発する。平賀源内が三十年あまり前エレキを発見してから、江戸の男女は、陰毛を擦り合わせることによってエレキが発生することを知るようになった。

そのエレキを生むために、女はしきりにはざまを擦っていた。エレキのために、はざまに痺れが走るのだ。

「藤原の鎌と名乗った男は何者だ」

津由はそれには応えず、甘い声を上げて、体を震わせた。孫十郎もおのれを包み込んだものが律動するのを覚えていた。

女の全身がこわばり、そして弛緩した。そして薄目をあけて、まぶしそうに孫十郎を見上げた。

「わたし、浮田さまの種を宿したい」

「なぜだ」

「なぜでも」

「それは、答えにはなっておらぬ」

津由は笑った。おそらく、この女は、藤原の鎌のことも、おのれのことも、たとえ、絞め殺されようと喋るまい、と思った。この女からなにかを聞こうとするのは諦めねばならない。「らあじゃ」のことも、この女は知っているのではないか、と思った。

「この女狐《めぎつね》め」

孫十郎は、二、三度、強く出し入れした。とたんに、女は声をあげてしがみついてきた。

「また、またでございます」

甲高い声を上げた。

正体の知れないこの女、あるいは女狐かと思ったのだ。もちろん尻尾《しっぽ》があるわけではない。

女は、体を躍らせた。男から離れまいとして、しっかりしがみついている。再び気をやったのだろう。

「うっ」

と唸《うな》ったのは孫十郎だった。したたかに洩らしていた。呼吸が静まるのを待った。

「浮田さまの種を宿したようでございます」

津由はそう言った。まさか、と孫十郎は笑った。

六

荒れ屋敷を出ようとする門の内に、蟹のような男が立っていた。五尺ほどの背丈なのに肩幅がいやに広い。津由の下僕である。強い光を持つ目である。力を体内に秘めている様子である。

「ありがとうございました。明日のおいでをお待ちしております」

男は、少ししわがれた声で言った。

「おまえの名を聞いておこうか」

「鉄と申します」

鉄より蟹のほうがわかりやすい、と思った。鉄の目は、孫十郎に何か言いたげである。目がなにかを言いたげでも、口が喋るとは限らない。かれは門を出た。

土が少し濡れていた。雨が降ったのだ。西の空が茜色《あかねいろ》に染まっていた。通りへ出るとそこが三味線堀である。堀はみどり色の水をたたえていた。

南への道をまっすぐたどれば、神田川に出る。

孫十郎は、歩きながら、くくっと笑った。おれが精をもらしたとたんに、女は、種を宿したと言った。それがおかしかったのだ。だが、それを笑いとばせない何かがあった。もしかしたら、かの女は、それを知る能力を持っているのかもしれないのだ。

種を宿した、と言いながら、津由は明日も待っていると言った。懐妊するだけが目的ではなかったのか。

孫十郎は、尾行されているような気がした。だが、振り向くわけにはいかない。気を放射してみた。たしかに背後に尾行してくる者の気配があった。

首を回してみたが、人影はなかった。そういえば、三日ほど前から、孫十郎は何となく見張られているような気がしていた。

確かに、おのれの身に、何かが起こりつつあるのだ。それが何であるのかわからない焦立ちがある。

川越藩の留守居役六角篤右衛門は、ときには藩邸に顔を見せろと言った。留守居役ともあろうものが、もとは川越藩士だったとはいえ、微禄の浮田孫十郎に、わざわざ声をかけるほど暇なはずはないのだ。

川越藩は、藩士の禄を半分借り上げるほどに財政は苦しいのだ。留守居役としては、借金に走り回らなければならないはずである。

留守居役の狙いは何だったのか、それを考えると焦立ってくる。川越藩の上屋敷は、麻布の溜池のそばにあった。下屋敷は東海道、品川宿の近くにあった。孫十郎もむかしは一年ほど江戸詰めをしたことがあった。

神田川に架かるあたらし橋を渡った。その橋のたもとに、うっそりと女が立っていた。夜鷹のつもりか、手拭いを頭にかぶり、その端を口にくわえていた。まだ夜鷹の出る時刻には早い。

孫十郎を待ち伏せしていたものとみえる。

「お武家さま」

と声をかけて、かれの前に立った。

「わたしを抱いて下さいな」

女は言った。夜鷹なれば、買ってくれ、という。

「金はいらんのか」

「はい」

女はあっさり言った。町家の女らしいみなりだ。三十を一つか二つ過ぎているように見えた。顔が白い。おしろいの白さではない。

「お金ならば、わたしのほうでさし上げます」

いつもであれば、面白い、とすぐ乗るところだが、いまの孫十郎は、素直にはなれないでいる。だが、この女を拒んだところで、どうなるものでもない。女は豊かな体つきをしていた。

商家の内儀の中には、おのれの淫情を押さえきれず、このように夜鷹のまねをして男を拾う女がいる。

もちろん、このたぐいの女は金がめあてではないから、男を選ぶ。この女は、町人よりも、たとえ浪人でも武士を好むのだろう。

女はお紋と名乗り、その他の素性はゆるしてくれ、と言った。孫十郎は、そのようなことには興味がなかった。

女が孫十郎を連れ込んだのは、水茶屋の奥座敷のようだった。表から入らずに裏から入った。この店はすでに閉めていて、他に人の気配はなかった。

女が石を打って灯りをつけると、そこに酒膳があった。前もって、この店のおやじにでも言いつけて用意させておいたのだろう。

手拭いをとった女の顔は、意外に妖艶《ようえん》だった。にじり寄ってくる女の仕種には淫らがましさがあり、淫相であった。目は俗に三白眼というもので、眸の下に白目がある。そのために、やや険しい目つきになっている。体つきは豊かなようだが、顔は細面である。

「おれは、一刻ほど前に女を抱いたばかりだ」

そう言うと、お紋は笑った。

「そのほうがようございます。がつがつした男は好きませんそれに、女を抱いたあとはあとを引くと申します」

お紋は、そう言いながら、淫らさを浮かべた目で孫十郎を見た。この女は目端で人を見る癖があるようだ。

腰からすり寄ってきたお紋は、露骨に孫十郎の股倉に手を入れて来た。そして、下帯の上から、そこにあるものを握って、にっと笑った。

かれは、おのれの一物が膨んでいるのを意外に思った。お紋はそれを弄びながら、おのれの旦那には囲い女ができて、少しもかまってくれない。今夜もその囲い女の所にいっている、という意味のことを恨みがましく喋る。

お紋は下帯をずらして、それを摑み出し、そこに顔を埋めようとして、孫十郎が差している脇差が邪魔になるのに気付いて、鞘ごと引き抜いた。

脇差をそばに置こうとして、お紋は手の脇差に気を止めた。そして魅せられたように、脇差を見ている。孫十郎は、おや、と思った。

お紋は脇差をひねくり回している。そばに男がいることなど忘れてしまったような顔つきになった。

孫十郎は膳の上の銚子を手にし、その口に口をつけた。盃に注ぐのは面倒だったのだ。酒はまだ冷えてはいなかった。

お紋は、鯉口を切って、ゆっくりと鞘を払った。鞘を投げ出し、両手で柄を握って斑紋が浮いた刀刃をみつめている。その目は何かに憑《つ》かれたようになった。そして片手で衿を拡げ、白い胸をさらし、裾を乱した。

女の手はおのれの乳房を握って揉む。乳首を摘んでひねる。そして薄く唇を開き、熱い息を吐く。

孫十郎は、そんなお紋の姿を興味ありげに見ていた。かれの脳の中には、今朝方見た伊志の姿があった。もう一つ、この脇差ではざまを貫いて死んだ加代という武家妻の姿も重なった。

お紋は膝立ちになると、膝を拡げて片手を股倉に忍び込ませた。その指先は切れ込みをさぐっているものとみえた。

「あ、あーっ」

甘い声をあげ、腰をゆする。それではもの足りぬと見えて、お紋はせわしげに、おのれの帯を解く。自然に前がはだかった。重い乳房が行燈の灯りを映してゆれた。お紋は喘ぎ、腰をゆする。

孫十郎は、喘ぎ悶える女の淫らな姿を、じっと見すえていた。何かがわかりかけてきたような気がしていた。

お紋は、脇差を片手に、片手でおのれのはざまをさぐっている。そのすがたはいかにも淫靡《いんび》であった。刃が行燈の灯りを映して鈍く光っている。その刃にお紋の目は吸いつけられているのだ。

　そばに男がいることも、全く気にならない様子だ。豊かな尻が震え、ひくついていた。孫十郎は、お紋がその刃をおのれのはざまに突き刺して気をやるのだ、と思った。

　加代という武家妻が、このようにして死んだのであれば、納得がいく。あのとき、宿屋の部屋に刺客が入って来て加代を殺したとは見えなかった。刺客ならば胸か首を刺すはずである。それに加代の死顔は恍惚としていたではないか。

　孫十郎は、お紋から脇差を奪うつもりも、お紋を止めるつもりもなかった。とことんまで見たいと思った。

「あ、あっ、気がいきそう」

　とお紋は叫んで、腰をよじる。いまは口辺からよだれさえ流しているのだ。内腿を粘り露が伝い流れるのも見た。

　気味悪い斑《まだら》模様を描き出す刃は魔力を秘めているのだ。女を淫らに狂わせる魔力。いまはそうとしか考えられない。

　お紋は体を上下にゆさぶった。片手を使えないのが、苛立《いらだ》たしそうに。膝立ちになっているのが耐えられないように、女は後にひっくり返って、股間を孫十郎の目にさらした。

はざまはぬれ光り、切れ込みは拡げられて紅い秘肉をさらしていた。露をわき出させる沼には、指がせわしげに動いていた。

お紋の体は弓ぞりになり、硬直しながら、震えていた。

それを見ていて、孫十郎は咽のかわきを覚え、手にした銚子の酒を咽を鳴らして呑んだ。こんな奇怪なことがあろうか。刃は、女の秘肉を求めているのだ。いや、女の血を吸いたがっているのだ。

淫剣！

まさにその通りだと思った。

「せつない、せつない」

と口走りながら、お紋は身を揉む。紅い沼の口は、いまや鮮紅色にいろどられ、まるで鯉が喘ぐようにパクパクと伸縮し、指に抉られて、よじれによじれていた。

お紋は身悶えながら、脇差を逆手に握っていた。そして、その鋒《きつさき》をおのれのはざまに近づける。

孫十郎は、目を剝いてみつめていた。お紋を止めようとは思わなかった。鋒が鮮紅色の切れ込みを分けた。いまは、お紋は柄を両手で握りしめていた。

刃が一気に、切れ込みを貫いた。お紋が悲鳴をあげた。それは歓喜の声だった。とたんに、白い女体に痙攣が走る。

さっと鮮血が湧き出した。

なぜだかはわからないが、いまはその脇差が、魔力を秘めた太刀であることはわかった。女体はまだひくひくと痙攣をつづけている。すでに死んだのか、まだ生きているのかはわからない。

孫十郎は、お紋の顔を覗き込んだ。その顔は、やはり恍惚を浮かべていた。お紋は死にぎわに、かつて覚えなかった歓喜を味わったのに違いないのだ。ある意味では、幸せな女だったのかもしれない。他の女が得られない、深い悦びを得たのだから。

かれは、動かなくなったお紋の裸身を見ていた。加代が死んだときと同じ姿だった。

女の血を吸う魔剣だったのだ。

二章　みだら剣

一

翌日――

浮田孫十郎は三味線堀に足を向けた。藤原《ふじわら》の鎌《かま》と名乗る奇怪な小男に、津由《つゆ》という女を五日間抱いてくれ、と頼まれて三日目であった。津由を孕《はら》ますためである。孫十郎は種馬だったのだ。もっとも種付料として前金十両を受け取っている。その約束は果たさなければならない。

堀裏の荒れ屋敷に足を踏み込んだが、人の気配がなかった。表は荒屋敷でも、奥の部屋には、津由と下僕の鉄が住んでいたのだ。畳も新しかったし、木の香が匂《にお》う檜《ひのき》造りの風呂桶《ふろおけ》があったのに、すべては取り払われ、荒屋敷に似合って腐ってぶよぶよする畳が敷かれ、人の棲《す》んだ気配はどこにもない。廊下には人の歩いたあとがあったのに、それすら消えて埃《ほこり》の中に、孫十郎の足跡だけが、くっきり残っている。もちろん風呂桶もなく、そこには湿り気さえなく、乾いていた。

昨日まで、人が風呂を使っていたのである。板張りの床か、土間に湿気くらいはあってもよさそうなものだ。

「奇怪な！」

孫十郎は、狐《きつね》にたぶらかされたように、ぽかんと口を開いたまま、つっ立っていた。

表へ出て確かめてみたが、この屋敷に間違いはなかった。

「あの女は、女狐であったか」

立派な座敷であり、湯殿であり、そして寝間であった。それが一夜のうちに、あと形もなく消え去り、荒れ屋敷にもどっている。これだけ変えるには、かなりの人数を要したはずである。

「そういえば……」

とかれは昨日のことを思い出していた。孫十郎が女の切れ込みにおのれを埋め、精汁を放出したとき、津由は、種をみごもった、と言った。

そのときは、孫十郎は戯言《ざれごと》と思った。情を交わして、みごもったとわかるまでには六十日を要する。だが、津由には、精汁を受けた刹那《せつな》に、みごもったと知る能力があったものとみえる。

そうだとすれば、種馬としての孫十郎の役目は終わったことになる。津由と鉄が、ここを引き払ってもおかしくはない。だが、それならそうと一言あってしかるべきではないか、とかれは腹立ちをおぼえた。

このところ、よく奇怪なことが起こるものだ。十月十日経って、女狐がおのれの子を抱いて現われるのではないか、と思い孫十郎は肩をすくめて苦笑した。

「おれはもう、津由を抱くことはないのだ」

と思うと、妙に未練を覚える。白すぎる肌で、はじめは不気味でなくもなかったが、よい女だった。あれほどの女は、そうざらには抱けない。

「未練か」

呟《つぶや》いて、屋敷を出た。首を振って、津由の面影を追い払おうとするが、あっさりとは去ってくれない。こうなるのであれば、昨日、もう一度津由を抱いておけばよかった、などと思う。

歩き出したものの、どこへ足を向ければよいかわからない。こうなると間がもたない。酒を呑《の》むには早すぎた。湯島のお紺を思い浮かべたが、津由の思いが残る孫十郎は、お紺を抱く気にはなれない。

「そうだ、久しぶりに無学さんをたずねてみようか」

と呟いた。立花無学、外道医である。内科を本道といい、外科を外道と言った。無学は米沢町、薬研堀《やげんぼり》に住んでいる。両国広小路の近くだから、それほど遠くはない。

薬研堀には、中条流医と称する子堕ろし専門の医師が多く住んでいて、不義の子を孕んだ女たちを集めていた。

豊臣秀吉の臣に中条帯刀《たてわき》と称する婦人科に長じた武士がいた。以後、女の血の道、子堕ろし専門の医師たちは、中条流を自称したが、婦人科の心得があるわけではなかった。

立花無学は、同じ子堕ろしでも、これらのまがいものの医師たちとは違っていた。長崎で蘭方外科を学んだと称していた。名前からして、無学は、学がないという意味ではなく、すでに学ぶことが無くなったという意味の無学である。それだけに自負もあった。

孫十郎は、この無学と知り合って五年になる。なんとなく気の合う男だった。

軒下に看板が下がっていた。だが以前のものとは違っていた。『婦人科一般、立花流』は同じだが、そのわきに『壺《つぼ》仕込み元祖』とあった。壺仕込みとは何だろう、と考えながら、格子戸をあける。案内を乞《こ》うと、白衣を着た女が顔を出した。無学の弟子で千恵という、三十を過ぎた女で、美女というほどではないが、よく光る目が美しかった。

「まあ、浮田さん、しばらく」

そう言って千恵は、顔をほころばせた。

「無学さんは、在宅かな」

千恵は頷《うなず》いた。

竹皮草履を脱いで上がる。家の中が妙にざわついている。声は聞こえなくても、孫十郎にはわかるのだ。

「はやっているようだな」

「ええ、このところ忙しくて」

孫十郎は無学の居間に通された。文机《ふづくえ》があるだけのさっぱりした座敷で、庭に面していた。庭には猿すべりが紅い花をつけて、こぼれんばかりである。長屋の住まいとは違って風趣があった。

「無学さんは、忙しいのか」

そう言うと、千恵は、右手の襖《ふすま》に顎《あご》をしゃくった。どうやら隣室にいるらしい。

「暑いですね、冷えた麦湯でもおもちしましょう」

と言って千恵が去る。

あいさつだけはしておこうと思い、坐《すわ》る前に襖を細目にあけた。そして、中を覗《のぞ》き込んで、目を剝《む》いた。

そこに奇妙なものを見たのである。三十もなかばとみえる肥った女が、下半身裸になり、妙な腰つきで歩いていたのである。下手な踊りに見えた。だが、踊りにしては尻《しり》むき出しというのもおかしい。

でかい尻でこっちを向いた。女は股《また》に何か挟んでいるらしい。高貴な武家の侍女などは、股に紙一枚を挟んで、その紙が落ちないように歩き方を練習する、と聞いたことはあるが、そのように品のいいものではなかった。

その女のむこうに、立花無学が、ひどくまじめな顔をして端座していた。むこうの障子が開いて、千恵が、孫十郎が来たことを告げたらしく、無学が頷いた。

そのとたん、女の股から何か落ちて、トンと軽い音をたてた。見るとそれは口の開いた銚子《ちょうし》だった。奇妙なものを挟むものだな、と思った。

「気をゆるめてはいかんな」

と無学がいう。

女は、その場にペタンと坐って、すみません、と頭を下げた。銚子の口は濡《ぬ》れてにぶく光っている。女は銚子の口をおのれのはざまに挟みこんで歩いていたようだ。

「今日は、これまで、また明日な」

無学が言うと、女は銚子を拾って、裾《すそ》の乱れを直した。

立花無学は、座を立つと孫十郎のいる居間に入ってきた。

「孫十郎、しばらく顔を見せなかったな」

「ちょいと多忙でね」

「浪人の多忙はよろしくない」

そう言いながらも、無学は機嫌よさそうに顔をほころばせていた。頭髪には白いものを混じえている。俗にいう慈姑頭《くわい》という髷《まげ》で、鼻下に髭《ひげ》をたくわえていた。この髭も半分は白い。

無学は手を拍《う》って弟子の千恵を呼んで、酒の仕度をいいつけ、今日は休診じゃ、と言った。まだ患者は残っている様子なのに無責任な男である。

「友、遠方より来る……いや松枝町では遠方でもないか」

無学はすこぶる機嫌がいい。あるいは孫十郎が訪れなかったので淋《さび》しかったのだろう。

あとの診察は千恵が引き受けたようだ。

「無学さん、さっきの珍妙な踊りはなんだ」

「踊りではない、壺仕込みじゃ」

「壺仕込み、聞きなれない言葉だな」

「当たり前だ、わしが元祖じゃ」

壺仕込みとは、女のはざまの機能をよくすることである。俗に巾着《きんちゃく》とか蛸壺《たこつぼ》などという。愚鈍な女の壺を、巾着や蛸壺にしてやることである。

もっとも、この無学は、広くなりすぎた壺を狭くしてやったり、娘の破れた薄皮を縫い合わせ、生娘にもどしてやるような手術もやっていた。だから、無学には、締まりの悪い壺を締まりよくしてやるくらい朝めし前のことなのかもしれない。

「それで金になるのか」

「なるな。予想以上だ。女は欲が深いからな。男をよろこばせるためだったら、いくらでも金をつかう。さっきの女、あれはさる商家の内儀じゃが、亭主を囲い女にとられそうになり、あわててわしのところへきおった」

「それで、よくなるのか」

「なる。だが、亭主の若い女への気持ちを変えられるかどうかはわからん。そんなことより酒だ、酒はまだか」

と声を大きくする。やがて、老婆が酒膳《しゅぜん》を運んで来た。千恵は診療にかかっているのだ。

孫十郎は、壺仕込みというのに興味を持った。無学の話によると、女の壺口に銚子の口を挟みつけさせ、歩かせることからはじめるという。銚子にはさまざまの形があり、多くの銚子を集めて、その女の壺に合ったものを使う。

もちろん、はじめのうちは、ぽとりぽとりと落とす。だが十日もすると、壺口が締まって落ちなくなる。女たちは驚くべき執念をもってこれをやるそうだ。壺仕込みはこれだけではない。無学考案の治療法がいろいろある。

例えば、雪隠《せっちん》で放尿するときは、尿を十数回にちびらせて出させるとか、毎日の生活の中で、尻の菊の座をいつも伸縮させるなど、十七、八種あると称していた。

酒がすすむ。銚子が空になると、老婆が燗《かん》をつけた銚子を運んでくる。

「孫十郎、千恵がひどくおまえさんを気にしていたぞ、惚《ほ》れとるようじゃの。どうじゃ、抱いてやらんか」

「そんなこと言ったら千恵さんが怒る」

「いや、わしの目に狂いはないて」

孫十郎は、その話題を手で制した。

「無学さんに、見てもらいたいものがある」

かれは、腰の脇差《わきざし》を鞘《さや》ごと抜いた。無学と称するだけあって、この男は博学だった。

無学は脇差を手にすると、鞘を払った。

「これは痣丸《あざまる》じゃ」

無造作に言った。

「あざまるとは？」

孫十郎が聞いたが、無学はそれには答えずじっと刀刃を見すえている。その目つきが変わっていた。刀刃には血のりが浮いて、くもって見えた。無学は懐紙で拭《ぬぐ》ったが、それくらいでは血のりはとれない。

「話には、聞いていたが、こうして見るのははじめてじゃ」

刀刃には、鋒《きつさき》から鍔《つば》もとまでびっしりと不気味な斑紋が浮いている。

「それで、二人の女が股間《こかん》を貫いて死んだ」

「うん」

と無学は小さく頷いただけだった。

「これが本物かどうか試してみるか」

そう言って、無学は刃を鞘に収めると手を拍った。老婆が顔を出した。

「お蝶《ちょう》が、確かまだいたな、千恵によこすように言ってくれ」

老婆がうなずいて去ると、しばらくして、若い女が顔を出した。丸顔で可憐《かれん》な顔をしている。十七、八だろうが、可憐な顔の中に、男を惑わせる年増女の色香を持っていた。

小柄だが、体つきにも男を魅きつける艶《つや》っぽさを身につけていた。

この娘は、より客をたのしませるために、無学のところに通ってきているという。茶屋女といえば、金と相手次第では、体を売るのが商売である。

お蝶は、手なれた仕草で、酌をする。酒の相手によばれたと思っているらしい。

無学は、この女に脇差を抜いて試すらしい。孫十郎は、あわてて、

「無学さん、そいつは危ない、二人の女が死んでいる」

武家妻の加代と、商家の内儀お紋が死んだのは、無学にくわしく話してあった。

「承知しておる。おまえがこいつの使い方を知らなかったからだ」

お蝶は、二人のやりとりに、キョトンとした顔をしていた。

「お蝶！」

声をかけておいて、間髪をおかず、無学は脇差を抜いていた。お蝶はギクッとなり、刀刃を見る。誰《だれ》でもいきなり刀を抜かれれば、ハッ、と刀を見る。

一呼吸、二呼吸……、お蝶は刀刃から目を離さない。やがて目が潤みはじめた。まず、お蝶は両手でおのれの胸を抱いた。ひとえの着物の上から、丸い乳房を揉《も》んでいる。そして膝《ひざ》を崩し、腰が揺れた。唇は薄く開かれ、溜息《ためいき》に似た息をもらす。

無学と孫十郎は、刀刃とお蝶を見比べていた。たしかに、刀刃に反応しているのだ。奇怪なことである。

お蝶は、せつなさそうに、体を両手で撫《な》で回し、妖《あや》しくくねらせる。唇から熱い声が洩《も》れた。そして、両手でおのれの衿《えり》を左右に押し拡げた。白い張りのある乳房があらわになった。

稚いお蝶の顔に比べると、乳首が大きく色が濃い。鮮やかな紅色をしていた。いまのお蝶には、無学も孫十郎も見えず、ただ刀刃だけが見えている様子なのだ。

両手が乳房を下からすくいあげるように摑《つか》み、揉みしだく。裾は乱れ、緋色《ひいろ》の腰巻の間に白い腿《もも》をのぞかせている。ぬめっとした腿である。

孫十郎は思わず唾《つば》をのんでいた。お紋という商家の内儀も、かれの目の前で悶《もだ》えてみせた。だが、そのお紋とは異なった趣きが、お蝶の姿にはあった。このところ、女には不自由していない孫十郎が、おのれの股間に痛みを覚えたほど、なまめいて見えた。お蝶の手がおのれの裾前を搔《か》き分け、膝を拡げた。

お蝶は、膝の間におのれの腕を奥深く入れて、喘《あえ》いだ。脇差の刃をみつめてはいるが、手をのばそうとはしない。股間に刃を突き刺す危険はないようだ。

「孫十郎、お蝶を抱いてやれ」

「それは……」

「茶屋女でも女だ。このまま痣丸を鞘に収めたのでは、お蝶はいたたまれなくなるだろう」

「どうすればよい」

「おまえの手をお蝶の肌に触れればいい。とたんに、淫気《いんき》がおまえに向く」

孫十郎は、こわごわと手をお蝶の乳房にのばした。そして乳房の膨みに触れた。するとお蝶は刃から目を外して、孫十郎ににじり寄ってきた。そして、すがりつくようにかれの首に両腕を回して抱きついた。

「無学さん、ここでか」

無学は脇差を鞘に収め、座を立って、一方の襖を開けた。そこも治療室になっているらしく、一尺ほどの台の上に布団が敷かれてあった。

孫十郎は、お蝶を抱きあげて、その台の上に運んだ。かれは、今日、荒れ屋敷で津由を抱くつもりだった。それが空振りだったので、おのれの体内に淫気があった。

お蝶の手がのびてきて、帯を解く。たちまちのうちにかれは裸にされた。そして、そこに屹立《きつりつ》するものが、お蝶の手に握られた。小さくて、ぼってりと肉付きのいい手だった。手にしたものの堅さを知ったのか、

「うれしい」

とお蝶は声をあげた。

勃起《ぼっき》したものに、指を這《は》わせる。ゆでたまごを剝いたような、なめらかな先端に舌を這わせ、湿らせてから、そこに指の腹を当てた。そして鈴口から、縫目にかけてなぞり、首と胴のつなぎ目あたりに這わせる。

これも無学に教えられた技なのか、他の女のしない技であった。お蝶は客をたのしませる技を、無学におそわるために、ここに通っているらしい。壺を仕込まれるだけではないようだ。

さすがは、水茶屋の女だ、と思った。もっとも、水茶屋の女すべてが、これほど巧みだとは思えない。お蝶は、男をたのしませ、おのれもたのしむのに生甲斐《がい》を求めているのかもしれないと思った。こういう女もいていいはずである。

お蝶は、孫十郎を台の上に仰臥《ぎょうが》するよううながした。かれが仰向けになると、お蝶は手にしたものを口にくわえた。おのれのものに舌が、別の生きもののように、からみついてくるのを覚えた。

それだけではない。両手が無駄に遊んでいるわけはない。一方の手はふぐりを包み込みもみほぐし、一方の手指は、裏の孔にまで及んでいた。

孫十郎は、おのれをお蝶にあずけながら、無学が、あざまると称した脇差を考えていた。二人の女がこの脇差に血を吸わしている。そのことは、奇怪であった。どうしてそうなったのかがわからなかった。いまは、この脇差を見た女は淫《みだ》らになり、悶えることを知った。

だが、どうして、刀刃を見ただけで、女が乱れるのかはわからない。たかが脇差である。脇差の刃に、念力でもあるというのか。

かれは以前、山伏が女に術をかけ、淫らに乱れるさまを見たことがある。山伏は修行によって念力を身につけるといわれている。それはわからないではない。だが、冷たい刃が、念力を持っている、というのか。そのわけは、無学が語ってくれるに違いない。

お蝶は横臥して、顔を孫十郎の厚い胸に埋めてきて、かれの小さな乳首を唇でついばむ。男の乳首を欲しがる女は、早くに父親を失ったか、別れたか、とにかく父親の愛情を知らない女だそうだ。無学がそう言っていた。この女は、そういう身の上なのだろう。

お蝶の上になった左腿は膝で折り立ち、股間に空間をつくっていた。そこに孫十郎の手指が遊んでいた。

はざまの切れ込みの中は熱く柔らかい。糊《のり》のような粘りが指にからみついてくるが、その粘りは薄い。薄い分だけ量が多い。これは俗に洗濯といわれるはざまだ、と思った。つまり洗濯できるほど露が多いということである。

女のもちものというものは、女によって異なるようだ。それだからこそ、男たちは女を求める。

指先が、小さな肉の粒をさぐり当てた。はざまが花だとすれば芽である。その芽は小さくとがっていた。それとわかるとがりかたである。その芽の先に指の腹を軽く当てて、回転させる。

とたんにお蝶が、哀しげな声をあげてしがみつき、肌を押しつけてきた。腰がひくひくと震えている。

「気が、気が……」

喘ぎながら言って、尻を回す。気がいきそう、と言いたいのだ、あるいは、気がいきたいと言いたいのかもしれない。

突然、お蝶の体が激しく揺れた。嵐《あらし》にあった舟のように、波にもまれ、浮き沈みする。そして、その嵐が治まったときに、お蝶は濡れた目を開いて孫十郎を見た。

「いじわる」

そう言った。その目は、深い色で孫十郎の胸の中まで見透かすような目だった。こんなのを色っぽい目というのかもしれない。

「お情けをいただかせて下さいな」

湯島横丁のお紺がときどきこんな目つきをするが、それより深いものである。

「あたしの体もけっこうなものよ。こちらの先生に仕込まれて」

とお蝶が言った。無学は、おのれの仕込んだ女の味を孫十郎に味わわせたくてお蝶を選んだのかもしれない。

孫十郎は体を起こし、腿の間に体を割り込ませて、まるで糊をこぼしたようになっている部分に、おのれを埋めた。とたんに孫十郎は、アッ！と思った。

埋めたつもりが、先端だけを切れ込みにくわえられていた。更に押し込もうとするが、強く挟みつけられているので、埋まらないのだ。そして、お蝶の尻が浮き上がり、尻が回る。

孫十郎は、首を曲げて、おのれを見た。たしかに、おのれのほとんどは外にあった。そして、お蝶が力を抜いたらしく、それは一気に埋没していた。

お蝶がかれを見て笑った。いかが、というような顔をしている。そして更に、かれは、うっ、と声をあげた。おのれを包み込んだものが律動をはじめたのである。それと同時に底の部分が膨れ上がってきて、かれの先端を押し出そうとする。ところが、口を締めつけられているので、先端は、まるで転がされているようだ。

それは、男が女の乳首をくわえ、舌先で転がすのによく似ていた。

これが、無学のいう壺仕込みなのか、と思った。あなどれないものがあった。これでは客がびっくりし、金を注ぎ込むわけである。まだ二十歳にもならない娘がである。どう見ても、十七、八歳である。

「浮田の旦那《だんな》」

お蝶は、そう言って、顔を染めた。

孫十郎は、呻《うめ》き声をあげながら、お蝶の体内に注ぎ込んでいた。ところが、それで終わったわけではなかった。

根元がしっかり締めつけられている。それは痛みを覚えるほどである。そのために、しぼむものがしぼまないのだ。

「おい、放してくれ」

「いやですよ」

お蝶は笑っている。

たしかに、無学が仕込んだ自慢の壺だけのことはあった。孫十郎もこれまでに、味のいい女は知っている。だが、お蝶は味を問う以前のものである。俗に、抜か三、とか抜か六という言葉がある。つまり、体を放さないで三度、あるいは六度、男に気をやらせるものをいう。孫十郎は、これを男の精の強さだと思っていたが、そうではないらしい。女の機能のよさで、男はそれができるのだ。

「あたし、浮田の旦那に惚れてしまいそうだよ。惚れちゃいけないんだよね」

と孫十郎の目を覗き込む。

「うまいこと言う」

「商売で言っているんじゃないんだよ。あたしは本気さ。いままでお客に抱かれて気をやったことないんだ。旦那がはじめてだよ。そりゃ、むかしは好きな男もいたけどね」
十七、八の娘が、むかしはという。おかしなことだが、このお蝶には、そういう言葉が似合っていた。
孫十郎は、おのれがお蝶の中で再び怒張しているのを知った。お蝶もそれに気付いてか力をゆるめた。お蝶が気をやったのは、孫十郎のせいではなく、痣丸の刀刃の力なのだ。

「おれもお蝶に惚れそうだよ」

「嘘《うそ》だ、でもそう言ってくれるだけでいいんだ」

と言った。

そこに、無学が入って来た。孫十郎は離れようとした。

「そのままでいい」

無学は、台のそばにあぐらをかいて坐った。

「孫十郎、この痣丸をどこで手に入れた。銘を調べてみたが、本物だった」

「痣丸とは、何だ」

「世に三振りよりないといわれている淫刀だ。名刀といってもいい」

「待ってくれ」

また、おのれを包み込んだお蝶が律動をはじめている。お蝶もまた本気になったようだ。まるで、おのれが翻弄《ほんろう》されているようだ。お蝶が声をあげ、体を震わせる。律動が激しくなる。

けたたましい声をあげて、気をやったようだ。それと同時に、孫十郎もまた、息を呑んで洩らしていた。

「旦那、また会えるよね」

そう言って、お蝶は、おのれから体を外し、乱れた褄《つま》を合わせて、去っていった。それを見ながら、無学は頬《ほお》をゆるませなかった。孫十郎は、帯を締めて座した。

「お蝶は、いい娘だ」

無学は一言言った。そして、ところで、と膝を乗り出してきた。

「孫十郎、これをどこで手に入れた」

殺気を浴び、振りむきざまに斬《き》った武士がさし出したものだ、と語った。そのとき、死期に近づいた武士が、らあじゃ、と言ったことも喋《しゃべ》った。無学には、何も隠すことはないのだ。

「十年ほど前だったかな、痣丸が大坂で売りに出され、豪商が四千五百両で手に入れた、ということを聞いたことがある」

「四千五百両？」

孫十郎は、大きく目を見開いた。

二

「銘は小清とある。通称痣丸、これには由来がある」

無学が言った。

「聞かせてくれ」

孫十郎は膝をのり出した。

刀には怨念《おんねん》のまつわるものが少なくない。不詳の名刀といわれているものが千手院村正である。村正は、抜くと血を見ないではおさまらないし、徳川家に仇《あだ》する刀として嫌われ、幕臣で村正を持っていたため、切腹を命じられた武士もいる。

痣丸と称する刀は、それを持つものを盲目にするといわれ、薬研藤四郎と呼ばれる名刀は、それを持つものに不幸をもたらすとして神社に奉納された。

天文年間というから、村正と同時代の刀工と思われる。日向国高千穂に、長清という刀匠があった。刀銘は日向守長清と彫った。名匠というほどの刀鍛冶《かじ》ではなかった。この長清に阿伽《あか》という子がいた。阿伽は生まれつき、顔半分が痣であった。

この阿伽が十七歳のとき、近郷の八重という豪農の娘に恋いこがれた。人を通して嫁にと求めたが、痣面の阿伽が受け入れられるはずはなかった。周りはもちろん八重自身が拒んだのである。

だが、阿伽の思いはつのるばかり。気も狂わんばかりに恋いこがれたのである。すでに狂っていたのかもしれない。

八重に拒まれて、阿伽は人里離れた山中に小屋を造り、そこで習いおぼえた刀作りをはじめた。刀工が刀を打つときには斎戒沐浴《さいかいもくよく》して精進するものだが、阿伽はただ八重の姿を念頭において鉄を打った。

刀を鍛えるときは、湯加減が斬れ味の良否を決める。だから湯加減は刀匠の一子相承の秘伝とされていた。

阿伽は、鍛冶小屋にこもると、鉄を焼き、湯にひたす代わりに、おのれの精汁を注いだ。炉から出した玉鋼《たまはがね》にたがね目を入れ、焼いては鍛え、鍛えてはおのれの精汁をかける。赤く焼けた鉄に放出された精汁が音をたててはねる。

何度も失敗した。だが、阿伽は八重を思い、おのれの一物《いちもつ》をしごいて、刀に精汁を掛け続けたのだ。五年かかって阿伽は三振りの脇差を作りあげた。それを抱いて山を降りた阿伽を見て、父長清が叫び声をあげた。まだ二十三歳のはずの阿伽が老人に見えたのだ。体はしぼみ、顔は皺だらけ、ただ痣だけが赤く艶を放っていた。おのれの精汁を放出しつづけた結果であった。

八重はすでに嫁して二児の母になっていた。阿伽は、庭で子供と遊ぶ八重に、脇差を抜いてみせた。八重は逃げようとして、斑模様《まだら》の刀刃に吸い寄せられ、やがて、おのれで帯を解き、淫らに乱れ、ついには阿伽が脇差を渡すと、その刀刃でおのれのはざまを刺し貫き、歓喜の声をあげて、息たえた。

阿伽は、その場から姿を消し、行方を絶った——

以上が、無学の語った痣丸由来である。阿伽は長清のせがれということで、銘を小清と彫ったのだ。後世、刀剣愛好の武士たちの間で、まれなる淫刀として、伝説的に語られていたのである。

「淫刀痣丸か」

孫十郎は、溜息まじりに呟いた。その脇差には、阿伽の怨念があったのだ。女を淫らに狂わせる。まさに怨念であった。かれは痣丸を抜いて、刃の黒ずんだ斑紋《はんもん》を眺めた。無気味な斑の中に男の怨念を見たような気がした。

「この痣丸、生娘や身持ちの堅い女をも乱れさせるのかな」

孫十郎が言った。

「それは試してみなければわからん。千恵に試してみるか、千恵は堅い女だ」

「それは、止めてくれ」

あわてて言った。千恵が淫らに狂うのを見たくはなかった。

「ところで孫十郎、その痣丸を、しばらくわしに貸してくれんか、壺仕込みに大いに役立つ」

無学が、もの欲しげな顔でそう言った。

「預けてもよいが、おれが何度か狙《ねら》われたのは、この痣丸のせいらしい。無学さん、それでもいいのか」

無学は唸《うな》った。この医者は頭は切れるが、おのれの身を守る術さえ持たないのだ。

「痣丸を持つことは、生命賭《が》けだな。四千五百両、いや、いまでは五千両の値がつくかもしれない。狙われるわけだ。だが、方法はある。孫十郎、おまえがわしの用心棒になれ、用心棒としての賃金は払おう」

孫十郎は首を振った。もし敵がこの痣丸を狙っているのであれば、かれ一人で無学を守りきれるものではない。おのれ一人の身を守るのだって危ない。

「無学さん、この痣丸を持っていた武士が、死にぎわに、らあじゃ、と言ったことはさきほど話した。このらあじゃとは何だ」

無学は首を傾げ、振った。無学にも判らないことらしい。

その夜は、無学の家に泊めてもらった。寝床に仰向けになって、暗い天井を見上げて、これまでのことを考えてみた。いくらか謎《なぞ》が解けるような気がした。

加代という武家妻が、追われているといって孫十郎に助けを求め、宿屋に誘い、おのれからかれを求め、悶え歓喜した。加代は失踪《しっそう》した夫を探している、と言ったが、それは嘘で、孫十郎から痣丸を奪うのが目的だったのではないか。

孫十郎が眠っている間に痣丸を盗もうとした。脇差を手にし、痣丸かどうかを確かめるために鞘を払ってみた。そうして、痣丸の魔力にかかって、淫情を湧《わ》かし、ついには痣丸をおのれのはざまに刺し込み死んだ。

そう考えれば、加代の死に顔も納得がいく。孫十郎が、そのとき殺気を覚えなかったのも当然だろう。

また、商家の内儀風のお紋という女も、痣丸を狙い、そして、加代と同じように死んだ。

まだある。川越藩留守居役の六角篤右衛門が、藩士の村島俊兵衛を連れて、孫十郎に会いにきた。そして、そのあと三人の武士に襲われた。それも痣丸と結びつけることができるのだ。

だが、奇怪な小男、藤原の鎌と津由という女のことは、いまだ謎である。ただ孫十郎の種が欲しかっただけではないだろう。そこには何か裏があるのだろう。

それにもう一つ。十二年前に寺侍と駈落《かけお》ちした妻伊志の夢を見たことがある。何年ぶりかの夢だった。その夢も痣丸に関わりがあるのではないか、と思える。

いつの間にか眠りについていた。

夢を見ていた。夢は五臓六腑《ろっぷ》の疲れという。たしかに孫十郎は、ここ十日あまりのさまざまな出来事に疲れていた。

女を抱いていた。奇妙なことに顔は妻の伊志で、体は水茶屋のお蝶だった。淫蕩《いんとう》な女体である。伊志の体も十二年前は、お蝶ほどに若かったが、お蝶ほど淫らな体ではなかった。お蝶の体を抱きながら、孫十郎は、それが夢であることを知っていた。

翌日——

孫十郎はさし迫った用があるわけではなかった。ゆっくりしていけ、という無学の言葉に甘えた。

だが、無学は、孫十郎の相手をしているわけにはいかない。次々と、無学に壺を仕込まれたい女たちがつめかけるのだ。女たちは、芸者から、囲い女、商人の妻などさまざまである。噂《うわさ》が噂を呼んで、男をたのしませたいと願う女たちがつめかける。

孫十郎は、座して、無学の壺仕込みなるものを見ていた。

治療室には、奇妙な台があった。その台に女が下半身裸で仰臥する。長い台の脚の部分に足首を紐《ひも》で結んでから開くようになっている。つまり台と共に女の脚が開くのだ。

無学はその脚の空間に坐り込み、女のはざまに油のようなものを塗りつける。そして、しばらく、切れ込みに指を遊ばせる。その女は、二十五、六で囲い女ということだった。千恵が助手をつとめている。

女のはざまは黒々とした茂りにおおわれている。毛質は長く黒々として艶があり、よく縮れていた。

はざまは油ようのものでぬれ光って、光沢を放っている。その切れ込みの深いあたりに、無学の二指が没入される。女の腰がよじれる。それがいかにも淫らがましく見えるが、無学は厳《きび》しげな顔をしている。

「よがってはならぬ」

と無学が女を叱《しか》りつけるが、それは無理だろう。壺の中では無学の二指が交叉《こうさ》し、抉《えぐ》っているのだから。

「尻の孔を、ゆるめたり締めたりする。もっと強くじゃ、尻の孔と壺の口は、強い筋でつながっておる。尻の孔を締めることによって、壺の口も締まる。お七さん、怠けておるな。旦那をよろこばせたければ、もっとひたすらにならなければならんな」

無学は、張形を手にした。それほど大きなものではない。水牛の角製である。黒々として艶がいい。その張形は反りかえっていた。それを無学が女のはざまに、ゆっくりと押し込む。はざまの左右が、ふっくりと膨れあがる。

女は声をあげて、尻をもち上げる。深くまで没入して、無学が張形の底を指一本で押さえた。

「締めるのじゃ」

女は力んだ。だが、無学が指を放すと、張形は、ゆっくり押し出されてくる。

「いかんな」

と再び押し入れる。それが何回かくり返されると、女はたまらずに体を震わせて、気をやる。

「いかん、いかん、これが指を放しても止まるようにならなくては」

孫十郎は、昨夜のお蝶を思った。お蝶はかれの根元を強く締めつけた。このようにして鍛えられたのだろう。

無学は言っていた。

女たちの中には、壺を仕込まれたいと言って、ただ、無学にはざまを見られ、切れ込みをいじられたいだけのために通ってくる女もいるという。

そういう女は無学もわきまえていて、女の望む通りにしてやるのだ。そんな女たちは、気をやらずとも満足して帰っていくのだという。はざまを見せたい、いじられたい、女にはそういう望みがある。だが、そういう女でも、続けて通ってきているうちに、ましな壺になるという。

無学の仕事は、ただ金のためだけでなく、それなりに人のためになっているのだ。

三

「ときどき顔を見せろ、千恵が淋しがるからな」

無学の声を背中に聞いて、孫十郎は家を出た。千恵が淋しがるのではなく無学が淋しいのだ。

孫十郎は、両国広小路に出た。考えてみると何もすることはなかった。両国橋を渡ると深川である。懐中はそれほど淋しくはない。かれは、両国橋を渡りはじめた。懐中手《ふところで》をして、肩をゆすりながら歩く。浪人の歩き方である。

考えることがたくさんあるような気がした。それでいて、何を考えていいかわからない。あたりをうかがった。数日前についていた尾行はないようだ。いやに腰が重い。腰に痣丸があるからだ。無学は五千両と言った。五千両の重みがある。

「浮田さん」

声をかけられて、かれは声の主を探した。

「やっぱりそうだ。浮田師範代じゃないですか」

孫十郎は、橋の向こうを見た。そこに若い侍が立っていた。かれには、それが誰だかわからなかった。その侍が、にこにこと笑いながら、歩み寄ってきた。

「師範代、寺尾益之介ですよ」

人なつっこく笑いかける。

「おお、益之介か」

寺尾益之介は、川越藩の藩士である。数少ない舟木玄斎《げんさい》門下の一人だった。当時はまだ前髪で十二、三歳だったように思う。するといまは二十四、五歳か、いい若者になっていた。

「どうだ、少し呑みにつき合わないか」

「いいですね」

孫十郎には、留守居役、六角篤右衛門のことが気になっていた。川越藩の近況を聞いてみたかったのだ。

深川は、居酒屋や水茶屋が軒を並べている。その一つ『染』という名の居酒屋に入った。奥座敷を借りた。座敷といっても三畳ほどの狭い部屋である。酌女が酒肴《しゅこう》を運んで来た。酌をしようとする女を追い払った。

「まあ呑んでくれ」

「師範代はご壮健のようですね」

「まだ、無玄流をやっているのか」

「いいえ、一刀流に変えました」

「藩は、いまどうなっている」

「師範代がおられなくなって、十二年ですか、ずいぶん変わりましたよ、藩財政は火の車ですがね。禄《ろく》は半分、藩に借り上げられています」

川越藩十五万石の藩主は松平大和守斉典《やまとのかみなりつね》である。藩は借金に借金を続けている。藩主は財政の再建を試みた。その一つは、藩の大商人横田家を五万石の士分にとりたて、勘定奉行格に任じた。横田家は関東の長者番付でも筆頭という家柄。つまり商人に藩財政を立て直させようとした。

だが、この横田家もおのれの財産を絞り出し潰《つぶ》れ、それでもなお六万三千両の借財が残った。

「ところが師範代、近ごろ、藩が庄内に国替えになるという噂があるんですよ」

「ほう、庄内藩は豊かだからな」

もう一つの変化があった。藩主は、将軍家斉《いえなり》の第二十四男、大蔵大輔斉省《なりさだ》を養子に迎えたのだ。将軍家斉には五十五人の子供があった。

つまり、斉省を養子にすることによって、国替えを願い出たのである。川越はあまりにも貧しすぎたのだ。庄内に国替えになれば、藩財政も立ち直れる、と考えたのだ。

「だけど、その斉省さまが、お亡くなりになったのです。つい先月」

そう言って益之介は暗い顔をした。

寺尾益之介は、遠慮なく酒をのみ、三本の銚子を空にしていた。二合入りの銚子である。酒豪らしい。いつもは酒にもありつけないのだろう。

「ときには遊びに来い。酒くらいは呑ませてやる」

「ほんとですか、師範代」

「その師範代は止めてくれ」

――六万三千両の借金か。

孫十郎は内心呟いていた。利子だけでも大変だ。

「それでは、庄内への国替えは無理か」

「いいえ、藩邸の人たちの話では、そうでもなさそうなんです」

「策があるのかな」

「はい。何か品物はわかりませんが、将軍家に献上するのだそうです。なんでも貴重な宝のようなものです」

「宝ね」

益之介は、無邪気に呑んでいる。孫十郎はかれに一分金を二枚握らせた。江戸藩士に金のあるはずはなかったのだ。かれは押しいただいて懐中に収めた。

居酒屋を出ると、そこで益之介とは別れた。一升ほどの酒を呑んで、益之介はしっかりとした足どりで歩いていく。孫十郎はそれを見て苦笑した。

「貴重な宝のようなもの、か」

それが痣丸なのか、そうではあるまい、と思った。留守居役六角は、痣丸を狙ったのではないだろう。六万三千両の借金を埋めるのには、痣丸では焼け石に水である。高く売って五千両、まさか痣丸を将軍家に献上するのではないだろう。将軍家斉がいかに漁色家といっても、将軍の一存では国替えはできない。実権は老中たちが握っている。

それに、痣丸を盗ませるために、加代とお紋を近づけたのだとすれば、その者は痣丸の魔力を知らなかったことになる。女たちは痣丸を抜いて死んでいるのだから。

将軍家斉が川越藩のために動くとすれば、献上品はかなりの宝でなければならない。そんな宝物がこの世にあるのだろうか。

不意に！

強い殺気を覚え、孫十郎は、十歩ほど走った。そして鯉口《こいぐち》を切って、振り向いた。そこに、うっそりと浪人が立っていた。編笠《あみがさ》の痩身《そうしん》である。浪人は殺気を放っただけで、刀は抜いていなかった。かなり剣を使うと見えた。

六角篤右衛門に頼まれたのだろう。六角としても藩士を失うわけにはいかない。公儀に聞こえると国替えの話も水泡に帰す。それで浪人を使いはじめたとみえる。

「名を聞こうか」

浪人は、編笠の中でくっと笑っただけだった。浪人は、つつつと間をつめてくると、腰を落とした。居合いと見た。孫十郎も腰を落とした。

時の流れが止まった。

殺気が凍りついた。

居合いの勝負は鞘のうちにあり、という。刀を抜いたときには決着がついている。だが孫十郎には余裕があった。

「誰に頼まれた」

刺客であれば、依頼者の名を告げるはずはない。孫十郎が殺気を射た。とたんに、浪人はとび退いた。

「待った。貴公が相手では二両は安すぎる。礼金の交渉をして、また会おう」

浪人は、それだけ言うと、さっと引いて、走り去った。孫十郎を甘く見たのだ。浪人は孫十郎と同業であったのだ。引きぎわは、みごとといえた。

浮田孫十郎は、湯島横丁にあるお紺の家に五日ばかり潜んだ。お紺の旦那の大友屋は、病がちで、このところ姿を見せないという。よろこんだのはお紺である。

孫十郎にとって、気楽に寝そべっていられるのはこの家しかないのだ。無学の家も頼めばいつまでも置いてくれるだろうが、助手の千恵の目が気になって落ち着かない。

その日は、雨が降っていた。秋雨に似て、執拗《しつよう》に降りつづいている。この雨がやめば、秋なのかもしれない。夏の暑さは遠のいていた。汗ばむこともない。汗をかくとすればお紺を抱くときくらいなものだろう。

「孫さん、酒にするかい」

「いいな」

うきうきしているのはお紺だけである。孫十郎は気分が浮かなかった。もっとも情人としての奉仕だけはしていた。

松枝町の住まいには帰る気がしない。常に見張られているような気がする。

孫十郎は、川越藩が将軍に献上するという品物を考えていた。痣丸であるとするならば、これは公式には献上できない。老中たちが眉《まゆ》をひそめるだろう。

それでは一体何なのか。藩士寺尾益之介の話から推察すると、その品物を藩では、少なくとも留守居役の六角篤右衛門は、一度は手に入れたのに違いない。それを何かの手違いで、紛失した、と考えられる。

篤右衛門は、孫十郎に、藩邸にも顔を出せと言っていた。馬回り役八十石、微禄のそれに加えていまは浪人であるかれに、なぜ、そういう必要があったのか。それも、わざわざ、松枝町の孫十郎の住まいにまで足を運んで。

孫十郎は、痣丸を鞘ごと抜き、改めて柄や鞘のつくりを眺めた。そこいらの古道具屋にいくらでも転がっているような脇差である。ただ、いくらか気になるとすれば鞘の塗りが新しいように思えるくらいである。黒漆塗りである。抜いてみて、鞘を逆さにして叩《たた》いてみたし、鞘の中を覗いてもみたが、鞘の中に何か隠されている様子もない。

この痣丸を持っていた武士が死にぎわに言った〝らあじゃ〟という言葉が気になる。だが、物知りの無学ですら、らあじゃの意味を知らなかった。かれは、一度は、らあじゃに羅阿蛇という文字を当てはめてみたが、違ったようだ。あわてて刀を鞘に収めた。

お紺が酒膳を運んで来た。盃をかれの手に渡すと、酒を注いだ。膳には白身の刺身がのっていた。この雨の中を魚屋まで走ったとみえる。

刺身をつまんだ箸《はし》がかれの口にのびてくる。口に入れるとわさびの辛さがツンときた。お紺の手が孫十郎の股にもぐり込んでくる。股間のそれは萎縮《いしゅく》している。だが、指で摘まれひねられているうちに、少しずつ力を得てくる。

孫十郎は、それを拒みはしなかった。下帯がゆるめられ、半分ほど力を得たものが引っぱり出される。お紺は、刺身を二きれほど口に入れると、その口でかれをくわえたのである。

お紺の口の中にあるものは、昨夜のむつみ合いのあと、ぬれ手拭いできれいに拭ってくれたものである。舌と刺身がそれにまつわりついてくる。それがまたいつもとは違った快さを覚えさせるのだ。お紺はそれをくわえたまま刺身を食べる。歯がかすかに当たる。おのれのものまで噛《か》まれそうな気がする。

孫十郎は、水茶屋の女お蝶を思い出していた。お蝶の男を締める技は、お紺など比べものにならない。無学の壺仕込みに練られた女体である。

雨の音が陰気に伝わってくる。雨足は強くなってきたようだ。障子は開け放たれている。庭の植木が雨にかすんで見えていた。地面にたたきつけられる雨足が、小さなしぶきをあげている。

孫十郎は、お紺におのれをくわえさせて、ぼんやりと庭に目をやっていた。お紺はかれの一物をおもちゃにしてたのしんでいるようだ。男の放出をうながすような口唇の使い方ではない。一物に戯れているのだ。

それを口から出しては眺め、指でなぞり、唇を押しつけ、くわえ、そして手をふぐりにのばす。ふぐりの中の二つの玉を、手の中で転がしてみたり、あるいは、更にその裏側まで指をのばしたりしている。

再び、口を離して、何かを思いついたように、盃の冷えた酒を口に含むと、その口で、それをくわえるのだ。酒が一物にしみわたり、孫十郎は、おのれがカッと熱くなるのを覚えた。

雨を見つめていると、人は過ぎ去った出来事を想うものらしい。

孫十郎は、十二年前まで、川越藩の馬回りであったことを思い浮かべていた。そのころ、かれが情熱を注いでいたのは、剣術だった。舟木玄斎の道場に通い、門弟たちの相手をする。

玄斎を師に選び、無玄流の剣を学びはじめたのは、十二歳のときからだった。だから十年を錬磨したことになる。二十歳になったときには、師に免許を受け、師範代となっていた。

仲に立つ人があって、伊志と祝言をあげたのはそのころである。伊志は美しく、かれには過ぎた妻であった。貞婦と思っていた。それが、二年後には、寺侍と駈落ちしたのである。妻に駈落ちされた武士は武士の矜持《きょうじ》を保つために、妻と男を斬らねばならない。妻仇討《めがたきうち》の旅に出た。

一時は、伊志を憎悪した。だがその憎悪も四年ほどで消えた。消えたのではなく胸の底深く沈んでしまったのだろう。いまのところその憎悪が底から浮かび上がってくることはなさそうだ。

五年目に江戸で病んだ。食うものも食わなかったからだろう。かれは死期を迎えたと思った。体は衰えていくばかり、病そのものよりも、口にするものがなかったのだ。畳を這って水だけを呑んでいた。衰弱がひどかった。ただ息を引きとるのを待つばかりだった。

そこへ現われたのが、海部半兵衛という見知らぬ浪人だった。海部は、孫十郎に薬と食を与えた。もともと鍛えぬかれた体である。回復は早かった。

海部に生命を拾われた。この男は裏稼業の男だった。それで孫十郎の腕を買ったのである。わけも知らずに人を斬る。金のためだけではなかった。一度捨てた生命を救われたのだ。その恩は返さねばならない。

もっとも、人を斬るのは、月に一度か、二カ月に一度である。それで暮らしていくのに充分な報酬を得ていたのである。

お紺が、孫十郎の手をおのれのはざまに誘った。かれの手が股間に入ると、お紺は膝立ちになり、両手を男の肩におき、おのれの体を支え、男の手を動きやすくするために膝を開いた。

孫十郎は掌ではざまを包み込んだ。女のはざまは、女が情を昂《たか》めることによって膨らむものである。その膨らみの感触は男をたのしませる。乳房を揉みしだくように、はざまを揉んだ。

お紺は体をのけぞらせて熱い息を吐く。その息とともに、細い声が洩れる。男の欲情をかき立てるような声である。

孫十郎は、はざまそのものをゆさぶっておいて、中指を折った。中指が切れ込みに一寸ほど埋まる。そして、切れ込みに沿ってなぞる。指先がとがった肉の芽をとらえた。

「あ、あっ」

とお紺が鋭い声を放つ。その芽をすくいあげるように撫でる。もちろん、切れ込みは粘りの強い露にまみれている。その露が指にからみつく。

「つぼに、つぼに」

お紺は喘ぎながら言った。二指をまず露にまみれさせておいて、深い壺に沈ませた。とたんに、豊かな腰が動き出す。指は熱い壺の中で開いたり閉じたりするだけでよかった。

「孫さんをちょうだいな」

お紺の声はぬれていた。尻が左右に揺れ、そして回りはじめる。露がかれの指を伝う。指ではもの足りなくなったお紺は、彼の膝を跨《また》いだ。そして、そこに屹立するものを指で支えると、おのれのはざまに誘った。切れ込みに、その先を当てると、腰を沈める。

それが根本までつくしたとき、お紺は両腕で男の胴を抱きしめ、腰をゆすり、あっけなく気をやっていた。男の胸に顔を埋めて、くくっと笑う。旦那の大友屋とは、こういう戯れ方はしないとみえた。大友屋とたのしむのは、すべて夜具の中らしい。

「こんな形で気をやったの、はじめてだよ」

と囁《ささや》く。それだけに新鮮だったのだろう。孫十郎はお紺を抱いたまま、盃に手をのばし、口に含んで口移しで呑ませてやる。お紺は男の唾液《だえき》のまじった酒をのどを鳴らして呑んだ。

孫十郎は、人の気配を覚えた。近くではない。気のせいかと思い、おのれの気を放ってみた。気は矢のようなものである。何度か気を放って、はじめて反応があった。

この雨の中を、ごくろうにもこの家をうかがっているものがいるらしい。もちろん気を放つということは、剣を極めた者だけにできることである。もっとも生まれつき、その能力を持っている者もいる。

孫十郎は、四、五日前に堀端で出会った編笠の浪人を思い出していた。剣の手練《てだ》れとみえた。孫十郎の鋭い殺気にとびのいたとき、浪人の顔が笠のかげからちらりと見えた。その顔はまともではなかった。それは顔ではなく肉塊であった。肉塊の間に目だけが煌《ひか》っていたのだ。

顔の半面に火傷を負ったあとらしく思えた。だから、笠で顔を隠していたのだろう。その浪人は、軽く孫十郎を斬れると思い、引き受けたものらしい。二両で引き受けた、と言っていた。

浪人の依頼主は、おそらく川越藩留守居役六角篤右衛門だと孫十郎は思っている。かれがむかし禄を食《は》んでいた川越藩が、いまは敵になっているのだ。

お紺は、体を離すと、おのれのはざまに、刺身二きれを押し込んだのである。そして再びかれを迎え入れた。くくっ、と笑って、お紺は尻をひねった。

細腰を両手で支えてやると、お紺は体をそらした。そして、顔をみつめ合って照れたように笑う。はざまだけがぴたりと合わさっているのだ。

お紺の目は燃えていた。こういうときの女の目は素晴らしい。お紺が尻をゆすった。体の中で、男が騒ぐ。

孫十郎があぐらをかいた上にお紺が跨がっているのだ。かれがいきむと、お紺の目が細くなる。

「いつまでもこうしていたいよ」

それができれば天下泰平である。

雨は降り続いていた。

お紺が後ろに手をついた。はざまを接点にして、二人の上半身は、大きく拡がっている。

眼下には接点が見えていた。黒々とした二人の茂りの間に、壺にのめりこんだおのれが見える。かれのものはしっかりとくわえられていた。

孫十郎は、その茂りを掻き分け、そこにある紅い芽を探した。鋭くとがった芽を、指で摘む。すると、お紺は声をあげて身を揉むのだ。それは雨に濡れた花の芽のように鋭く光っている。

その芽をおのれの茂りを筆の穂のようにして刷いてやる。お紺が再びしがみついてきて身を揉みはじめた。女は戯れの中で、何度でも気をやることができるのだ。

「孫さん、まただよ、また……」

声を絞る。あとは意味のない声だけになり、かれの腕の中で身悶える。

孫十郎は、いまのおのれの安泰を嵐の前の静けさだと思った。かれはこれから戦いがはじまるのだと思っている。


雨はあがっていた。

孫十郎は、お紺の住まいを出た。居つづけにも飽きたのだ。路地に目を走らせた。人影はなかった。だが、どこかに何者かが潜んでいるのだ。

その何者かを誘い出すために、かれはいきなり走り出した。いままでは、常に受け身であった。だが、これからは、逆襲に出よう、と思った。得体の知れない連中を捕らえて、吐かせようと思ったのだ。

横町を出ると神田川端である。陽は西空を茜色《あかねいろ》に染めていた。

孫十郎は、くるりと向きを変えた。尾行してくる者の姿はない。いま来た道を走る。だが、怪しい者の姿は見ることができない。

「奇怪な！」

たしかに、孫十郎の神経は人の気配をとらえているのに、その姿を見ることができないのだ。

「忍者か！」

六角篤右衛門が忍者《しのび》を使ってもおかしくはない。川越藩の浮沈にかかわることらしいから。孫十郎は、これまで忍者といわれる者たちとは対決したことがない。そのあつかい方も知らなかった。

歩をゆるめて、孫十郎は神田川沿いの道を歩き出した。得体の知れない者を捕らえるのを諦《あきら》めたわけではないが、いまのかれにはどうしようもないのだ。

昌平橋を右手に見て通りすぎ、筋違橋まできて、橋に背を向けた。つまり右に曲がった。この道をまっすぐ北にいけば、不忍池《しのばずのいけ》に出る。この道を御成《おなり》街道と称していた。

不忍池にいくつもりがあったわけではない。かれは別の気配を覚えていた。十人ほどの走る足音を耳にした。おのれを追う足音だ、と思った。

今度の気配は、さきほどの霞《かすみ》みたいに得体の知れないものではなく、はっきりした男たちの気配だった。その者たちを、広い場所に誘い込もうと思ったのだ。

下谷広小路に出た。不忍池の水が流れる掘割に架かる石橋を渡った。左手に不忍池がある。

孫十郎は、そこでたたずんだ。刀の鯉口を切った。背後から足音が近づいてきて、かれを囲んだ。ごろつきと化した浪人どもである。金で買われた者たちであろう。

その数を、首を回して数えた。九人だった。その中に、先日の笠の浪人がいた。笠の浪人が頭とみえた。八人が抜刀した。

すでに作戦は立っている。というより、ここは無玄流の技を存分に見せるときだった。孫十郎は、囲ませておいて、一方に一気に走った。正面の敵の目に怯《おび》えが見えた。そいつが刀を振るのにまかせて、かれは抜き討ちに斬り下げていた。腕に、肉を裂いた存分な手ごたえがあった。

走り抜けておいて、振り向きざま、一人の敵を追った。そいつの腰に剣を叩きつけた。手首に響いた。腰骨を斬ったようだ。

目の前に次の敵が迫る。剣の動きを確かめておいて片膝つき、剣を薙《な》いだ。腹が裂けて、そいつは、体をくるりと回して、倒れた。

孫十郎は、更に走った。一人の首根に鋒《きつさき》がくい込んだ。血がほとばしる。かれには、まだ血しぶきを避けるだけの余裕があった。どうせ寄せ集めの浪人たちである。かれは、敵を斬りながら、常に笠の浪人を目端に入れていた。

その浪人は立ったまま動かず、孫十郎をじっと見ていた。五人目の肋骨《あばら》をまとめて斬り上げた。残った三人はすでに逃げ出していた。

逃げる者は追わなかった。五人を斬ったのは、ほんのわずかな時間だった。茜色の雲の色を全身に受けて、笠の浪人だけが立っていた。

その浪人の体から、ふしぎにも殺気は放たれていなかったのだ。浪人は孫十郎の動きだけを見ていた。

五人を斬る間に、孫十郎は、一度も敵に背中を見せなかった。つまり、敵の刃の届く距離に背中を置かなかった、ということである。それだけ動きが迅速だったのだ。

「無玄流の剣をはじめて目にした」

浪人が言った。

孫十郎は、血刀を下げて浪人の前に立った。

「どうした、抜かんのか」

「及ばぬ」

浪人は、笠の中で低く笑った。浪人が居合いをやることは、先日見抜いていた。居合術には、構えがある。浪人は構えをとっていない。両足は揃《そろ》っている。これでは剣は抜けない。抜く気がしないのだ。

孫十郎は、田宮流と見た。田宮流抜刀術は勝負は鞘のうちにありとする。及ばぬ、と知ったとき、この浪人には剣を抜けなかったのだ。

殺気が、ほとばしらなかったのも当然である。孫十郎は、剣を峰に返すと、浪人の笠をはねた。浪人の頭には笠の台だけが残った。その顔は無残に焼けただれていた。右半分に肉塊が段をなして盛り上がり、肌がひきつってその肉塊の中に目玉が小さく光って見えた。

左半分の顔は端整である。浪人は唇をゆがめて笑った。

「斬れ、斬ってくれ」

「名も名乗らずに死ぬか」

「未練のある命ではない」

剣を使う者は、相手に及ばぬと知ったとき、斬られるか逃げるか、二つの道しかない。浪人は斬られるほうを選んだようだ。

だが、孫十郎は、おのれの猛々しい殺気を消していた。刀刃を倒れたものの衣服で拭い、鞘に収めた。五人は、かれの一刀のもとに、息たえていた。

孫十郎は、浪人に背を向けた。その背に声がかかった。

「浮田どの、一献さしあげたいが、受けてもらえぬか」

孫十郎は、浪人が肩を並べるのを待った。浪人は、名を鬼木一刀司《いっとうじ》と名乗った。二人は黙して歩いた。いまは笠の台を外していた。

二人は居酒屋に入った。

そこは、偶然なのか、二十日ほど前、藤原の鎌と名乗った奇怪な小男に連れられて入った亀井町の居酒屋だった。鬼木が案内したわけではない。通りがかりに入ったのだ。

薄暗くてひっそりとした客の少ない店である。二人は座敷に向かい合って坐った。店の亭主とみえる老爺《ろうや》が酒肴を運んで来た。この店には酌女も、女中もいないようだ。老爺がひとりでやっている店らしい。

「浮田さん、どうしてわしを斬らなかった」

「その気がなくなった」

鬼木一刀司は、孫十郎よりいくつか老けて見えた。三十六、七か。

「頼み人は六角篤右衛門」

鬼木は、酒を呑みながら、呟くように言った。

「あんたを狙うわけは聞かされてはおらん」

「それだけで充分だ」

これまで、おのれを狙うのは、川越藩留守居役、六角篤右衛門ではないか、と思ってはいたが、これではっきりした。

「浮田さん、あんた、おれと同業とみたが」

孫十郎は、頷いていた。

鬼木一刀司は、陰うつな顔で、銚子の酒を注ぎ盃を空にした。そして、空になった盃のふちで、おのれの右目をたたいた。コツコツと硬い音がした。義眼だったのだ。

黒い石を磨いてはめ込んだものだろう。光ってはいるが、左目とは異なった光り方だった。顔の右半分が焼けただれていて、目が無事なはずはなかった。火傷は顔の右半分から首、肩にまで及んでいるようだった。

義眼とわかっても、目が乾いた音を立てるのは不気味だった。鬼木は唇をゆがめて笑うと、右目に指を入れて、義眼をとり出し、卓の上に転がした。カラカラと義眼の転がる音を聞いた。それは半球型をしていた。丸い玉を二つに割った形で、たしかによく磨かれていた。

かれの右眼は暗い洞になった。どうやらそれは石ではなく黒いギヤマンのようだ。こういう義眼を売る店があるらしい。

鬼木は、その義眼を盃の中に落とした。どちらの音かわからないが、風鈴のような澄んだ音がした。その盃に酒を注ぐ。そして、盃の酒をのみほしてから、義眼をとり出し、懐中から布を出して拭《ふ》いた。

義眼を卓に拡げた布の上において、鬼木は顔を上げた。

「わしは、さきほど未練はないと言った。だが、一つ未練があった。それを聞いてもらえるか」

「聞こう」

鬼木は、低い声で語りはじめた。

「十二年前のことだ」

かれは、甲府の町の中に、田宮流抜刀術の道場を開いていた。父の代からの浪人だという。かれは郷士《ごうし》の娘を妻にした。器量のいい女だったという。ところが十二年前のある夜、奇怪な一団が、道場の裏にある住まいに火を放った。火の音に目をさました鬼木は、まず、隣の褥《しとね》に寝ているはずの妻の姿を捜した。しかし、姿がなかった。

かれは、刀を把《と》り、屋敷の中を、妻の名を叫びながら走り回った。屋敷は燃えひろがり、紅い炎がなめていた。

鬼木は、異様なものを見た。三人の旅僧のなりをした影が、立ちはだかったのである。かなたに旅僧の一団が見えた。妻は旅僧たちに拐《さら》われたのだ。

たしかに、かれには狼狽《ろうばい》があった。鬼木が放った一閃《いっせん》を、旅僧の一人が錫杖《しゃくじょう》で受けていた。三人は錫杖を巧みに使った。

燃えていた梁《はり》が、鬼木めがけて落ちてきた。それを躱《かわ》しきれず、右顔と肩を打たれた。顔が炎になめられた。そんな鬼木を三人は見ていた。かれが這い出て気を失う寸前、旅僧たちは走り去った。

「妻の行方はいまだわからぬ。その妻にいま一度会いたいと思っている」

孫十郎は笑った。

「未練がましいか」

「いや、おれも、十二年前に、妻に駈落ちされ、以来、行方が知れん、若くて美しかった」

「お主も？」

「おれは拐われたのではない。駈落ちされたのだ」

孫十郎の笑いには自嘲《じちょう》があった。

「いまは、諦めている」

「奥方の夢も見ないか」

「しばらくは見なかったが、つい二十日ほど前から続けて何度か見た」

「わしは月に一度は、十二年の間、妻の夢を見つづけている。十二年前の妻の姿をな。それなのに、全く消息を聞かぬ」

駈落ちされたのと拐われたのでは、わけが違う。いとしい妻を拐われた鬼木一刀司は、夢見る度に脳を灼《や》いているのだ。

「できれば、お主とまた酒をのみたい」

鬼木一刀司は、それだけ言って、闇《やみ》の中に消えていった。

「拐われるのと、駈落ちされるのとでは、どっちがいいか」

孫十郎は呟いた。まだ駈落ちされるほうが諦めがつきやすい。

四

「旦那、ずいぶん、探しやしたぜ」

目の前に、遊び人風の男が、ニタニタ笑いながら、腰を折った。見知らぬ男である。

「なんだ、おまえは」

「浮田の旦那でござんしょう。お住まいのほうで千恵さんがお待ちでござんす」

「千恵だと、無学さんのところのか」

「へい、そのようで」

男はそのまま、身軽に走り去った。住まいといえば、松枝町の喜平長屋しかない。立花無学の使いで来たのか。

孫十郎も、住まいに一度はもどらねば、と思っていた。懐中の金も使い果たしている。余分な金は、住まいの中に隠してあるのだ。

かれは、足を早めた。何か不吉な予感があった。見張りがついているだろうか。そんなことは気にしていられない。

路地を入って、喜平長屋に入った。おのれの住まいに灯がついていた。まだ眠る時刻には早い。だが、長屋のほとんどは灯りが消えている。近ごろは油も高くなっているのだ。

千恵どのが何の用で、と思いながら、表戸を開けた孫十郎は、目を剝いた。まずかれに見えたのは、女の白い裸身だった。

女の周りには四人の男がいた。いずれも、町人のみなりをした男たちである。ごろつき風ではない。商家の手代《てだい》風である。

「千恵どの！」

孫十郎は、おのれの驚きを声にしていた。素っ裸で立っているのは千恵だった。

「おのれ！」

かれは、カッと頭に血が昇った。

「浮田の旦那、そう熱くならないでくれよ」

男の一人が、匕首《あいくち》の刃を千恵の首すじに当てた。孫十郎を迎えるにはそれなりの準備を立てているに違いない。かれは三和土《たたき》にたたらを踏んだ。

「どういうことだ」

男の一人が、千恵の後ろから抱きついて両方の乳房を摑んでいた。

「旦那、まず、腰のものをいただきます」

男は四人だけではなかった。孫十郎の左右に二人の男がいた。その二人がゆっくり歩み寄ってきて、かれの佩刀《はいとう》に手をかけた。とたんに、孫十郎の両手が動いた。

「うっ」

「わっ」

ほとんど同時に声をあげていた。孫十郎は、まず、左手の男のみぞおちに柄頭《つかがしら》をめりこませ、脇差を抜いて、それを峰に返しながら、右手の男の首すじを打っていた。

男二人はそのまま気絶し、倒れた。

「旦那の腕は、わかっています。でも、この女を死なしていいですかね」

孫十郎は、抜いた痣丸を鞘に収め、まともに千恵を見た。脚の長い美しい裸身だった。千恵がおのれに気があることは知っていた。だが、まだ一度も手を触れていない肌である。

大きく息を吸った。

千恵の裸身を見たとたんに、脳が熱くなった。おのれに問うていた。これまでに、おのれは多くの女を抱いている。だが、千恵だけには触れていなかった。それは千恵を大事に思っていたからに外ならない。

「おのれらは、何者だ」

孫十郎は叫んでいた。

男たちの仲間は、外にもいるようだ。長屋の者たちが、騒ぎ出さないように見張っているのか。

「旦那、腰のものを鞘ごと抜いて、畳の上に投げておくんなさいな」

商家の手代のようななりをしているが、男たちはただものではない。目の光り方が違っていた。

「浮田さん、いいんですよ。騙《だま》されたわたしが悪いんですから」

「千恵さん」

「旦那、それ以上近づいたら、この女の咽《のど》を抉りますからね」

白い乳房が、男の手の中で、その形を変えていた。指の間から、紅い乳首がのぞいている。その乳首がとがって見えた。

千恵は、三十歳になっているはずである。品のよさ、氏《うじ》のよさみたいなものはあるが、美《び》貌《ぼう》というのでもないし、男好きのする顔でもなかった。

だが、その裸身は妖しく美しかった。両腿が豊かで灯りを映して、まぶしいほどの白さに見えた。肉は厚くはないが、女としての体の膨らみは充分だった。

下腹にある黒い茂りは、やっとはざまを隠すほどに、ちんまりとまとまって見えた。

乳房は揉みしだかれ、ゆがんでいる。

「止めろ、わかった」

孫十郎が、刀と脇差を摑んで抜きかけたとき、

「いけません!」

千恵が、しっかりした声を放った。

「浮田さん、この男たちの言いなりになったらわたしは恨みますよ」

別の男の手が、千恵の股間にのびてきた。そして茂りを摑んだ。阜《おか》はふっくらと膨らんで、わずかにはざまをのぞかせた。

両手は後ろ手に縛られている。

孫十郎にも勝算はなかった。かれがいかに早く跳んでも、白い首に当てられた匕首より早いはずがないのだ。

「わたしは、とうに汚されています。また汚されても、同じことです」

千恵に怯えはなかった。さすがに武家育ちの女である。

男たちが孫十郎に向かって、千恵の脚を開いた。灯りの中に、はざまが浮き上がった。切れ込みは潤み、そこに露が光った。それは露ではないようだ。白濁した液のように見えた。

灯りは三つあった。この住まいにあった行燈《あんどん》と持ち込まれたらしい燭台が二つあり、蠟燭《ろうそく》が二本立てられて火がともされている。

男の指が、切れ込みを拡げた。そこは濡れて光沢を放っていた。その切れ込みを指がなぞり、そして、深みに二指が没入された。切れ込みが、泣いているようにゆがみをみせた。

「わたしのことなら、気にしないで下さい。舌を嚙むほど若くはありません」

孫十郎は動くに動けず、ただ脳を灼くだけだった。こうして人質をとられるとは思ってもいなかった。かれには失うものは何もなかったはずである。

どうして、人質として千恵が選ばれたのかがわからない。この男たちが孫十郎の身辺を調べあげたのであれば、まず囲いのお紺が狙われたはずである。

孫十郎は、この男たちによって、おのれの千恵への思いを知らされたような気がした。深い切れ込みの中で男の指が躍っていた。それがよく見えていた。かれによく見える位置に千恵の体が置いてあるのだ。

男の一人が、裾をからげ、下帯を外した。そこに男のものが怒張していた。男は、千恵に重なる気なのだろう。

孫十郎は、もう、止めろ、とは言わなかった。いまは言葉そのものが、むなしいように思えた。

千恵は、足をこちらに向けて、仰向けにされている。両手首を後ろ手に縛られているために、胸のあたりが大きく盛り上がっている。だから、かれには、乳房のすぐ下にはざまがあるように見えていた。

動いているのは三人の男で、一人の男は匕首の刃を千恵の首から離そうとしない。下肢をむきだしにした男は、すぐにのしかかるのかと思えたが、そうではなかった。匕首の鞘を手にすると、それを千恵の深みに押し込んだ。鞘は半分ほど押し入れられていた。そのために切れ込みの左右がぷっくりと膨らみ、そこをなまなましく灯りが白く輝いてみえた。

鞘が左右にひねられる。その度に切れ込みがよじれる。鞘は円筒ではない。卵型をしている。その鞘が錐《きり》もみされる。はざまが膨らんだり縮んだり、その表情を変えた。

千恵は声も発しない。声を堪えているのか、孫十郎も顔をそむけたり、目を閉じたりせずに、見据えてやらなければならなかった。

今度は鞘が出し入れされる。鞘の没する部分はぬれていた。千恵は三十女である。それを感じないはずはないのに、白いむき出しの尻は、微動もしない。かれのためにこらえているのか。

孫十郎の胸底に、何かが生まれた。生まれて膨れ上がっていく。それがやがて憤怒となるものであることを、かれは知っていた。

下肢をさらした男が体をこちらに向けて千恵の両耳を膝で挟み込んだ。そして、怒張したものの先端を唇に擦《こす》りつける。口は開かれまいと思ったのに、千恵の口はあっさり開いて、それをくわえたのだ。

何がめあてだ!

叫びそうになるのをこらえた。ここで両刀を捨てるべきだろう。だが、千恵はそれを拒否している。女の意地なのか、かの女は誇りの高い女だった。

あるいは、好きな男を窮地に追いやりたくない女の情なのか。

男たちも、口をきかなくなっていた。千恵一人を弄《もてあそ》ぶことが、おのれに課せられた仕事のように。

「おのれ、いずれは斬り殺してくれる」

孫十郎は、口の中で叫んでいた。そのために四人の顔を脳裡《のうり》に焼きつけた。もちろんこの男が誰かの命令でやっていることはわかる。その者もふくめて、生かしてはおかぬ、と思う。

千恵の唇の間に挟まれた男のものは、出入りを早くしていた。わざと口辺から外しておいて、改めて口に押し込んだりする。

もう一つの男の手が伸びてきて、花の芽に似た突起を指の腹で押さえた。そしてその指が動いた。

千恵の忍耐もそこまでだったようだ。くぐもった声をあげて腰をひねった。だが指はどこまでも追っていく。腰が圧えつけられると、千恵の上半身が揺れた。

乳房が弾み、ゆれる。

男が、千恵の顔に白いしぶきをあげた。白いものが、額に鼻に頬に散り、それが滴る。

それと同時に、千恵は歓びの声を放っていた。

「待て！」

孫十郎が叫んだ。それと同時に千恵の叫びも起こった。

「浮田さま、なりませぬ」

「なぜだ」

「わたしの願いです。腰の刀を、この男たちに渡したら、舌を噛みます」

千恵は、高い声で叫んでいた。

孫十郎は、腰の大小を抜いて、畳の上に投げた。

「浮田さま！」

千恵が叫んだ。

「千恵さん、死んじゃいかん」

かれも叫んでいた。

孫十郎に当てられ殴られ、気絶していた男二人が、かれに縄をかけた。縛りは巧みとみえ、孫十郎の上半身は、後ろ手に身動きできないほど縛りあげられた。

千恵を囲む四人の男の一人が、孫十郎の大小を手にした。完敗であった。千恵を見殺しにはできなかった。男たちの目は据わっていた。首すじを抉りかねない。かれらには千恵が決定的な人質ではなかったのだ。千恵を殺しても次の手段を考えるだろう。

だが、千恵への責めは、それで終わったわけではなかったのだ。孫十郎の自由が奪われたため、千恵の首筋に擬せられていた匕首は外された。

孫十郎は、はきものを脱がされて畳の上にあがらされた。そしてそこにあぐらをかいた。

「なにをする！」

孫十郎は叫んだ。男の手がかれの股間をさぐったのだ。そして、そこにあるものを掴み出した。不覚にも、かれの一物はおえ立っていたのである。弄ばれる千恵の淫らな姿に、それは膨らんでいた。

そこに千恵が引きずられてきた。

「この女をおれたちだけでたのしんでは、申しわけがない。旦那にも、おすそわけしなければ」

「止めろ、おれはおまえたちの言う通りになった」

「なあに、遠慮はいりませんよ」

男の一人が、千恵の髷を摑んで、かれの股間に押しつけたのである。

「好きな旦那のを口でしてあげなよ」

そう言われる前に、千恵はそこに屹立するものを口にしていた。

孫十郎は、おのれが暖かいものに包まれるのを覚え、そして舌がからみついてくるのを知った。舌が首と胴の境目をなぞっているのがわかった。

千恵は、両腕を後ろ手に高く縛りあげられているので、上半身を支えるものがない。両肩をかれの腿についていた。

孫十郎の目には、千恵の肉付きのいい尻が見えていた。その尻が男の手によって上げられ、かの女は両膝をついた。いま、尻は高く掲げられている。男たちの位置からは、尻の穴から、はざまの切れ込みまで、見えているはずである。

「おのれら、おれを愚弄《ぐろう》する気か」

孫十郎は吼《ほ》えた。

「浮田の旦那、おれたちは、あんたをたのしませてやってるんですよ」

男の声は笑いを含んでいた。勝者の笑いだった。

「おれと千恵さんをどうするつもりだ」

「それは、これからのおたのしみだ」

男の一人が、千恵の尻を撫でた。そして、その手がはざまに入る。前から後ろへ、後ろから前へ撫で回している。白い尻が目の前で揺れた。

孫十郎の胸の中で、憤怒が膨らんでいた。おそらくこの憤怒は、この男たちを殺し、男たちの雇主を殺すことによってしか治まらない。かれの位置からは、千恵のはざまは見えない。男が、千恵の切れ込みの深みを指で探っている様子だった。

いまは、わめくだけ無駄であることを、知らねばならなかった。ただ、千恵の口が、優しくおのれを包み込んでくれていた。

男がおのれの怒張したものを摑んで、千恵の尻ににじり寄った。そして千恵の壺に当て、一気に押し進めた。

千恵がくぐもった声をあげ、尻を振った。

当然、千恵の尻に繫《つな》がった男と孫十郎は、顔を見合わせることになる。怒りが目に浮いていた。血走った目である。

男が両手で千恵の腰を摑み、怒張したものを出し入れする。白い尻が妖しくくねる。三十になっている千恵が、感じないでいられるわけはなかったのだ。

孫十郎は、男を睨《にら》み据えた。いかに獰猛《どうもう》な獣も檻《おり》の中に入れば怖ろしくはない。身動きできないかれは、檻の中の獣であった。男は孫十郎と顔を合わせて笑った。

「うぬっ！」

ただでは殺さぬ、一寸刻みに殺してやる。孫十郎は唸った。千恵は尻から凌辱《りょうじょく》されながら、かれを口にし、しゃぶっていた。

男が終わると、次の男に代わった。千恵の体が震えている。孫十郎はそれを見ていた。いま目を閉じることはできない。この場の有様は瞼《まぶた》に焼きつけておかなければならない。それが、いずれはおのれの憎悪の発条《ばね》になるのだ。

「うっ！」

孫十郎は、千恵の口中にしたたかに噴出していた。かすかに千恵の咽が鳴った。精汁をのみ込んだのだ。おのれが萎縮していくのを覚えた。だが、千恵は口からそれを出そうとはせず、唸りつづけていた。口の中にあるものを出せば、歓喜の声をあげることになる。

その声を孫十郎に聞かせたくないために、おのれの口をかれのものでふさいでいるのだ。

孫十郎は、十二年前まで、おのれの妻であった伊志を思い浮かべていた。かれは、十二年前の伊志しか知らない。だが、まだどこかで生きているとすれば、ほぼ、この千恵と同じ年齢になっているはずである。

伊志のことは、すでに諦め忘れたと思っていた。だが、いまそれを思い出す。夫婦のきずなというものか。尻から犯されている千恵が、伊志に思えてきた。かれの脳も濁ってきたようだ。

三人目の男は千恵を尻から貫く代わりに、引きずり仰臥させた。はざまは、灯りを浴びてぬれ、鈍く光っていた。そこには男たちの精汁がためられ、その中に三度、男が怒張したものを埋め込んだ。

千恵は、いまはおのれの口をふさぐものがないために、高い声をあげ、体をはねさせた。床から尻を浮かせ、弓なりにし、体をゆさぶる。

その尻を男が抱き寄せていた。

男たちが、なぜここまでやらなければならないのかはわからない。すでに孫十郎を縛りあげたところで、目的は達成しているはずだ。

千恵の体が、畳に、ドスンドスンと音を立てた。いきのいい魚のようにはねていた。

奇声をあげた。

だろう。

表には、二丁の駕籠《かご》が待っていた。その駕籠に押し込められて、どこかに運ばれるの

孫十郎の足を縛った。まず、千恵が男たちにかかえあげられ、表に運ばれていく。

男四人は、その千恵に剝《は》ぎとった着物を着せていた。着せ終わると、手足を縛った。

そして、千恵は動かなくなった。失神したのである。

五

浮田孫十郎は、奥まった座敷に坐っていた。豪勢な屋敷である。かれは、縄を解かれ、座布団にあぐらをかいていた。丸腰である。剣も痣丸も持ち去られたままであるし、千恵の姿もなかった。

逃げようと思えば逃げられる。だが千恵を捕らわれていては、逃げることもできない。

かれは、座敷を見回した。商人の屋敷である。障子は開け放たれ、庭には築山があり、池があった。池には鯉が泳いでいる様子である。

やがて、この屋敷の主人とみえる男が、若い手代風の男たちと共に現われた。五十を過ぎたとみえる肥った男である。男は床の間を背に坐った。

「わたしは武蔵屋仁左衛門でございます」

落ち着いた響きのいい声である。

「浮田さまと、このような形でお会いするつもりはございませんでした。この者たちが、ご無礼をいたしたそうで、わたしからお詫《わ》び申しあげます」

「なにを、しらじらしい」

この武蔵屋仁左衛門が、男たちの雇主だったのか。仁左衛門に飼われた狼《おおかみ》というべきかもしれない。

「つきまして、浮田さま、江馬伝七郎というお侍をご存じですかな」

「知らん」

とは言ったが、聞いたような名だ、と思った。

「あなたに斬られてお果てになった、お侍でございます」

「知らんな、それより、千恵さんはどこにいる」

「あのお方は、大事にお預かりしておりますから、ご心配なく。その、あなたさまに斬られた江馬伝七郎さまは、ある物をお持ちでございました」

仁左衛門は、両手で二尺ほどの間を開けた。つまり、物の長さを示したものだろう。

「これほどの長さ、一寸五分角ほどの木片でございます。それがなくなっておりました。わたしは、木片を探しております。木片をお渡しくだされば、いや、その木片を百両でわたしに売っていただけませんか」

「そのようなもの、知らん」

茶が出された。孫十郎はその茶を一気にのんだ。咽が乾いていたのだ。

「わたしどもも、いろいろと調べましたが、あなたさまが持ち去ったとしか考えられないのでございます」

「ならば、おれの住まいの家探しくらいはやったろう」

こいつらの狙いは、淫剣痣丸ではなかったようだ。奇妙な木片を探している。

「おれが斬ったというその侍は何者だ。おれは、これまでに、何人も斬っている。そのうちのどれか、わからん」

仁左衛門は、重い溜息を吐いた。

「先月の二十六日でございました。場所は、大和町の堀端、覚えがございましょう」

大和町は、孫十郎が住む松枝町とそれほど離れていない。覚えがあった。いきなり殺気を覚え、孫十郎が振り向きざまに斬った武士、つまり、痣丸を持っていた武士である。

その武士は、「らあじゃ」と言った。

もう一つ思い出していた。江馬伝七郎の名である。痣丸ではざまを貫いて死んだ加代の夫が、江馬伝七郎と言った。おのれが斬ったのは、加代の夫であったのか。だが、加代は江馬伝七郎は、古河藩士と言った。もっとも、口さきだけは、何とでも言える。

もっとも、孫十郎は江馬伝七郎から、痣丸を奪ったことを口にする気はなかった。

武蔵屋仁左衛門は、生糸問屋である。関八州の生糸を集めている。だが、この男が、ただの商人とは見えなかった。

「武蔵屋、一つ問うてもよいか」

「はい、どうぞ」

「六角篤右衛門が探しているのも、いまおまえが言った木片なのか」

仁左衛門は顔をほころばせた。

「六角さまとは」

「知らぬはずはあるまい。川越藩留守居役の六角だ」

「さあ、存じませんな」

仁左衛門の顔色は読めなかった。小さな木片一本のために、こいつらは躍起になっている。六角篤右衛門が探しているものも、その木片とすれば……。孫十郎の頭が回転しはじめた。

「その二尺ほどの木片とは、一体何だ」

「申しあげられませんな」

仁左衛門は、軽くいなした。

川越藩士であり、舟木道場の門弟であった寺尾益之介は、川越藩を救う宝がある、と言った。将軍家に献上して、庄内藩に所替えができるのだとも言った。その宝がこの木片なのか。

「わたしは、急ぎません。ゆっくり思い出していただきましょう」

仁左衛門が座を立った。

「待て!」

立とうとした孫十郎は、手足の力が抜けていた。そのまま坐り直すこともできずに転がった。どうしたのだ。かれはおのれにもわからなかった。思い当たった。それはさっき飲んだ茶だった。

「おのれ、毒を盛りやがったな」

そう言ったつもりが、ろれつが回らなかった。仁左衛門は、足を止めて振り向いた。

「毒ではございません。当利散《とうりさん》です。剣の手練れも、そうなると、だらしないものでございますな」

当利散とは、痺《しび》れ薬である。孫十郎は、すでに薬が全身に回っているのを知った。体の自由が利かなくなっていた。それに眠気が襲っていた。茶の中には眠り薬まで入っていたのか。

孫十郎の周りには、千恵を凌辱した四人の男が立って見降ろしていた。かれは何かを言いかけたが、すでに舌は回らなくなっている。このまま眠ってしまう恐怖を覚えた。このまま眠れば、再び醒《さ》めることはないのでは、という恐怖である。

しかし、すでに抗《あらが》いようがなかった。このままどこかに埋められてしまえば、おしまいである。仁左衛門が孫十郎を殺さないとは言いきれないのだ。座敷で血を流すよりも、眠らせておいて穴に埋めたほうが利口なやり方ともいえる。

孫十郎は、眠った。意識の底におのれの体が浮き上がるのを覚えていた。そのまま深い眠りの中に沈んでいた。

孫十郎は、妻伊志を抱いていた。十二年前の細い伊志ではなかった。三十女らしく、ぽってりと白い肉をつけていた。充分に脂がのっていた。

伊志が、かれの口に乳房を押しつけてくる。十二年前の妻の乳首を覚えているわけはないが、その乳首は吸うに充分の大きさだった。乳首を吸った。

「旦那さま、伊志は十人の子を生みました」

と得意そうに言った。

「なに、十人の子を。誰の子だ。あの寺侍の子か」

「いいえ」

伊志の顔は、十二年前の細面に比べ、ふくよかに丸くなっていた。丸いが、品があり、美しく輝いて見えた。目に張りがあった。女盛りである。

尻は、まるで蠟燭のようななめらかさがあった。その尻を撫でていた手で、胸を離して、乳房を握った。柔らかい乳房である。乳房を揉みしだいた手をはざまにのばした。

茂りの手触りはなく、つるりとしていた。

「浮田さん、浮田さん」

遠くから呼ぶ、女の声を聞いていた。そのとたんに、腕の中の伊志が消えていた。

孫十郎は、薄目をあけた。夢を見ていたのだ。

「浮田さん」

今度は、はっきり耳もとで、女の声を聞いた。千恵の声だった。

孫十郎は、体を起こした。体には力がもどっていた。生きていたのか、と思った。

「気がついたのね」

「千恵さん」

そこに千恵が坐っていた。

「ここはどこだ」

そう言いながら、周りを見回した。地の底だと思った。

「地下牢《ろう》よ」

まさに地下牢だった。頭の上から、明かりがもれていた。仰ぎ見ると小さな四角い窓があった。

背後には、牢格子が組まれていた。地下牢には必ず格子に戸がついてるものである。だが、堅固な格子には戸がなかった。出入りする口があるとすれば、頭の上の四角い窓しかなさそうだ。

「千恵さん、無事だったか」

「無事でもありません」

千恵は薄く笑った。

「あなたは、夜が明ける前に、あの穴から降ろされたのよ」

見ると、そばに縄があった。縄で吊《つ》り下げておいて、その縄を放したのだ。千恵も同じようにして降ろされたらしい。

牢の広さは、四畳半ほどの広さがある。孫十郎は、ぎくっ、となった。隅の暗がりに、蠢《うごめ》くものがあった。

「先住者がいたのよ」

その姿が、もそもそと這い寄ってきた。しわだらけの老人だった。髪も髭もまっ白である。痩《や》せこけていた。骨と皮である。だが、着ているものは、ぼろではなかった。

「ご心配めされるな。わしは北条の政というものじゃ、この牢に入って十五年になる」

「十五年？」

「左様、十五年じゃ」

こんな牢で十五年も生きられるものかどうか、孫十郎は、改めて周りを見回した。地下にしては湿り気が少ない。

「この牢には、何十人かが入って来た。だが、みな死んでいった。死人になれば、あの穴から引き上げられる。なんの、心配はいらん。一日に一度、飯は入れてくれる。寒くなれば着るものもくれる。考えようによっては極楽じゃ、ここから、生きて出ていった者は一人もおらぬ。落ち着きなされ」

堅固な地下牢だった。

徳利の底のようになっている。格子は太い樫《かし》の木で造られている。天井の四角い穴は、おそらく古井戸だろう。格子をゆすってみたが、びくともしない。格子のむこうは通路になっている。ときには見回りにくるのだ。

「冬は暖かく、夏は涼しい。住み心地は悪くないて」

北条の政といった老人は、くわっくわっと奇怪に笑った。歯は抜けてしまっているのだろう。

孫十郎は、忍者牢というのを聞いたことがあった。その忍者牢に似ていた。外からの助けがなくては絶対に脱出不可能である。天井まで三間《げん》(約六メートル)はありそうだ。だが、千恵は妙に落ち着いていた。いざとなると、女のほうが度胸が坐るのか。

「千恵さんの名は聞いた。そこもとの名を聞かせてもらえぬか」

北条の政が言った。千恵が代わりに、浮田孫十郎だと教えた。孫十郎はこの老人が気に入らなかった。目の光にどこか狡《ずる》さがあった。老人の狡猾《こうかつ》さを見抜いたのは、孫十郎の剣客としての目だったろう。

老人は、千恵に体をすり寄せるようににじり寄ってくる。孫十郎には、それが不快だった。

「わしは、しょうもんの末裔《まつえい》じゃ」

「しょうもん?」

「知らんのかな、将門《まさかど》じゃ。将門さまが、この関東八州を治めなさったのは、まだ千年にはならんじゃろう」

狂人かと思った。千恵は、それを頷きながら聞いている。

「わしら一族は丹沢山に逃れて生き残った」

丹沢山は、いまでも深山として知られ、踏み込む人もいない。老人は、その山中に村落を作り、一族が住んでいるという。

千恵が老人の骨と皮だけの手を見ていた。手の指が四本しかない。親指と三本の指である。失った指の根がない。ということは生まれつき四本指だったということになる。

孫十郎は、北条の政と老人の名を聞いたとき、小柄で奇怪な老人、藤原の鎌を思い出していた。だが、それを話す気はなかった。油断のならない老人と見たのだった。

老人はもの欲し気な目で千恵を見ている。女の肌に飢える齢ではないだろう。だが、千恵の肌に触れたいのかもしれない。

天井の四角い穴からさす陽の光が、床に這っている。その四角い明かりが、ゆっくりと移動しているのだ。孫十郎と千恵は、その明かりの中にいた。いまは、その明かりは二人から離れていた。

雨の降る日は、四角い穴はふさがれるのだという。すると牢は闇になる。明かりが消えて、牢内に薄闇がひろがり、やがては、漆を流したような闇になるのに違いない。

「藤原純友《すみとも》という方をご存じかな。将門さまと気の合ったお方じゃったが、瀬戸で海賊になられた」

千恵は頷きながら聞いている。孫十郎は、寝転んで別のことを考えていた。

夜になった。牢の夜は早いようだ。老人は、隅に這っていった。そこに老人の寝床がある。

千恵が体を擦《す》り寄せてきた。闇の心細さのためではなかった。孫十郎は、その豊かな女体を抱き寄せた。

「おれのために、千恵さんまで、ひきずり込んでしまった」

千恵はその口を封じるように、唇を押しつけてきた。柔らかい体だが熱い。熱いのは燃えているからなのか。

千恵がぬるりとした厚い舌をさし込んできた。その舌を吸った。この口は、昨夜、男の一物をくわえ、しゃぶったものである。だからといって、孫十郎はきたなさを覚えたわけではない。

舌を吸われていながら、千恵は、こきざみに体を震わせている。その体をかれはしっかりと抱きしめた。舌を外しては、

「うれしい」

と囁いてくる。そしてまた舌をさし入れる。孫十郎は、千恵の背中から尻を撫で回した。豊かな肉付きである。胸を離すと乳房をさぐった。

闇の中である。ただまさぐるしかなかった。千恵の裸身は瞼に焼きつけられている。その肌は、ゆで卵のむきみを思わせた。はっ、と思わせるような白さだった。

乳房を手にしたとき、乳首はとがっていた。知り合ってから四年ほどになるが、こうして抱くのははじめてである。

孫十郎は千恵の口中に舌を入れた。おのれの舌がちぎれそうに吸われる。そして、舌を放し、頬ずりすると、

「浮田さんに抱かれたかった。わたしは、こうして二人っきりになれたのがうれしい」

そう言いながら、千恵は肌を擦りつけ、身を揉むのだ。孫十郎は、千恵のこのような熱い思いを知らなかった。いや、いくらかは知っていた。だが、かれが手を出せない厳しさみたいなものが、千恵にはあったのだ。この女は、町娘のように、おのれの思いを

表には出せなかったのだ。

掌に余る乳房を揉むと、千恵は熱い息をもらした。その息は熱でもあるように熱かった。

孫十郎は、体をずり下げ、乳房に唇をあてた。

「わたしの体は汚れています」

昨夜、四人の男に凌辱されたことを言っているのだ。

「そんなことは気にしないでくれ」

「抱いていただく前に、体を洗いたかった」

女心だろう。四人に凌辱されたままの体だった。

かれは乳首を口にくわえた。こりこりとした乳首である。それをしゃぶり、舌で転がす。なぎ倒された乳首は、すぐにはね起きる。

千恵は呻いた。そして、体をこきざみに震わせる。孫十郎は、乳首をくわえたまま、千恵の裾前をはね、内腿に手を入れた。内腿はためらいながら、開かれた。

手ははざまに触れていた。膨らんだはざまも熱かった。

「手が汚れます」

それにかまわず切れ込みを拡げた。切れ込みに指を当ててなぞると、千恵は、哀しげな声をあげて、しがみついてくる。

二指を熱い沼に沈ませる。そこはひときわ熱かった。女の情がここに集まっているように。指を使うまでもなく、そこは熱い露にまみれていた。

いまは、指を遊ばせるときではない。孫十郎は、体を起こし、体を腿の間に割り込ませ、一気に没入させた。

「うれしい」

千恵は、悲鳴に似た声をほとばしらせて、全身でしがみついてきた。四年間、千恵は、このときを思っていたのかもしれない。尻が下からもち上がり、その尻が激しく揺れている。

そして、全身が硬直した。次に弛緩《しかん》が訪れる。気をやったのだ。

「舌を嚙まなくてよかった」

千恵は言った。四人の男に弄ばれたとき、舌を嚙む気だったのだ。

おのれが千恵にしっかり抱擁されているのを孫十郎は覚えていた。全く隙間《すきま》なく、かれのためにあるように、それはぴったりとしている。

その筒が、ときどき伸縮する。それは千恵の意思によるもののようだ。

「うっ」

千恵は、声をあげて、腰をもち上げた。孫十郎は下に手をのばして、尻を引き寄せた。

その尻も汗でぬめっていた。

なぜこのように汗をかくのか、ふしぎに思ったが、それは女の情の深さだろう、とそれほど気にしなかった。

体は弓のようにそりかえり、そこに空間をつくっている。腰が揺れはじめた。

「浮田さん」

千恵のものは濡れていた。

「このまま死にたい」

「何を不吉なことを、おれと千恵さんはこれからはじまるのじゃないか」

細くて高い声をあげ、全身をゆさぶって昇りつめた。また千恵の体から汗が吹き出してくる。

「熱があるのではないか」

千恵は首を振った。

実は、千恵は熱を発していたのだ。四人の男に体を弄ばれているとき風邪を引いたのだ。千恵は、体を震わせながらしがみついてくる。

かれを包み込んでいる肉が異様に熱いのは風邪のためだったのだ。俗に風邪引き女と咳男《せき》という。熱のある女は、体が熱いために男を悦ばせる。咳男は、咳をする度に、一物に力がこもる。それで女が歓ぶ。

だが、千恵の体の熱さはふつうではなかった。孫十郎は体をのけようとした。だが、

「いや、離れないで」

と千恵はしがみついた。

「尋常ではない」

「いいのです」

千恵は、かれをうながすように、三度身を揉みはじめた。千恵も立花無学の弟子である。医術の心得はある。だからおのれの症状は、わかっているはずである。

「浮田さん、また、またです」

千恵は、叫び声をあげていた。

三章　復讐の獣

一

薄暗い地下牢《ろう》に、浮田孫十郎は仰臥《ぎようが》し、ぼんやりと四角い穴を見ていた。空は曇っているらしく、陽は射してこない。

孫十郎が、この地下牢に入れられてから、五十日あまりが経っていた。髷《まげ》は乱れ、髭《ひげ》は黒々とのびていた。寝ていて体が重かった。手足が萎《な》えていくようだ。かれの脳には失意があった。

北条の政は、しきりに体を動かしている。立ったりしゃがんだり、転んだり、両手を振りまわしたり、逆立ちをしたり、老人と思えないほどの身の動きである。一日に一刻《とき》(約二時間)は、そうしていて、あとはひっそりと隅にうずくまる。

室内に千恵の姿はなかった。

千恵は、入牢から四日目に、高熱を発して死んだ。もちろん、孫十郎は、医者をよこせと叫んだ。

入牢の翌日に、武蔵屋仁左衛門が、手下数人と、牢格子のむこうに姿を見せた。

「木片のことを思い出せば、医者は呼んでさしあげよう」

と言った。孫十郎も、それを知っていれば喋《しゃべ》っていた。だが思い当たることはなかったのだ。仁左衛門は薄笑いを浮かべて、去っていった。

あとは、一日に一度、飯を運んでくる牢番の老爺《ろうや》だけだったが、この老爺は耳も聞こえず、口もきけなかった。馬耳東風とはこのことだろう。

孫十郎は、素っ裸になって、汗を吹き出させる千恵を抱いていた。それしかなかったのだ。北条の政が、水で絞った手拭《てぬぐ》いで、体を拭《ふ》き、千恵の額に当ててくれたが、その手拭いもたちまちに乾いた。地下牢の隅には、水桶《おけ》がおいてあったのだ。その水は、牢番が十日に一度換えてくれるのだという。

病んだ千恵は、しきりに孫十郎の股間《こかん》をさぐった。そして、それをおのれの股間に引き寄せようとする。高熱にうなされながら、千恵は交媾《まぐわい》を求めているのだ。

孫十郎は、千恵の苦しみを和らげるため、乳房を揉《も》み、乳首をしゃぶり、そして、はざまをさぐった。

病人にすることではないことはわかっている。だが、いま千恵にしてやれることは、それしかなかったのだ。千恵のはざまは、女の情念を燃やしつくすように、異常に熱かった。

かれは、医者をよこせ、と叫びつづけ咽《のど》も枯れた。

「浮田さん、もういいんですよ。わたしは、あなたに抱かれて死んでいけるのですから、幸せな女です」

千恵にそう言われると、孫十郎は、せつなく胸が痛んだ。千恵の体を仰向けにすると、折り立てられた膝《ひざ》を開いて、その間に体を割り込ませる。

かの女の手は、孫十郎の一物《いちもつ》を摑《つか》んで、おのれのはざまに当てる。そして、その先端を敏感な花の芽にこすりつけ、そして深みの口に誘う。

孫十郎が腰を沈めると、千恵の両手がかれの尻《しり》を引き寄せるのだ。

「動かないで、わたしはあなたをこうして迎えたまま死にたい」

「死にはしない。熱は引く。耐えてくれ」

かれはおのれを包み込んだ柔らかい襞《ひだ》に律動を覚えていた。かれを締めつける力も衰えはじめていた。だが昂《たか》ぶってくると、力をふりしぼってしがみつき、体を震わせるのだ。

気をやったあとは、潤んだ目を開いて、かすかに笑う。その顔を孫十郎は美しい、と思った。そのときすでに、千恵は死を自覚していたとみえた。

千恵の肌から吹き出す汗を、孫十郎は舐《な》めた。舐めても舐めても汗は吹き出す。北条の政は、そばに坐《すわ》って、柄杓《ひしゃく》で水を汲《く》み千恵に飲ませるのだ。

熱は引かなかった。高熱が続いていた。熱にうなされながらも、千恵はかれの股間をしっかり握っていた。かの女は手にしたものを引き寄せる。引き寄せられるままに動いた。

千恵はそれを口にくわえた。そして、うれしそうに舌をからませてくるのだ。熱にうなされながらも、それが欲しいのだ。女の情念というものだろう。

かの女は、理性の強い女である。だから、孫十郎が立花無学の家を訪れても、そういう素振りは見せなかった。ただ目で孫十郎の姿を追っていただけで、おのれの恋情に堪えていた。

いま、千恵の心を縛るものは何もない。ただ恋しい男を求めるだけなのだ。高熱がそうさせている。

「わたしは、幸せ者です」

かすかにそう言う。孫十郎も千恵のしたいようにさせたかった。かの女は、ふぐりまでも口にほおばった。うずらの卵に似た二個の玉を口の中で転がす。その間にも、一物はしっかり握っていた。

孫十郎は、背中を撫《な》で、乳房を揉んだ。千恵に、そうされて歓びがあるかどうかはわからない。

口が充ち足りれば、千恵は仰臥する。そして、男を受け入れる姿勢をとるのだ。孫十郎は、千恵のはざまに口を押しつけようとした。だが、手で拒まれた。

「浮田さま、それだけは……」

喘《あえ》ぎながら言った。はざまを包み込んだ手甲を舐めた。千恵の胸がこきざみに震えている。それは病のせいなのだ。

手の甲を舐めているうちに、その手がゆっくりと外れていった。千恵もそうして欲しかったのだろう。

孫十郎は、はざまに唇を押しつけた。まだはざまの肉は厚く、切れ込みはわずかにほころんでいる。その切れ込みに舌を埋めた。そして、切れ込みにそって舌でなぞる。

「うれしい」

千恵の口から細い声が洩《も》れた。

その間、北条の政は、隅の暗がりで、何かごそごそやっていた。老人が何をやっているのか、孫十郎には関心がなかった。

かれは、指で切れ込みを分けた。汗と体臭が匂《にお》った。だが、それは不快なものではなかった。切れ込みはいっぱいに拡げられているが、そこがどうなっているかは、見えなかった。すでに薄闇《うすやみ》が牢内に拡がっていたのだ。

いまは、舌でさぐるしかなかった。下方に男を迎える壺口《つぼ》があった。そして、上部に小さな突起がそそり立っていた。その突起を包む皮から左右に二枚の葉状のものがある。小さな花の蕾《つぼみ》に似た芽を、口でついばんでやる。そのたびに、千恵の腰がひくひくと動く。

絶頂の歓びを得るには、それだけの気力体力が要る。その体力が、すでに千恵の体から失せているように思えた。

「浮田さん、ありがとう」

消え入りそうな声で言った。

孫十郎は、舌を丸めて、壺口にさし入れた。その口が、かれの舌をとらえようと、しきりにすぼまっていた。

孫十郎は、三日間、まんじりともしなかった。千恵の熱い体を抱いたまま、四日目になって、かれはまどろみはじめた。千恵も高熱のまま、眠っていたようだ。熱に喘ぎ、呻吟《しんぎん》していた。

かれは、何か冷ややかな感触に、ふと目ざめた。抱きかかえていた千恵が、冷たくなっていたのだ。

「千恵！」

叫んだ。ゆさぶった。ゆさぶってみて、おのれの一物が千恵の体内にあったことを知った。千恵は孫十郎を包み込んだまま死んでいた。

「千恵、千恵！」

千恵の体を激しくゆさぶった。だが、千恵は閉じた瞼《まぶた》を二度と開こうとはしなかった。

「浮田さん、わしが死に水をとってやりましただ」

北条の政が這《は》い寄って来て囁《ささや》いた。だが、かれは千恵の体を放そうとはしなかった。

下腹を押しつけた。かれを包み込む襞も、すでに冷たくなっていた。

「死にぎわに、千恵さんは、ありがとう、と一言、言いなすった」

孫十郎が眠っている間に、千恵は息をひきとったのだ。

「千恵さんが、首を振りなさったでのう」

死んだ、と知りながら、千恵を放さず、一日を抱いたままだった。翌日、政が孫十郎から千恵を引き放した。

屍《しかばね》を横たえて、政が体を拭ってやっていた。床下には、千恵を横たえる穴が掘ってあった。この老人は、三日前から、千恵の死を予期して、床板を剝《は》がし、その下に穴を掘っていたのだ。道具があるわけではない。欠けた碗《わん》で掘ったのだ。

政が屍を床下に運び入れ、土をかぶせる。それを孫十郎は、ふぬけのように見ていた。

千恵は燃えつきたのだ。

それからの孫十郎は、ただ仰臥して、天井を睨《にら》みつづけていた。一日に一度運ばれてくる飯を、政が食わせた。

「食わなければ死ぬ。食うのじゃ」

政が、飯を孫十郎の口の中に押し込む。腹は空かなかった。だから、政が食わせなければ、孫十郎はくたばっていただろう。

海部半兵衛に助けられたのと、同じ状態だった。孫十郎は、改めておのれの弱さを知った。剣を把《と》ったときの孫十郎とは、全く違う人間になっていたのだ。

碗の飯が空になるまで、政は孫十郎の口に押し込み、味噌《みそ》汁を流し込んだ。もちろん、いまではおのれで飯を食う。食う他は寝転んでいた。

老人は、仰臥したかれのそばに這ってきた。そして、口をもぐもぐ動かした。

「退屈しのぎに、わしの話を聞いてくれんか」

孫十郎は、かすかに頷《うなず》いた。

「わしが、将門《まさかど》さまの末裔《まつえい》であることは話したの。将門さまは天慶《てんぎょう》の乱で、死んではいなさらなかった。いくさに敗れはなさったが、家臣数人を連れて丹沢に逃れなさった。そして、そこに村をおつくりなされたのじゃ。八百五十年ほど前のことじゃが、その子孫は、村で生きつづけてきた。いまだに、わしらの一族は山奥で生きとる。五百人ほどの村じゃがの」

孫十郎は聞いていなかった。まだ千恵の面影を追っていた。

「わしが将門さまの子孫じゃというても、誰《だれ》も信用してくれんが、たしかにわしは……」

政はくどくどと語っていた。

平将門が、関東八カ国の国を治め、新皇と名乗り、別の国を作ろうとしたのは、八百五十年前である。だが、内部分裂と、朝廷からの討手によって亡ぼされた。これを天慶の乱という。同じころ、藤原純友《すみとも》が、瀬戸内海で、海賊をひきいて乱をおこした。これを承平《じょうへい》の乱という。

平将門と藤原純友は、意を通じていた。

「むろん、系図がある。そんなものはいくらでも作れる。だが、わしが将門さまの子孫だという証があるのだ。黄熟香《おうじゅこう》という伽羅《きゃら》の香木じゃよ。この香木を持つのは、朝廷とわしら一族しかいないのじゃ。この香木は、海賊の頭であった藤原純友さまが、将門さまにお届けなさったものじゃ」

北条の政は、淡々と喋る。だが、その言葉は、孫十郎の耳には入っていなかった。

「その、証の品を盗まれた。わしのせいじゃ。わしは一族の裏切者になってしもうた。一族に合わせる顔がない。だから、こうして地下牢で生きている。考えようによっては、わしには、ここが天国じゃ。働かんでもええ、飯は一日一食でも、ちゃんと食わしてもらえる。寝たいときに寝て、起きたいときに起きる。わしは自由なのじゃ」

孫十郎が聞いていようがいまいが、この老人にはどうでもよかったのかもしれない。山中の村での暮らしを喋りはじめた。尽きることがない。

この老人には、もう未来がない。だから過去だけに生きている。一族には、何人かの頭がいる。政はその頭の一人だったようだ。その上に首領がいて、やはり新皇と称しているとか。その新皇は、まだ二十歳をすぎたばかりだという。

地下牢に入って二カ月経ったと思われるある夜だった。四角い穴は闇に融けていた。いつものように仰臥していた孫十郎は、そこに灯りが動くのを見た。

顔に蠟《ろう》の滴りが落ちてきた。灯りが少しずつ降りてくる。それは龕燈《がんどう》だった。灯りがかれの顔を照らした。それと同時に、何やら物の触れ合う音がして落ちてきた。いや、それは途中で止まった。それは縄ばしごだった。

孫十郎は、しばらくそれをぼんやりと見ていた。そして、ふと立ち上がった。縄ばしごを引いてみた。上で固定されているようだ。

「誰か助けにきてくれた！」

はしごを這い上がった。手足が震えて力が入らない。五段ほど登って、北条の政を呼んだ。

「ご老人」

政は灯りの中に顔を出していった。

「わしのことは忘れてくれ、一族の裏切者じゃて。千恵どのは、わしが守ってやる。安心してゆきなされ」

孫十郎は、一段一段を登った。息がきれた。地上へ出た。夜だった。だが、闇に馴《な》れた目は、月夜ほどに物が見えていた。やはり古井戸だった。井戸の周りに竹垣が張られていた。その垣が一カ所、四角に切りとられていた。そばに笠《かさ》の浪人が立っていた。鬼木一刀司である。

「とにかく、ここを離れよう」

鬼木は、孫十郎の手を引いた。思わずよろけた。それでも何とか歩けた。

「おのれ」

ひとりでに声が出た。

通りへ出た。一息ついた。

「鬼木さん、礼を言う」

「とにかく、拙者の住まいに行こう」

町をいくつか抜けて、長屋に入った。住まいに入ると、行燈《あんどん》に灯りが入った。畳の上に孫十郎の両刀が転がっていた。

二

鬼木は、孫十郎のそばに酒徳利を置いた。

「喜平長屋のいきさつは聞いた。それで探し回ったが、時が経ちすぎた。申しわけない」

相手が武蔵屋と知れ、手代を締めあげて、あの古井戸が知れた。

はじめて、土間に縛られて転がっている男が目についた。

「あんたの両刀は、倉の中に転がっていた」

「かたじけない」

茶碗一ぱいの酒が胃の腑《ふ》にカッとしみた。孫十郎は、脇差《わきざし》を抜いて、灯りに向けた。

痣丸《あざまる》に違いなかった。

かれは帯を締め直し、両刀を差した。

「はきものを借用したい」

鬼木は、ちびた下駄を出した。

「行くとこがおありか」

「薬研堀《やげんぼり》に、立花無学という外道医が住んでいる。朋友《ほうゆう》でな。礼はいずれ」

それだけ言って長屋を出た。

まず、無学に千恵の死を告げなければならなかった。歩き出すと、胃にしみた酒が回りはじめていた。

「おのれ!」

鋭い声を発した。

胸の中に、熱い火の玉が生じた。火の玉は千恵そのもののように思えた。

無学の家の表戸を叩《たた》いた。戸をあけたのは無学だった。

「孫十郎!」

「すまん、千恵どのが死んだ」

無学は、黙って孫十郎の衿《えり》を摑むと、家の中に引きずり込んでおいて、表戸を閉め、つっかい棒をかけた。

奥の部屋に行燈がついていた。

「千恵を抱いてやったか」

「ああ」

「それならばよい。千恵は成仏する。よろこんで死んでいったろう。女とはそのようなものだ」

無学はあっさりと言った。その言葉に、孫十郎のふさがれた思いの胸中が、いくらか和らいだようだ。無学の言葉は、もちろん、かれの胸中を思ってのことである。

翌朝、孫十郎は伸びた髭を剃《そ》り、髷を結い直した。湯屋で二カ月の垢《あか》を落とし、外へ出たところで、秋の気配を覚えた。地下牢に入るまでの夏の様子はどこにもなかった。家にもどると、老婆が袷《あわせ》を出した。

千恵が買って仕立てておいてくれたものだという。

「浮田さんに着てもらえれば、千恵さんもよろこびますよ」

孫十郎は、ただ頷いて袖《そで》に手を通した。身丈《みたけ》も合っていた。胸中の熱い火の玉はまだ隠しておかねばならないのだ。

「おのれ、武蔵屋！　思い知らさではおかぬ」

胸の裡《うち》で叫んでいた。

三日が経って、孫十郎の体力も回復した。もともとが頑健な体である。孫十郎に逃げられたと知った武蔵屋では、この無学の家に目をつけるだろう。

それは予測していた。武蔵屋の手先がこの家を襲ったときは、命を賭《と》して斬《き》りまくる覚悟はできていた。

濡《ぬ》れ縁に坐って、庭の植木を見ていた。すでに花をつけている草木はなかった。

「孫十郎、頼まれてくれぬか」

背後に、無学が立っていた。無学の背後に商家の内儀とみえる女が立っていた。その女を無学は木綿問屋桔梗屋《ききょう》の女将《おかみ》と紹介した。三十二、三で名をお篠《しの》と言った。お篠は後家で、店を切り回しているのだそうだ。

無学の頼みは聞かなくても知れていた。お篠を抱いてくれということなのだ。

孫十郎は、無学の家を出た。

桔梗屋お篠は、先に料理茶屋で待っていると言って出かけた。その料理茶屋は、深川にあった。

薬研堀から通りへ出れば、そこが両国広小路である。両国橋を渡れば本所で、その隣が深川である。

お篠は後家で男の肌に飢えているのだろうが、孫十郎も、千恵の死後二カ月余、女の肌に触れていなかった。

無学もそれを知って、お篠を押しつけたのかもしれない。お篠は痩《や》せぎすで、姿のいい女だった。

両国橋のたもとに、小柄な老人が立っていた。藤原《ふじわら》の鎌《かま》と称する奇怪な老人である。老人が、孫十郎が思わず跳びのいたほどの殺気を放ったのは、三カ月ほど前である。

「浮田どの」

老人は、孫十郎を川べりに誘った。

「津由《つゆ》は、懐妊した。その礼をしなければならん」

そう言って、懐中から袱紗《ふくさ》包みをとり出し、孫十郎の手にのせた。ずしりと重い。二十両は包まれているようだ。

孫十郎は、ふと地下牢で北条の政と名乗った老人を思い出していた。政とこの藤原の鎌は、どこか匂いが似ていた。特に匂いがするわけではないが。

「ご老人、北条の政という者をご存じか」

表情は変えなかったが、白い眉《まゆ》がぴくりと動いた。この鎌と政は同じ一族らしい。

「裏切者じゃ！」

吐き出すように言った。

「そうか、政は、武蔵屋の地下牢におったか」

「なぜ、それを知っている」

その問いに鎌は答えなかった。鬼木が二カ月かかってやっとあの古井戸をつきとめたのに、鎌はすでに知っていた。

「まさか、武蔵屋の仲間では」

鎌は、笑って首を振った。

「仲間でなければ敵か」

それには応えず、鎌は背を向けて去っていった。

北条の政は、おのれの一族数百人が、丹沢山中に棲《す》んでいると言った。すると、この鎌も丹沢から出てきていることになる。どのような一族なのかは、孫十郎にはわからない。政は平将門の裔《えい》と言っていた。八百五十年続いている一族であるとも言っていた。

孫十郎は、両国橋を渡り、二つの堀川に架かる橋を渡った。料理茶屋は大川に面した所にあった。

名を名乗ると、奥座敷に通された。座敷には、お篠が待っていた。案内した女中に、酒と肴《さかな》を運ぶように告げた。酒肴《しゅこう》が運ばれてきて、盃を交わす。さすがにお篠は、顔を伏せていた。

「お篠さん、桔梗屋では寮をお持ちですか」

お篠は、え？　というように顔を上げた。細面の優しい貌《かお》だった。双眸《そうぼう》が潤んでいた。

「ええ、押上村《おしあげ》のほうに。亭主が亡くなりましてからは使っておりませんが」

金を蓄えた商人はたいてい寮を持っていた。家族の休養のために、寮を使う。いわば別宅である。

「その寮を、おれに貸してもらえまいか。十日ほど」

「お好きにお使い下さい」

「それはよかった、助かる」

「でも、古いものでございます。先代からのものですから」

「そのほうが都合がよい」

孫十郎が、お篠の誘いに応じたのは、おのれの情欲のためだけではなかった。

手首を握って引くと、お篠はもろく孫十郎の膝に崩れてきた。それを横抱きにして、口を吸った。肉は薄いがよくしないそうな体つきである。

お篠の頰《ほお》には、白粉《おしろい》の下に雀斑《そばかす》が浮いて見えていた。雀斑女はよい、と『色道禁秘抄』にもある。それに下唇には縦皺《じわ》が多い。この皺は、壺の中に襞が多いことをあらわしているのだ。

歯茎の裏側を舌でなぞると、お篠はかれにしがみつき、舌をからめてきた。厚くはないがよく動く舌である。その舌を誘って吸った。お篠は、男の体に回した両腕に力を込め、呻《うめ》いた。

舌を軽く咬《か》みながら、着物の上から乳房を掴んだ。柔らかく弾みのある乳房のようだ。すでに乳首がとがっているのが感じられた。

孫十郎は衿を押し開いた。そこに乳房と共に肌があらわになった。まるで象牙《ぞうげ》を思わせるなめらかな白い肌である。脂ののったなめらかさだ。白い肌といってもさまざまある。全くの白さではない。やや黄色みがかって、象牙色といっていいだろう。

乳房は、すそまわりは小さいが高さは充分にある。吊鐘を思わせる形で、頂きには、色濃い丸い乳首がのっていた。吊鐘型の乳房は垂れやすい。だが、お篠の乳房は垂れてはいなかった。三十女の乳房にしては弾力があった。高さがあるだけに、掌に余った。

乳首を指の股《また》に挟み込んで乳房を揉みしだく。

「あーっ」

とお篠が甘い声を洩らした。

指の間から出ている乳房の頭を、舌でなぞった。ざらりとした感触である。お篠の体が畳を擦《こす》った。乳房にあった手を放して、乳首を捉《とら》え、その手で、腰から尻を撫でた。張りのない腰である。柳腰というのだろう。

俗に小股の切れ上がった女という。お篠の体型はまさにそれだった。その小股とは何なのか。さまざまな説があるが定説はない。ここに一つの説をとれば、小股とははざまの切れ込みである。つまり、小股の切れ上がった、とは上《うわ》つきの女陰をいう。柳腰の女には上つきが多い。

『女大楽宝開』という書に女陰の順位が並べてあるが、その第一位は、常に上つきである。孫十郎は、このお篠は上つきだろう、と思った。

かれは、裾前《すそまえ》をはねた。その下には、藤《ふじ》色の長襦袢《ながじゅばん》があった。襦袢の下は素肌だった。腰巻をつけていないのだ。近頃《ごろ》、若い娘の間では、腰巻をつけないのがはやっていると聞いたことがある。

腰巻をつけないほうが姿よく見える。特にこの女のような痩せぎすの女は。腿《もも》に手を添えた。手が滑るような、なめらかな肌である。

孫十郎の頭の中には、武蔵屋仁左衛門への復讐《ふくしゅう》があった。お篠の肌をさぐりながら、その手だてを考えていた。

かつて、孫十郎は女を抱くのに、他に目的はなかった。ただおのれの欲情を充たすためだけだった。だがいまは違うのだ。お篠におのれの復讐を手伝わせようと考えていた。つまり、目的を持って、女を抱くのだ。それだけに女に奉仕しなければならない。

武蔵屋に、どのように報復するかは、かれの頭の中では、その構想はできあがっていた。そのために、お篠の寮を借りた。

お篠の内腿の肉は、柔らかく、内腿に沿ってたどりついたはざまは、すでに熱をもち、潤んでいた。

この料理茶屋の座敷の隣は寝間になっている。そこに褥《しとね》がのべられているのは知っていた。だが、寝間に入るは、二の次である。まずは、座敷でお篠を狂わせたかった。

孫十郎は、左手でお篠の細腰を抱き寄せ、口では乳首を吸い、右手ではざまをさぐった。お篠は、細い体を弓なりにそらし、間断なく、しのび泣きに似た声を洩らしつづけていた。

「あ、あっ、浮田さま」

細いが高い声が、お篠の咽をついて出る。はざまの肉にも脂が充分にのって厚い。だが、切れ込みはほころんでいて、その淵《ふち》に露をためていた。

その露にたっぷりと指をひたしておいて、その指を蠢動《しゅんどう》させる。指の腹が肉芽を捉えていた。かなり大きな肉芽だった。その肉芽に指の腹を軽く当てて、指を回転させる。すると、お篠の体は、硬直し、そして揺れる。肉芽は、固くとがっている。その感じ方は、肉芽の大小には関係ないが、三十女だけに、より敏感になっているようだ。

「浮田さま、もうお情けを」

「まだ、早い。それとも、早く終わったほうがよろしいのか」

お篠は首を振った。

三十女は、若い女と違って歓びは重なり合った濃厚なものを求める。目的を持った孫十郎は、この女体に、おのれの持つ技のすべてを駆使するつもりでいた。

この女体が知っている男性は一人や二人ではないだろう。それらの男たちと同じでは、お篠の心までは得られない。

忍法には、傀儡《くぐつ》の術というのがあると聞いたことがある。つまり、忍者が女と交わると、女は、忍者のいいなりに動くという。孫十郎はお篠に、その傀儡の術をかけたい思いだった。そのためには、お篠にかつて覚えなかった歓びを与えなければならないのだ。もちろん、そのあとで、お篠が孫十郎の思い通りに働いてくれるかどうかは、わからない。それはお篠の心次第である。

かれは、肉芽を、指で挟みつけた。まるで鳥が餌《え》をついばむように、指で何度も挟みつけた。二指で肉芽を挟みつけ、指に力を加えると、つるりと芽がすべる。それを何度もくり返すのだ。

お篠は、体をくねらせて叫んだ。

いつの間にか、帯は解けていた。息苦しいのか、お篠はおのれの手で、帯をゆるめ、その下のしごきをも解いていた。

そのお篠を畳の上に仰臥させる。そして、足のほうに回ると、腿を大きく開いた。

「あっ、いやでございます」

お篠は声をあげた。腿を閉じようとする。孫十郎は、両膝に手を当て、押し拡げたままにした。もちろん、はざまは空気にさらされている。やがて、お篠の体から力がぬけた。

陰阜《おか》の上の茂りは、色濃く艶《つや》があって、よく縮れていた。切れ込みはゆるみ、そこに露を浮かせ、左右の膨みは、艶やかだった。その光景をかれは美しいと思った。

両手を膝から放しても、腿は閉じようとはしなかった。孫十郎は左右の膨みを指で押した。同時に切れ込みが拡がった。

「恥ずかしい」

お篠は、両手でおのれの顔をおおった。三十女でも羞恥《しゅうち》がある。その羞恥が、歓びを昂めるのに効果がある。上部に肉の芽がある。その芽はそそり立って紅色に見えた。芽の一点を包んでいるものがある。その包皮から下に、木の葉のようなものが左右に二枚、くっついていた。

その二枚の葉のようなものを、指で摘んで拡げた。下方に男を迎える壺口が見えていた。

孫十郎は、拡げられた切れ込みに、唇を押し当てた。とたんに、お篠は、

「そのようなこと、止めて」

はね起きて、かれの頭を起こそうとした。

「わたしは、それほどの女ではありません」

「いいのだ、こうされるのが、いやでなければ」

「いやでございます」

「まことか」

かれはくぐもった声を洩らした。

「はい」

その声は小さかった。

だが、それにおかまいなく、孫十郎は、舌を這わせた。お篠は、哀しみに似た声をあげ、身をよじらせた。再び孫十郎の頭を押しのけようとはしなかった。そのまま、ゆっくりと仰臥すると、また声をあげて、尻を浮かせた。そして、はざまを男の唇に押しつ

けてくる。

浮き上がった大尻をかれは抱き寄せた。その尻が腕の中で躍る。

ひーー！

お篠は、細くて高い声をあげて、体を震わせた。絶頂に達したのだ。孫十郎は、藤色の襦袢の裾でおのれの口を拭い、顔をあげた。そして、さらされていた下肢をおおってやった。

孫十郎は、卓に向かい、冷えた酒を口に運びながら、けだるげに体を起こすお篠の姿を、目端に入れていた。起き上がったお篠は、乱れをつくろい、かれの背中に、体を押しつけ、頰《ほお》を肩にもたせかけた。

「こんな思いは、はじめてでございます」

次は寝間での交情が待っている。これだけで終わりのはずがなかった。お篠は、しばらく頰を押しつけていて、隣室に去った。

孫十郎も間をおいて座を立った。襖《ふすま》を開けると藤色の襦袢姿のお篠が布団の上に座していた。かれが衣服を脱ぎかけると、お篠が立って脱がせる。孫十郎は下帯一つで布団に仰臥した。

お篠は、かれの衣服をたたみおえて、布団にもどってきた。商家の女将だけのことはある。孫十郎の胸に頰を押しつけ、男の乳首を指で弄《もてあそ》びながら、その手を下帯にすべらせる。

下帯が外されると、そこに雄々しいものが立ち上がった。女の手がそれを柔らかく包み込む。指が立ったものの周りをなぞりはじめる。その指は、ふぐりにまで及んだ。

お篠は、濡れた目で、それを見ていた。その目は青白い火を放って、燃えているように見えた。細い手がそれを握って上下する。

お篠は、男を迎える姿勢をとった。孫十郎は、腿の空間におのれの体を割り込ませ、勃起《ぼっき》したものを、充分に潤った壺口に当てた。

そして、ゆっくり沈める。それが根元まで沈んだとき、お篠は、甘い声をあげて、男にしがみつき、体をよじらせた。そして、尻を浮かせ、その尻が一振りして、女体がこわばった。

お篠は、この一瞬を待っていたのだ。かれが腰をひねると、お篠もそれに応えて、尻を回す。

「浮田さま」

そう口走っては、女体が躍る。躍る度に、男を包み込んだ筒の底が膨れ上がり、男を押し出そうとする。かれは押し出されまいと力む。とたんに、女体が震えるのだ。

女の額に汗がにじんで光った。

女体は悶《もだ》えに悶えた。乱れに乱れた。これほど身悶えた女も珍しい。それほど男に飢えていた、ということか。

孫十郎が噴出させたとき、お篠は、

「死ぬ！」

ひときわ高く叫んだ。

かれは、しばらくは体をのけなかった。お篠は余韻をたのしんでいるのだ。しばらくして、お篠は、まぶしげに目を開いた。濡れた目がきれいだ。

「浮田さま、またお会いできましょうか」

「むろん」

「恥ずかしいほど乱れたのは、はじめてでございます」

「お篠さんに頼みがある」

「なんなりとお申しつけ下さい。わたしにできることならば」

「まず、武蔵屋の家族を調べてくれぬか」

「生糸問屋の武蔵屋さんでございますか。調べなくとも、少しは知っております」

「武蔵屋の内儀は？」

「お藤さんといって、後添《のちぞい》です。二十八歳と聞いています」

「娘はいるだろうか」

「はい、十八歳になる佐登さんが」

ふつう町人の女は、二文字の名は付けない。二文字は武家の女に限られている。佐登と娘に二文字の名を付けたのは、武蔵屋の武家にあやかろうという思い上がりのせいだろう。

「その佐登に、好きな男は？」

「そこまでは知りませんが、調べてみます」

お篠は、なぜとは問わなかった。目が大きく見開かれた。体の中で萎縮《いしゅく》していたものが、力を得たのだ。孫十郎は笑った。大きな目が閉じられ、細い腰がまた蠢《うごめ》きはじめた。

都合よく、武蔵屋には、若い妻と年ごろの娘がいた。武蔵屋に痛い思いをさせるには、妻と娘をかどわかすのが最も効果ありと思えた。妻と娘をかどわかすには、外出するときを知らねばならない。それは、孫十郎一人ではできぬことだった。

何人かの力を借りなければならない。鬼木一刀司は協力してくれるだろう。あと二人ばかり、人手がいる。海部半兵衛の手の者を借りようと思った。

それには金が要る。金はあった。裏稼業で貯えた金と、藤原の鎌がくれた金を合わせれば、八十両近くはあるはずだ。

「あーっ！」

お篠が、声をあげて、かれに脚をからめてきた。女体は男のものをしっかり把握していた。孫十郎は抽送をはじめた。緩入急抜という技がある。送り込むときにゆるくし、抽するときに急にする。

お篠が悲鳴をあげて体を震わせた。

三

孫十郎は、押上村にある桔梗屋の寮に居をかまえた。留守番の老爺がいたが、桔梗屋に帰ってもらった。その代わりに桔梗屋から二人の女が来た。

一人は下女のお赤という十六になる子娘で、飯炊きをする。一人は、お房という上女中である。大店《おおだな》には上中下の女中たちがいる。上女中は、主人及び家族の身の回りの世話をする。下女中はつまり下女である。

お房は、二十四、五で器量もよく、利発そうな目をしていた。気のきく女だろう。お篠が商売の手を離せないので代わりによこしたのである。

「女将さんから、浮田さまの用を足すよう言いつかってまいりました」

お房はそう言った。

居間では、鬼木一刀司が酒を飲んでいた。海部半兵衛からは、二人の若い男を借りてきた。もちろん、半兵衛にはそれなりの金は払ってある。丹次と大造である。二人も裏稼業の男たちである。殺しの技は心得ていた。

この人数で間に合うはずである。お房が武蔵屋の女房お藤を調べに出かけた。丹次と大造は、武蔵屋の娘佐登の日頃の外出の様子を調べるために出ていった。

女たちは、たいてい寺参りに出かける。娘は、習いものに外出するはずである。かどわかすには、まずそれを調べなければならない。

押上村は、本所の奥にある。本法寺、霊山寺、法恩寺の三つの寺が並んでいる。その裏手が押上村になっている。

田園では、稲刈りがはじまっていた。江戸の内でも、のんびりした村である。ここまでは、町奉行所の手も届きにくい。おそらく武蔵屋も乗ってくるだろう。江戸市中では、武蔵屋も動きにくいだろう。

あるいは、誘えば、川越藩の六角篤右衛門も動き出すかもしれない。

孫十郎の胸中には憤怒がたぎっていた。千恵の仇討ではない。かれの煮え立つ怒りの報復であった。仇討であれば、武蔵屋をつけ回し、斬り捨てれば足りた。

「鬼木さん」

座して酒を飲んでいた鬼木一刀司が顔を上げた。顔の半分は端整で彫りが深かった。半分は焼けただれて不気味である。笠をかぶらないとき、鬼木は、端整なほうを向けるようにした。それでなくても右眼は義眼である。

孫十郎は、鬼木の前に座し、茶碗を手にし、徳利の酒を注いだ。

「武蔵屋もただ者ではない。果てることになるかもしれん」

「斬り死にすればよい」

鬼木はあっさりと言った。

「あんたは、拐《さら》われた奥方を探すのではなかったのか」

「未練はある。だが、妻が生きていようとは思わん」

「おれと死のうというのか」

「浮田さん、おれも武士だ。死に方は知っている。あんたのために死ぬのではない」

生きている目に、深い翳《かげ》りがあった。妻恋しいのだ。

「武蔵屋とは、何者なのだ」

孫十郎は、鬼木に聞いた。

「将軍家御用商人と聞いている。老中にも賄賂《まいない》をしているそうだ。だから権力を握っている。町奉行など手は出せまい。三十万石の大名にも匹敵するほどの金を持っているようだ」

ただの生糸問屋ではなかったのだ。そう聞けば、手代風の目の鋭い男たちをかかえていても不思議ではないということか。

三十万石の大名にも匹敵するほどの財産を持っている武蔵屋仁左衛門に、報復の牙《きば》を剝《む》こうとする孫十郎は、所詮《しょせん》は蟷螂《とうろう》の斧《おの》なのかもしれない。

女房お藤と娘佐登をかどわかそうと考えたのは、安易にすぎたのかもしれない。だが、ここまで来ては、やるしかなかった。仁左衛門が城に住んでいるわけでもなければ、兵を持っているわけでもない。

鬼木一刀司は、庭に出て、居合を練っていた。腰を落とし、左手で刀の鯉口《こいぐち》を切り、一閃《いっせん》して、剣を鞘《さや》にゆっくりともどす。鋭い一閃である。刀の動きは見えない。ただ、閃光が走るのだけが見えていた。

孫十郎に対しては、及ばぬ、と言い、ついに剣を抜かなかった鬼木である。まこと及ばなかったのかどうかは、孫十郎にもわからない。

三日が経った。

孫十郎は、居間にいて、おのれの剣を抜いて眺めた。研ぎに出していたのである。刃は白研ぎにしてあった。

剣は本研ぎにしてある。本研ぎのほうが見栄もいいし、錆《さ》びにくい。だが、いざ人を斬るとなると、孫十郎の腕でも、せいぜい四、五人だろう。あとは脂がのって切れなくなる。更に斬らねばならないときは、剣をたたきつけるか、突くしかない。

白研ぎにすれば、二倍は斬れる。その代わりに、手入れをしないと錆が出やすい。孫十郎はおのれの剣で、二十人は斬るつもりでいた。

はじめの十人は、鋒《きっさき》三寸で斬る。あとの十人を、残った刀刃で斬るのだ。更には刀刃を叩きつけるか、突くか、あるいは敵の刀を奪うかするしかない。

敵が何十人で、この寮を囲むかはわからない。そのときには、他の者を去らせ、鬼木と二人で戦うつもりでいた。

夕刻に、寮の前に、一丁の町駕籠《かご》が着いた。二人の駕籠かきは丹次と大造だった。二人は得意気に、

「武蔵屋のおかみをかどわかしてきた」

と言った。

駕籠の中から、縛られて猿ぐつわをかまされた女が出てきた。

「まことに、武蔵屋のお藤か」

「間違いねえよ、浮田の旦那《だんな》」

丹次が言った。

お藤を探っていたのはお房だった。丹次たちは、娘の佐登を探っていたはずである。

「いえね、武蔵屋をうかがっていたら、この女が出て来たんで、手代を二人連れてね。近所の者に聞いたら、お藤に間違いねえってんで、あとを追ったわけさ。先回りして、駕籠屋に駕籠を借りて……。でも、あの手代二人、ただの手代じゃなかったな。大造の棒術で、どうにか叩きのめしたけど」

大造が頷いた。この男は棒を使う。そして口数の少ない男だ。お房が戻って来た。

「武蔵屋ではお藤が消えたので大騒ぎになっていますよ」

お房に女を見せた。お藤に間違いなかった。お房の役目は娘佐登を見張る役目に変わった。そのまま寮を出て行った。

「旦那、いい女だね。ちょいとここいらじゃお目にかかれねえまぶい女だ」

丹次が唇を舐めた。

たしかによい女だった。少し目に険があるが、面長の白い貌をしている。武蔵屋が後添にしただけのことはある。

お藤の縄を解いて、座敷にあげた。丹次はいまにもお藤にとびかかって、手込めにしたいような顔をして、お藤の体を舐めまわすように見ていた。

・丹次と大造が、あっさりとお藤をかどわかしてきた。さすが、というべきだろうが、武蔵屋仁左衛門も孫十郎の反撃がこのような形で現われるとは、予想もしていなかったのだろう。

あるいは、地下牢を脱出した孫十郎が復讐を企てているとは考えてもいなかったのかもしれない。守るほうは常に不利である。孫十郎も千恵を人質にとられては、何の反撃もできなかったのだ。

お藤は、座敷に、鬼木、孫十郎、丹次、大造の四人の男に囲まれて座していた。だが、その目には怯《おび》えさえない。不敵にも、四人の男の顔を、ギラギラした目で睨みつけた。

かなり気の強い女なのだ。

「おまえさんたち、こんなことをして、ただですむと思っているのかい。あたしは武蔵屋仁左衛門の女房だよ。あとで悔やんだってはじまらないよ」

二十八歳と聞いている。肉付きのいい女である。体そのものが、むっちりと丸くなっている。裸にすれば、みごとな体が見れるはずである。

「黙って帰してくれれば、今日のことは忘れてやってもいいよ、どうだね」

「言わせておけば……」

丹次が摑みかかろうとした。それを孫十郎が止めた。丹次は飢えた狼《おおかみ》のように、女の美肉を舌なめずりしながら、うずうずしているのだ。

「化けもの面のご浪人、あんた、たしか鬼木一刀司とか言ったね」

お藤は、鬼木を知っていた。だが、かれはわずかに唇をゆがめて嗤《わら》っただけだった。

「あんたは、恩を仇で返すつもりかい」

「恩にはなっていない。武蔵屋に雇われたことがあるだけだ」

鬼木の言葉は静かだった。

「ちくしょう。おまえたちの目当ては何なんだね。どうせお金だろう。二、三両なら、仁左衛門が笑って出してくれるよ。命が惜しかったら、あたしの体に指一本触れないことだね」

どうやら、お藤は千恵が死んだことも知らないらしい。もちろん、孫十郎の名も聞いてはいないのだろう。

「旦那、この女、もういいんじゃねえのかい。おれに抱かせてくれよ」

丹次が孫十郎の顔を見た。

「抱かせてやる。だが、もう少し待て」

とたんに、お藤の顔色が揺れた。

「もの好きな男たちだね。あたしの体に手を触れたら、仁左衛門が生かしちゃおかないよ」

と叫んだ。だが、その叫びは、どこかうつろに響いた。ただの男たちでないことに気付いたようだ。

孫十郎は、お藤の前に片膝をついた。そうして、いきなり、腰の痣丸を抜いた。とたんに、お藤はわずかにのけぞった。何か口走ろうとして息をのんだ。

お藤の目は吸い込まれるように、斑模様《まだら》の刀刃を見ていた。痣丸の魔力に抗《あらが》うように、肩をふるわせ、体をゆすった。だが、所詮は痣丸の淫力《いんりょく》に勝てはしない。お藤の顔の表情が変わり、ギラギラしてまがまがしかった目に、霞《かすみ》がかかりはじめた。

そして、体から力が抜け、妖《あや》しい風情を見せた。丹次と大造は、あっけにとられ、孫十郎とお藤の顔を見比べて首をひねった。

「あーっ」

お藤が、奇声をあげた。

お藤のつっ張りも、そこまでだった。豊かな尻が妖しく動いた。いかに気が強くても、痣丸の淫力には抗するすべがないのだ。

「おのれ！」

低く呟《つぶや》くように言った。それが最後の抵抗だったとみえた。お藤は両手でおのれの胸を抱いた。着物の上から乳房を揉み、そして衿もとを拡げた。ぬめるような白い肌が、膨らみのふもとまでさらされた。

その手がおのれの乳房を掴む代わりに、後ろに回り、帯を解きはじめたのである。双眸は痣丸に吸い寄せられたままである。目を外らそうとしても、できることではない。

「浮田の旦那、妙な術を使うんだね」

丹次が言った。この男たちも、痣丸の魔力には気付いていない。孫十郎がお藤に術をかけている、と思っているのだ。

お藤は帯を解いた。そして、体にまつわりつく何本かの紐《ひも》を解く。裾が割れて、白い膝が露出した。

「誰か……しておくれ」

お藤は、潤んだ声をあげた。はざまもすでに潤んでいるはずである。それを見て、丹次が喘ぎはじめた。お藤の妖しいほどの色香に、走りすぎた犬のように赤い舌を出して喘いでいるのだ。

お藤は、膝立ちになった。そして裾を掻《か》き分ける。着物の下は薄い紫色の襦袢とみえた。桔梗屋のお篠と同じように、腰巻はつけてないようである。

開いた腿の間に、右手を押し入れた。手ははざまにとどいているのだろう。

「あーっ、ああ」

となまめいた声をあげた。切れ込みの深い部分か、あるいは花芯《かしん》に指を使っているのだろう。豊かな尻が蠢いている。

「旦那、たまらねえ」

孫十郎は痣丸を鞘に収めた。とたんに、お藤は最も近いところにいた丹次に抱きついていった。

「しておくれ、して、してー!」

声をあげて、丹次に抱きつき、身を揉む。

「こいつは、たまんねえや」

丹次が衿を拡げると、白い乳房がこぼれた。重い乳房である。その重さのために、乳房の下に深い溝ができていた。だが大きな乳首が、ぴんと上を向いている。

美しい乳房だった。みごとに実っていた。その乳房を、丹次の節くれだった大きな手がわし掴みにした。乳房が形を変えた。指がめり込み、淫《みだ》らに見える。

丹次の指が、鮮紅色の乳首をはじいた。

「うっ」

と呻いたお藤は、丹次に抱きつき、その手は、男の股間に押し込まれた。怒張したものを握られたらしく、丹次は目を白黒させて唸《うな》った。

お藤は、丹次を押し倒し、その股間に顔を埋めようとした。だが着物が邪魔になる。裾前を大きくまくり、あわただしげな手で褌《ふんどし》を外すと、いきなりそこに屹立《きつりつ》しているものを口にくわえたのである。

「ヒーッ！」

と声をあげたのは丹次だった。そして、女のように身をよじった。お藤は激しく頭を上下させる。紅唇の間を丹次のどす黒いものが出入りしていた。

大造もそれを見ていて黙っていられなくなったらしく、お藤の尻のほうに回ると、裳《も》裾《すそ》を大きくめくりあげた。

そこに輝くばかりの白い尻があらわになった。大造は、はじめから、おのれの下帯を外していた。尻を撫で回し、その尻に咬みついた。

武蔵屋仁左衛門の持ちものだけあって、お藤の尻は豊かで美しかった。丹次と大造に汚させるには惜しい尻だった。

大造に尻を咬まれて、お藤はくぐもった声をあげ、尻を振った。かれは、尻の深い溝から手を潜りこませた。手が前のはざまにとどいたらしい。

「糊《のり》をひっくり返したみたいだぜ」

奇声をあげた。

孫十郎はあぐらをかき、酒の入った茶碗を手にし、お藤の淫らな姿を見すえていた。目をそらしてはならぬと思った。

千恵が手代風の男四人に弄ばれるのを見すえていた孫十郎である。死んだ千恵のためにも、そっぽを向くわけにはいかなかった。胸の中の火の玉が疼《うず》いた。

この淫景を仁左衛門に見せてやれないのが残念だった。

大造が、白い豊かな尻に、おのれの一物を握りしめて迫っていた。そいつは黒々としてそり返っている。そいつが、尻の溝に埋まった。だが、埋めにくいとみえて、尻を高く掲げさせた。

お藤は、両膝をついて、尻を高く上げていた。大造は首をひねって、そこに長い舌をのばして、押しつけた。深い切れ込みが見えていた。その切れ込みはゆるみ、そこに露を浮かべていた。

その露を、大造が舌をのばしてすくうように舐めた。また、お藤がくぐもった声をあげた。かの女はねずみの鳴くような音をたてていた。丹次のものをしゃぶっているのだ。

丹次が呻いて、体を揺すった。

「おう！」

吼《ほ》えた。

とたんに、白濁した精汁が、お藤の顔に散った。お藤はそれを手の甲で一撫でしておいて、丹次を振り捨て、大造に向き直った。

「抱いて、抱いて」

と言いながら、大造にむしゃぶりつき、押し倒した。そして、そこに怒張するものを手で握ると、男の腰を跨《また》いだのである。怒張したものの尖端《せんたん》が切れ込みの深みに当てられたかと思うと、かの女は尻を沈めていた。

そして、甲高い声をあげると、尻を振り回す。

「気がいくー」

と叫んだお藤は、体を震わせながら、大造の上につっ伏していた。そのお藤を、丹次が、背中から抱き起こし、両方の乳房を掴んでいた。

お藤は断続的に歓びの声をあげつづけている。

「大造、まだか」

「もう少しだ」

「早くしろ！」

そう叫ぶ丹次はすでにおのれをつっぱらせていたのである。女体が震える。それを丹次がしっかり抱きかかえていた。二度目を迎えたのだ。

大造が声をあげた。それを待ちきれないように、丹次がお藤を引き倒した。女体はそのまま後に倒れて、男を迎える姿勢をとったのだ。

丹次が白い腿の間に割り込み、一気に貫いた。お藤は悲鳴をあげて、男の体にしがみつき、続けざまに、まさにおこりにかかったように、体を震わせた。

孫十郎は、おのれの腕の中で、高熱にふるえていた千恵の裸身を思い出していた。かれは、お藤の淫らさに、淫らを感じていなかった。

その光景は美しい獣の、美しげにのたうつ姿に思えていた。

四

孫十郎は、刀を手に立ち上がった。庭に向かって坐っていた鬼木一刀司が振り向いた。

鬼木は、乱れ狂う三匹の獣の姿を見ようとせず、その目は冷えていた。

「浮田さん、どこへ行く」

と声をかけた。それには応えず、

「丹次、逃がさぬよう縛っておけよ」

丹次は、笑った顔をもたげ、頷いた。その口元は濡れていた。

孫十郎は、そのまま座敷を出た。玄関へ出て竹皮草履をはいた。

「どこへ行く」

鬼木が出て来て、孫十郎の背に声をかけた。

「武蔵屋に斬り込む」

「そんな、無茶な」

孫十郎が表に出ると、鬼木も草履をはいて出てきて、肩を並べた。いつも笠だけは手放さない男である。

「犬死にだ」

「何人を斬れるか、試してみるのも一興」

「浮田さんらしくないな」

「おれは、武蔵屋に、おれの胸の張り裂ける思いを味わわせたいのだ。丹次たちがお藤を拐ってきたのは手柄だ。だが、お藤が拐われたとあっては、娘の警護は厳重になる。まずわれわれでは手が出せん」

「そうせくこともあるまい。時が経てば、敵も油断する」

二人は、両国橋を渡った。

武蔵屋は日本橋にあった。通油町と通塩町との間に堀が流れ、橋が架かっている。その橋の上で、手代風の男とすれ違った。鬼木が呼び止めた。男の顔がこわばったとき、かれの拳《こぶし》が男の鳩尾《みぞおち》にめり込んでいた。

声もあげずに倒れかかる男を、鬼木はかつぎあげていた。小走りに橋を渡ると、堀沿いの三軒目の空家に走り込んだのである。

西空に太陽が赤く染まる時刻で、幸いに人通りはなかった。

「武蔵屋の男か」

鬼木は頷いた。孫十郎には見覚えのない顔だった。鬼木が足で男の背中を蹴《け》ると、ぐらりと体が傾いて、男は蘇生《そせい》した。

男は、笠の中の鬼木の顔を見て、怯えの表情をつくった。

「武蔵屋はどこにいる？」

男の顔がゆがんだ。

鬼木の腰がゆっくり落ちた。と見えたとき、一閃していた。男は目を剝いた。男が見たのは、刀刃が鞘に収まる一瞬だけだった。むず痒《がゆ》さを覚えたとみえて、男は手でおのれの耳を撫で、ひっ、と叫んだ。

耳朶《みみたぶ》が削がれ、皮一枚を残して、首筋のあたりにぶら下がっていたのである。

男の右耳から、鮮血がしたたっていた。

「左耳朶だけでは形が悪いな」

男は、奇声を発して逃げようとした。その腰を孫十郎が蹴った。男はつんのめり、鼻を畳に擦った。

「武蔵屋の手の者は何人いる?」

男は仰向けになって、ひっくり返って足をばたつかせた。その腹を孫十郎の竹皮草履が踏みつけた。怯えてはいるが、さすがに武蔵屋の手の者らしく、しぶとい。

鬼木一刀司は、柱によりかかって立っていた。孫十郎が刀を抜いて、その鋒《きつさき》を男の鼻の頭に当てた。白研ぎにした刀刃はいかにも凶器らしく、まがまがしい光を放っていた。

「喋る気がなければ、それでもよい」

鋒は、刀の重さで鼻の頭を裂いた。赤い血がにじんだ。鋒は少しずつ鼻に埋まっていく。

「改めて聞く、武蔵屋はどこにいる?」

男は、大きく息を吸った。

孫十郎は、刀を持ち直すと、着物の裾を左右にはね、下帯の膨んだ部分に、再び鋒を当てた。

「おまえの一物を刎《は》ねる」

「まっ、待ってくれ、喋れば、命を助けてくれるんですかい」

やっと口を開く気になったらしい。

「旦那さまは、向島の寮にいなさる。妙源寺の裏の荒井町だ」

「手の者は?」

「三十人、その上に寄せ集めた浪人が二十二、三人」

「娘の佐登は」

「旦那さまと一緒だ」

すらすらと喋った。

「だけど、寮にはいろいろと仕掛けがある。吊《つり》天井や、床抜け、がんどう返しの戸など、それがどこにあるのかは、おれも知らん」

「いいだろう、立て」

男は立ち上がった。

「お前の名を聞いておこう」

「治助だ」

その瞬間、孫十郎の刀刃が、閃《ひらめ》いた。治助の右腕がつけ根から斬られ、畳に鈍い音をたてて落ちた。

「や、約束が違う」

「右腕一本なくても死にはしない。医者へ走れ」

治助は、斬り落とされた腕を睨んでおいて、表に走り去った。残された腕が切口から血を滴らせ、指さきが、何かを握りたそうに動いた。

「寮ならば、斬り込みやすい」

「いや、かえって難しかろう。防備を固めているはずだ」

鬼木が言った。

「一度、桔梗屋の寮にもどって、策を立てなければならんな」

鬼木は、しきりに孫十郎を止めたがっている。死なせたくないのだ。

向島なら、押上村からも近い。

孫十郎は鬼木に説得されて、渋々寮にもどった。

お藤は、裸のまま後ろ手に縛られ、首は犬のように鎖でつながれ横たわっていた。納《なん》戸《ど》の中である。孫十郎が戸を開けると、お藤は首をもたげて、かれを睨んだ。

「あたしを殺したらどうだい。殺さないと、あとで悔やむことになるよ」

猫の目に似たよく光る目だった。豊かな乳房が重たげに揺れた。

「恨むのなら、武蔵屋を恨め、悪い亭主をもったとな」

股間の黒々とした茂りが、精汁をつけたまま、白い肌にこびりついていた。

孫十郎は、武蔵屋の寮に殴り込む気でいた。武蔵屋としても、お藤の行方を追っている。いずれは、この寮もつき止められるだろう。敵の襲撃を受ける前に攻撃を仕掛けなければならない。

だが、孫十郎がいかに剣の手練《てだ》れでも、人一人を斬るおのれの労力は知っていた。相手は大根ではない。息の続く限り斬っても、たかがしれている。

手の者三十、浪人二十二、三、合わせて五十数人を敵に回して勝てるものではない。どこかで討死にということになる。

鬼木が言うように、それでは犬死にである。武蔵屋にたどりつくことはできない。武蔵屋にしてみれば、手下が何人斬られようと、痛痒《つうよう》を覚えることはないのだ。

だが、孫十郎の胸中は憤怒に燃えていた。男は、おのれの胸中に怒りが湧《わ》いたとき、それを発散させるしかない。たとえおのれの生命を失っても。

桔梗屋の下女お赤が夕食の用意をしてくれた。それを丹次、大造が食っている。鬼木も膳《ぜん》についた。

孫十郎は、お房とお赤を桔梗屋に帰した。夜は不要な女たちである。飯を終えた丹次がお膳を引きずって来た。

「飯を食うか」

お藤は、丹次に唾《つば》を吐きかけた。顔にかかった唾を手甲で拭いながら、

「浮田の旦那、この女に、さっきの女蕩《めたら》しの術をかけてもらえねえかな」

「もう、その手にのるものか」

お藤が目尻を吊り上げた。

「その前に、湯がわいている。女の体を洗ってやったらどうだ」

「なるほどね、違いねえや」

丹次は、大造と二人で、三和土《たたき》に盥《たらい》をすえて、湯と水を注ぎはじめた。そして湯を張ると、その盥にお藤の体を浸した。あぐらをかいて、腰までつかるほどの水の量である。

大造が湯の中に手を突っ込み、はざまをさぐった。

「ちくしょう！」

お藤が叫んだ。

丹次が、背中から抱きついて、両乳房を摑んでいる。その手に力を加えられる度に乳房がゆがんだ。お藤の顔もゆがんだ。大造の指で壺の中まで探られているのだろう。

飯を食い終えた孫十郎は、お藤の前に立って、痣丸を抜いた。お藤は顔をそむけた。痣丸の魔力をこの女は知ったのだ。だから、斑の刀刃を見まいとしたのだ。だが、それも効力がなかった。

頰に刀刃を当てられたお藤は、体を震わせよじった。顔がゆっくりと刀刃に向き、そして、刀を見つめた。そして目の色が変わっていく。

「術がかかったようだね、旦那」

丹次がうれしそうに言った。

そのとき、鬼木が、

「浮田さん」

と鋭く声を放った。

孫十郎は、あたりをうかがった。音がするわけではないが、人の気配があった。気を放ってみた。

どうやら、この寮は囲まれたらしい。さすがは武蔵屋だ。すでにこの寮をつきとめたとみえる。お房が尾行されたのか、孫十郎と鬼木がつけられたのかはわからないが。

孫十郎は、痣丸を鞘に収めると、三和土を歩いた。

お藤は、すでに大造のそそり立ったものを口にくわえて、恍惚《こうこつ》としていた。乳首が鮮やかに染まりとがっている。

敵は十数人のようだ。表、裏口、そして庭口、それぞれに固めているのだろう。

孫十郎は、三和土を歩いて無造作に表戸を開けた。瞬間、空気を貫く音を聞いた。身を躱《かわ》す余裕はなかった。刀柄でおのれの体をかばった。

トン！

と軽い音がして、刀柄に何かが刺さった。孫十郎は体を引き、戸を閉めた。刀柄に刺さったのは小柄《こづか》だった。小柄は孫十郎の首を確実に狙《ねら》っていた。

「丹次、女の鎖を解け！」

大造が縄を解き、丹次がお藤の首に巻いた鎖を外した。だが、女体から離れるわけではなかった。お藤を抱き上げて、畳に運んだ。そして、お藤を仰臥させると丹次がのしかかった。女の腿はいっぱいに開き、男の腰を挟みつけて、体をくねらせていた。

大造は、お藤の片腕を引き寄せて、おのれの一物を握らせている。白い手が上下に動いていた。この二人の男は、お藤の体に貪欲《どんよく》になっている。女に不自由しているわけでもないだろうに。

「浮田さん、どうする」

鬼木が言った。この男はお藤の裸身には目もくれないのだ。

お藤が歓喜の声を放った。

「旦那、こんないい女は他にはいねえよ」

丹次が腰を使いながら、妙に女っぽい声を出した。

「相手の出方を待つさ」

相手が十数人であれば、鬼木と二人で斬り抜けるのは難しいことではない。だが、外は闇だ。何が待っているかわかりはしない。敵は、孫十郎と鬼木の技倆《ぎりょう》は知っているはずである。鉄砲まではなくても、弓矢くらいは備えているかもしれない。

トン、トン、トントン、
と雨戸や表戸に軽い音がした。耳を澄ました。何の音かわからない。しばらくして、パチパチと、もののはぜる音がした。

「火矢だな」

鬼木が言った。

「火攻めか」

丹次と大造は、知ってか知らでか、お藤の体に、まだ執念深く抱きついていた。

「丹次、その女を放せ、火をつけられた」

孫十郎の声に、丹次が振り向いた。

「旦那、こんないい女を放せってのは無理だぜ。大造と二人で連れていきやすぜ」

大造が、脱がしたお藤の着物を持って来た。丹次はつながったまま、お藤を抱き上げる。その背に着物を掛ける。

その腰に、いくつかの紐をまとめて回した。そして、白い胸と腹をさらしたまま、紐を結んだ。

「討って出るより仕方ないな」

孫十郎が誰にともなく言った。寮には火が回りはじめている。振り向くと、座敷の雨戸を赤い舌が舐めはじめていた。

どこから出るのも同じだ。孫十郎が表戸を開けた。矢がとんでくるのを予想しなければならない。

まず、鬼木が転がり出た。

そのとき、どこかで悲鳴が湧いた。鬼木が手近な敵を斬ったのだと思った。ところが、あちこちで、怒声と叫びが湧き上がったのだ。

「丹次、あとに続けよ」

家の中は、煙で充満していた。古い建物である。焼け落ちるのは早い。孫十郎は、火の輪をくぐって、外に走り出た。

そして、そこに異様な光景を見たのである。そばに鬼木がつっ立っていた。背後で、寮が怖ろし気な音をたてて燃えていた。

桔梗屋の寮に火を放ち、孫十郎らを焼き殺そうとした浪人どもが、奇怪な一団に襲われていた。

黒装束の一団だが、みな子供のように小さい。子供ではなかった。背は低いが、それぞれに体の幅はある。

浪人どもが、それぞれに絶叫をあげて、のけぞり、倒れていく。一団の者たちは、倒れた浪人を、数人でかかえあげ、火の中に投げ入れているのだ。

火の中で、再び絶叫が湧く。一人の浪人は火にあおられながら、躍っていた。

五尺足らずの黒装束の男たちに、孫十郎は藤原の鎌を思い出していた。おそらく鎌の一族だろう。それ以外には考えられない。男たちの働きは迅速だった。

「待て！」

鬼木が叫んだ。

すでに、男たちは仕事を終えていた。走り去ろうとした一人が振り向いた。顔は見えない。

藤原の鎌が、孫十郎たちを救ったことになる。なぜ、と問うてもわからない。

鬼木が、一団となって去っていく黒装束を追った。だが、その足は、小男たちには及ばなかった。

遠くで半鐘が聞こえた。

火事は、ここだけではないようだ。西の空がポーッと明るくなった。いくつかの半鐘が鳴り出した。

「あれは、日本橋のほうだ」

大造が、のんびりした声で言った。

「浮田の旦那、おれたちは、ここで消えてもよござんすね」

丹次は、孫十郎の返事も待たず、大造と共に走り出していた。二人がお藤をおいていくはずがなかった。

ひとり残された孫十郎は、あたりを見回した。寮はすでに焼け落ち、まだ赤い炎を、蛇の舌のように出している。

孫十郎は、背後に人の気配を覚え、とびのいて、振り向いた。浪人の生き残りかと思ったのだ。だが殺気はなかった。

そこに小さな男が立っていた。黒装束ではない。藤原の鎌だった。

「あんたが、おれたちを助けたのか」

「あやつらに、浮田どのがどうにかなる、とは思わんが、貴公に死なれると困るのでな」

「なぜだ」

「そのわけは、いずれわかる。それより、武蔵屋の寮に斬り込むおつもりか」

忘れていたわけではないが、鎌に言われて、そうだ、と思った。

「いま、焼けているのは、武蔵屋の店だ」

「なに？」

「わしらが火を放った。寮にいる仁左衛門の耳にも届いているはずだ。寮も手薄になっている。ごめん！」

鎌が走り去った。かなりの齢とみえるのに小さな姿は、一瞬のうちに闇に消えた。と同時に、むこうから鬼木が走りもどって来た。鬼木の姿を見て、鎌は姿を消したのか。

「浮田さん、十二年前、おれの家に火を放ち妻を連れ去ったのは、あの者たちだ」

鬼木が喘いでいた。

「なにっ？」

孫十郎には、判断がつかない。鎌はかれに死なれては困る、と言った。その鎌の一味が鬼木の妻を拐ったとは。

いまは、考えているときではなかった。孫十郎は、向島の荒井町に向かって走っていた。

「浮田さん！」

背後から鬼木が声をかけたが、振り向かなかった。

五

武蔵屋の寮には、あかあかと灯りがついていて、人の出入りが多い。右往左往している様子である。店のほうが焼けているのだから当たり前だともいえる。

提灯《ちょうちん》がいくつもともされ、寮の周囲を明るくしていた。孫十郎はそれを眺め、裏に回った。

何人かは、店に走っているのだろうが、警戒は厳重のようだ。遠くで半鐘が鳴り続いている。火事場の混雑が目に見えるようだ。

「鎌は、おれのために武蔵屋に火を放ったというのか」

その鎌の一味が、鬼木の屋敷に火を放ち、妻を拐ったという。藤原の鎌という男が、いかにも奇怪に思えた。わからぬことは考えてもはじまらない。孫十郎はいま、胸中の火の玉を熱くしていた。

警護の一人だろう。浪人が立っていた。孫十郎は浪人の肩を叩いた。振り向くのと同時に、浪人の刀を抜き、左手で浪人の口をふさぎ、腹を貫いていた。

くぐもった声をあげた。刀を引き抜きざま、浪人の首を刎ねていた。ドボッ、と鈍い音がして、首は胴を離れて転がった。とり直した刀は、途中から曲がっていた。安ものの刀だったのだ。

そこに、手代風の男が姿を見せた。千恵の体をいたぶった男の一人だった。千恵を弄んだ四人の男の顔は、脳に刻み込まれている。

男は、孫十郎を護衛の浪人とみたのか、前を行きすぎようとした。その男の首すじに、曲がった刀の刃をぴたりと押し当てた。

「ゆっくりこちらを向け」

男は息をのんで、向き直った。

孫十郎の姿に目を剝いた。

「浮……田……」

「時をかけて殺してやりたいところだが、その時がない」

「ま……」

叫びかけたところで、首すじを抉《えぐ》った。血が音をたててほとばしった。男は、待ってくれ、と言いたかったのに違いない。両手で、首すじを押さえた。指の間から血が吹き出している。

男が倒れるのを見ていてやる暇もなかった。孫十郎は裏へ走った。そこに四人の浪人がいた。近くに裏口があった。

孫十郎は、浪人たちに歩み寄った。一人が顔を向けたが、何の反応も見せなかった。一間《けん》まで近寄って、刀をゆっくり抜いた。

四人にいぶかる目があった。

手近の浪人を袈裟《けさ》掛けに斬った。返り血を避けて、次の一人の腹を薙《な》いだ。

絶叫が湧いた。

四人が次々に倒れるのを見て、浪人の刀を抜きとった。あと何人斬ればよいかわからない。おのれの刀は、できるだけ使いたくなかったのだ。

絶叫を耳にして、どっと敵が姿を見せるのかと思ったが、出てきたのは手代風の男、三人だけだった。

そのとき、表のほうで騒ぎが起こっていた。鬼木が斬り込んだのか、それとも鎌の一味か。男は三人とも仕込み杖《づえ》を抜いた。いくらかは剣を使えるようだ。

孫十郎は、剣をこわきにためた。その剣を突き出し、一人の脇腹を抉ってておいて、一人の顔面に叩きつけた。

顔がざくろのように割れた。

残った一人は、逃げようと背を向けた。その背中に、刀刃を投げた。刀は男の背中を貫き、刀柄をガタガタと震わせた。

庭へ回る前に、仕込み杖を奪いとった。浪人の刀よりまだましに思えた。

庭は明るかった。

座敷の中は明るく、その灯りが庭に洩れていた。庭に掲げられた提灯の灯りもある。

座敷に武蔵屋がいるとすれば、警護は堅いはずである。庭に人影がないのは罠《わな》か、それとも表の騒ぎに走ったのか。

あわてて座敷に駆《か》け上がるほど激してはいない。憤怒は胸の中に閉じ込めていた。孫十郎は、おのれの呼吸を静め、殺気を放った。それと同時に、障子が開け放たれた。

そこに武蔵屋がいたのである。娘の佐登、女中二人、それに千恵をいたぶった残り三人の手代もいた。

「浮田さん、わしは、あんたを少し甘く見ていたようだ」

仁左衛門は落ち着いていた。策があるとみえた。

「あんたの腕が惜しい。その腕を一千両で買おうではないか」

「たわごとは、それだけか」

「あんたは、この武蔵屋仁左衛門の力を知らん。町奉行はわしには手を出せん。老中もわしの金力には頭は上がらん。女一人が死んだからと言って、そう熱くなることもあるまい。あの女、千恵とかいうたな、それ以上の女をくれてやる」

仁左衛門が顎《あご》をしゃくると、女中と見えた女が縁先まで出てきた。細身の女でたしかに美しかった。

「まだ、たわごとが続くのか」

「もののわからん浪人だ」

仁左衛門がもう一度顎をしゃくると、障子の蔭《かげ》から、みなりのいい武士が姿を現わした。

「比留間半蔵!」

孫十郎は唸っていた。

比留間流の半蔵は、江戸では知られた剣客で、道場も持っている。門弟五百と聞いている。半蔵は仁左衛門の飼犬だったのか。

孫十郎は、痣丸を抜いた。縁の女の目が痣丸に向けられた。

比留間半蔵は、羽織を脱いだ。下には白い襷《たすき》をかけている。袴《はかま》のももだちをとる。白足袋《たび》がきわだって白く見えた。半蔵はゆっくりと縁を降りて庭に立った。

女が体をくねらせはじめている。だが他の者たちの目は、半蔵と孫十郎に向けられていて、女の変化には気付いていない。孫十郎の思う壺だった。

あたりは静まりかえっていた。

孫十郎は、痞丸を鞘に収め、おのれの剣を抜いた。間は五間。比留間半蔵とは剣の格が違っていた。孫十郎の剣は無頼剣である。獣の牙である。

半蔵が腰をひねって佩刀《はいとう》を抜いた。その背後で、女がおのれの乳房を操っていた。一方の手が着物の褄《つま》を分けて、股間にもぐり込む。

孫十郎は笑った。その顔に半蔵がいぶかしむ色を見せた。かれの笑いの意味がわからなかったのだ。

半蔵は、一刀のもとに孫十郎を斬り伏せる気でいた。もちろん孫十郎の技倆は見抜いている。

孫十郎は、剣を左腰にためた。半蔵は青眼である。足を摺《す》って間を縮める。

女は、白い内腿をさらし、はざまに手を蠢かしていた。なかば口を開いて、熱い息を吐いている。

孫十郎は念じた。女が淫らに狂うことを。女が狂うことによって、半蔵の気が乱れる。

痞丸の魔力は、佐登ともう一人の女には届かなかったとみえ、ただ息をつめて、半蔵の動きを見つめていた。

「無玄流か」

半蔵が鼻で笑った。

孫十郎は、右足を前に出し、剣を左腰にため、半身に構えていた。この構えでは、敵は剣の長さが測れない。左足を踏み出して、剣を伸ばせば、予想外に長くのびる。剣には間《ま》というものがある。無玄流のこの構えは、敵に間を測らせない構えでもあった。その点は、比留間半蔵もわきまえているとみえた。

殺気が凍りついた。

孫十郎も、淫らに乱れる女を見ている余裕はなかった。青眼に構えた半蔵の剣の鋒《きつさき》と拳を見ていた。そのどちらが先に動くかによって、刀刃の閃きが決まる。

半蔵は殺気をほとばしらせて、間をつめた。時が移りすぎては、おのれの沽券《こけん》にかかわる。たかが浪人一人に手間をかけては、仁左衛門に軽く見られる。

一刀のもとに斬り伏せねばならぬ。その意気込みが、孫十郎には見えていた。その分だけかれには余裕ができていた。

半蔵は、間合いを決めた。

空気を裂く、気合がほとばしった。

剣が動いた。

孫十郎は体を開いた。体すれすれに閃光が走る。返す刀で薙いでくる。それを予期して翔《と》んだ。わずかに鋒が腹のあたりに触れた。

半蔵は躱されて、三の太刀をとどめた。そのときだった。素っ裸の女が、二人の間に割り込んで来た。縁にいた女である。

女は、何かを叫びながら、半蔵の腰に抱きついた。半蔵は狼狽《ろうばい》した。その隙《すき》に孫十郎は乗じた。

半蔵の目のあたりに、閃光が流れた。一呼吸おいて、半蔵の両眼から、精汁に似た白濁した液がほとばしっていた。

「わっ!」

と叫んだ半蔵は、片手で目を押さえた。すでに両眼を失ってよろめいた。座敷の中で叫びが起こっていた。

女は、半蔵の袴を解き、股間に手を入れ、一物をさぐった。

「お情けを……」

一物を手にした女は、それを口にくわえようとした。そのとたん、半蔵は、

「おのれ!」

と叫び、女の胸を蹴り、女がのけぞるのを、袈裟掛けに斬り落としていた。女の肩が、胸乳の下まで斬り下げられ、声もあげずに絶息していた。

この女が現われなければ、浪人づれに敗れるわけはなかったのだ。女の血しぶきが、半蔵の顔を濡らした。返り血である。

呻いて歯ぎしりをした。両眼を失って、剣客として生きていけるわけがない。半蔵はその場に膝をついた。

半蔵がもし目が見えたら、おのれの目の前に女のはざまがあらわになっているのを見たはずである。そのはざまは、美しく膨れ、切れ込みに、透明な露をためていたのだ。刀を逆手に握った半蔵は、その刀をためらいもなく、おのれの腹に突き立てていた。

「おのれ！」

歯がみし、歯をぎりぎりと鳴らし、腹を一文字に掻き切ったのである。そしてそのまま、つっ伏した。それが女のはざまに顔を埋める形になった。

半蔵の四肢がひくひくと痙攣《けいれん》した。それで女のはざまの黒い茂りがそよぎ、白い下肢も震えた。

孫十郎は、半蔵の両眼を薙いだ次の刹那《せつな》、縁側に駆け上がっていたのである。刃を峰に返して、仕込み杖を抜いた三人の手代を、一瞬のうちに叩き伏せておいて、痣丸を抜いた。

武蔵屋仁左衛門と孫十郎の立場は逆転していた。仁左衛門には、比留間半蔵が孫十郎に敗れるとは、思いもよらなかったのだ。

たしかに、女が裸になって、半蔵に抱きつかなければ、孫十郎には逃げるしか方法がなかった。いや、孫十郎はおのれの技倆が半蔵に劣るとは思っていなかった。だから、あるいは相討ちになっていたかもしれない。

もっとも孫十郎には勝算があった。痣丸の魔力を信じ、念じもした。その魔力が女を狂わせたのである。

孫十郎は抜いた痣丸を、畳に刺した。佐登と残ったもう一人の女中の目が、斑の刀に吸い寄せられていた。

背後には、三人の手代が倒れていた。死んでいるわけではない。ただ気絶しているだけである。その三人の帯を、孫十郎はそれぞれはね切った。

そして、鋒で着物の裾をはねた。下帯を断ち切ると、男の股間が露出した。もちろん仁左衛門は視界に入れていた。

この寮にはさまざまな仕掛けがあると聞いている。

「仁左衛門、動いたら斬る！」

憤怒の声だった。

「出ろ！」

仁左衛門が叫ぶと同時に、襖が開いた。そこに七、八人の手代が、刀を抜いて待っていた。

「動くな！」

孫十郎は、刀をのばして、その鋒を仁左衛門の首すじに触れた。

「動くと、おまえたちの旦那の首を刎ねる。もっとも、見物人は多いほうが面白い。だが見物するのに刃物はいらん。後ろに投げろ」

「言われた通りにしろ」

仁左衛門は顔をひきつらせ、禿《は》げ上がった額が脂汗でぬめって見えた。

「浮田さん、は、話せばわかる」

「千恵に死なれたおれの痛みを、おまえにも味わってもらう。話はそれからだ」

まず動いたのは、二十五、六とみえる女中だった。あるいは仁左衛門の寵妾《ちょうしょう》かもしれない。肉付きのいい美女だった。女は畳に突っ立った痣丸に吸い込まれるように顔を向け、おのれの乳房をさぐった。

「あーっ」

と声を発し、白い乳房を摑み出した。それを揉みしだいておいて、窮屈と思えたのか、帯を解いた。

そして、着物を脱ぎ襦袢姿になると、そのまま仰向けになって、膝を折り立て、裾を左右にはねると、白い下肢をさらしたのである。

痣丸の淫力は、女によって異なる反応を示すようだ。この女は、まず、おのれの体をまさぐることからはじめるらしい。

磨かれた肌らしく、なめらかな光沢を放ち、肉付きのいい体がよじれた。女は片手で乳房を揉み、片手をはざまにのばしていた。

「あ、あーっ」

熱い息を吐き、体をくねらせる。乳房にあった手がはざまにのび、両手でさぐる。白い指が深い切れ込みを拡げ、深紅色の切れ込みを指がなぞっていく。

「男が欲しい！」

呻くように言った。

指が壺口を拡げた。そして、指をもぐらせ、何かを掻きだすように指が動く。そして、また潤んだ声をあげて、尻を浮かした。指を使いながら、尻を回しはじめる。

「ど、どういうことだ」

仁左衛門が目を剝いた。見物の男たちが息をのんで見ていた。

仁左衛門の目に狼狽の色が浮いた。信じられないという目で、淫らに乱れる女を見ていた。何年間かは寵愛した女だろう。それが、男たちの目の前で、股をさぐり、妖しく体をくねらせ、喘いでいるのだ。

「お信！」

唸った。

この女の名はお信というのだ。股間には黒々として艶があり、よく縮れた茂りが盛り上がっている。それが擦られてサラサラと乾いた音をたてた。片手で切れ込みを開き、片手の指を二本、壺に潜らせている。その指が露にまみれて光沢を放っている。

仁左衛門の後ろに立った七、八人の男たちが首をのばして見ていた。唾をのむ音も聞こえる。男たちのすべてが、股間の一物を膨らませているのに違いない。女の肢体は、男たちを魅了して余りがあった。

お信は、男たちには高嶺《たかね》の花だった。その花が淫技を演じているのだ。見ものであった。けっこうな淫景である。

男たちに見まもられながら、お信は、けだる気に体を起こした。指だけでは気がいかないのだ。股間をさらして気絶している男に這い寄った。そして股間をさぐる。そこに潜んでうずくまっているものを指で摘んだ。そしてその指を上下させる。

「大きくして」

低く口走りながら、その先端をペロリと舐めた。仁左衛門が唸った。舐め回しておいて根元まで呑み込んだ。ねずみ鳴きに似た音を発する。しゃぶっているのだ。

これは、おそらく仁左衛門に教えられた技だろう。いつもこのようにして仁左衛門の一物をくわえていたのに違いない。お信の唇に挟まれたそれは膨みはじめていた。気絶していても、一物は反応するものらしい。

「大きくなった」

お信はうれし気な声をあげた。それは黒々と怒張していた。お信は舌をとがらせて、先端から根元まで舐め回す。それを横にくわえた。横笛でも吹くように。それと同時に白い指は、その下に下がるふぐりをさぐった。

男たちの目は、男の一物とお信の唇に集まっている。羨《うらや》ましげである。いまは仁左衛門も見物人の一人になっていた。動けないのだから見ているより仕方ないのだ。

お信は両手で怒張したものを挟みつけた。合掌でもするように。そしてその両手を擦り合わせる。まさにきゅうり揉みである。一物が手の中でよじれる。お信はそれを摑んで、男の腰を跨ぐために、片脚をあげた。男たちの目に、一瞬、はざまがさらされた。

男が蘇生した。起き上がり、周りを見回し、おのれとお信の姿に気付き、ハッ、と立ち上がろうとした。

「武蔵屋の首を抉られたくなかったら、その女を抱け」

「言われた通りにしろ」

仁左衛門の声はかすれていた。口中が渇いているのだろう。唇をしきりに舐めている。

男の一物は、たちまち縮んでいた。

「小さくしちゃ、いやですよ」

お信が哀しげに擦り寄り、股間に手をのばす。この手代にしてみれば、男たちにみられているのがつらかったのだろう。

「やるんだ」

仁左衛門も脳を灼《や》きながら、お信と男の交わりの続きを見たかったのかもしれない。

男はお信の体に手をかけた。押し倒しておいて、乳房を摑んだ。そして、不安気に仁左衛門とその背後にいる男たちに目を向ける。

六

そばに坐っていた佐登が腰をよじった。やっときざしてきたようだ。

仁左衛門の娘だけあって、色白で器量もいい。だが目だけはキラキラと光っていた。勝気なのだろう。だが、その目も、いまはとろんと融けてしまいそうになっていた。

痣丸の淫力も、生娘には及ばないのか、と思ったが、ただ反応が遅いだけで、魔力には抗し得なかったものとみえる。だが、仁左衛門は、まだ娘の変化には気付いていなかった。

「あ、あーっ」

お信が甘い声をあげた。いまは、胸元も、下肢もさらしていた。ただ長襦袢が裸身にまつわりついているだけの姿だった。

男が乳首をくわえ、手をはざまにのばしていた。はざまは露をあつめて、あたりをぬらしている。その光景を行燈の灯りが映し出している。その中心に、男の指が蠢いていた。お信は、いつも仁左衛門にそのようにして愛撫《あいぶ》されるのか、股をいっぱいに拡げていた。それだけにはざまは完全に露出されている。

はざまは、男の太い指を二本埋められて、より膨らんでいた。壺の中で指が動く度に、お信は体を震わせ、腰をくねらせる。白い肌がつややかになっていた。肌が汗ばんでいるのだろう。

「はやく、はやく、お情けを……」

お信は手をのばして男をさぐる。だが男の股間は膨らんではいなかった。やはり周りの目が気になるのだろう。白い指がそれを摘んで、しきりに動いている。

「どうして、どうして、大きくならないのですか」

お信は喘ぎながらそう言う。白い裸身が弓なりにそり返り、体がぶるぶると震える。男たちの間に溜息《ためいき》が洩れた。お信が体をひるがえして、男の腰に抱きついた。そしてそこにあるものを口にくわえる。自然に、男はお信の股間に向かうことになった。俗にいう巴《ともえ》という形である。お信が下になって、男をくわえる。男は上から、お信のはざまに顔を埋める形になった。

孫十郎は、お信の姿は見ていなかった。仁左衛門のそばに坐った佐登の動きを見ていた。佐登はおのれでどうしていいかわからぬとみえ、しきりに腰をよじっている。唇を薄く開き、熱い息をもらしていた。そして、おのれの腿のあたりを両手で撫で回す。膝を崩して、裾前を掻き分けようとしている。

「お情けを……」

お信が声をあげ、男の体の下から這い出た。そして、おのれから仰臥して、男を迎える姿勢をとって、男をうながす。男は、折り立てられた腿の間に体を割り込ませると、切れ込みに狙いをつけた。そして、先端がわずかに埋まったところで、お信が尻を浮かせた。

おーっ、と男たちの間から声が洩れた。男はお信の体に没入していた。とたんにお信の腰が動きはじめる。その動きが次第に激しくなり、ひときわ高い声を放って、体を震わせ硬直した。

そして、高くにあった尻がすとんと、畳に落ちた。だが、それで終わりではなかった。お信は男の尻を引き寄せ、身を揉む。次の絶頂を求めているのだ。

仁左衛門は、呆《あき》れたような顔で、淫景をみつめていた。おそらくお信は、仁左衛門に抱かれても、これほど乱れたことはなかったのに違いない。お信がどうしてこれほど乱れるのか、この男には理解できないのだろう。

男はやけになったように、出し入れをはじめた。それに合わせて、お信の体は弾む。間断なく悲鳴に似た声をあげて、体を痙攣させる。続けざまに気をやっているのが、誰の目にもわかっていた。男の腰を挟みつける豊かな腿が、震えつづけている。

男が唸り声をあげ、お信が叫びに似た声をあげた。それで二つに重なった二人は、一瞬静止した。お信の体から力が抜け、だらりとなり、男が体を放した。

「女の股倉を舐めてやれ」

男は眉根を寄せて、仁左衛門を見た。

「やれ！」

仁左衛門が叫んだ。おのれの女を犯され、しかもその女が悶え狂ったのだ。仁左衛門が面白いわけはない。脳を灼き、腹が煮えくり返っていて、その男を憎悪さえしていたのかもしれない。

「旦那さま！」

男は憐《あわ》れみを乞《こ》う表情をつくった。お信のはざまには、おのれが噴出させた精汁が流れ出している。

「やれ！」

仁左衛門は怒鳴った。

男は、渋々、お信のはざまに顔を埋めた。

「舌を使え、すすれ」

そこに猫が水をのむような音がした。それを覚えたのか、お信は、両腿で男の顔を挟みつけた。男の咽が鳴る。おのれの精汁をすすっているのだろう。

そこで、孫十郎に叩きのめされ、気絶していた二人の男が、ほぼ同時に蘇生した。しばらく座敷を見回し、孫十郎の姿に気付き、そばに放り出してあった仕込み杖を手にした。孫十郎に斬りかかるつもりだったのだ。

「馬鹿《ばか》者、わしを殺す気か」

仁左衛門が怒声を放っていた。二人はあわてて刃物を庭に投げ捨てた。

孫十郎は、男の一人を呼び、お信が解いた腰紐で仁左衛門を縛らせた。

佐登が立ち上がった。仁左衛門は、ぎょっとなったように佐登を見た。かの女は、帯を解きはじめたのである。

「佐登、何をする」

仁左衛門の脳の中で、淫らに悶えたお信と佐登の姿が重なったのだ。妙に体をくねらせているのを見て、そう思ったのだ。

帯が解けて足もとに輪をつくった。絹の擦れる音に、仁左衛門は目を剝いた。

「佐登、止めんか、止めてくれ」

「武蔵屋、止めても無駄だ。娘には何も聞こえぬ」

孫十郎は、畳に突き立てておいた痣丸を鞘に収めた。佐登の目には焦点がなかった。

「佐登に何をしようというのだ」

「お信という女と同じように、身悶えることになる」

「止めてくれ、たのむ」

「武蔵屋、あんたは、おれと同じ痛みを覚えることになる」

佐登は、男たちに媚《こ》びた笑いを向けて、肩から着物を滑り落とした。下は鮮やかな花模様の長襦袢だった。薄い桃色の襦袢が座敷を華やかに染めた。更にしごきを解き、衿元を開いた。

痛々しいほどの白い肌に、円錐《えんすい》形にとがった乳房があらわになった。乳暈《にゅううん》がぷっくり膨らみ、その上に乳首が可愛くのっている。育ちが遅いのか、十八歳にしては未熟な乳房だった。高さは充分だが、膨らみがないのだ。だが稚い色香がただよって見えた。

細い体つきである。胴が細くくびれていて、はざまの茂りは、薄墨を刷いたように、もやもやとしていた。

「止めろ、止めてくれ」

「胸が痛むか」

襦袢も脱いで、全裸になった。そして、そのまま仁左衛門の前に立ったのである。孫十郎は薄い色のはざまを撫でた。仁左衛門の顔が歪《ゆが》んだ。

「浮田さん、たのむ、止めさせてくれ」

哀願である。仁左衛門の最も弱いところである。

「見るな、佐登を見るな、おまえたちの目をつぶしてやるぞ」

仁左衛門はわめいた。男たちは、顔をそむけた。そむけながら目端で佐登の裸身を見ていた。

「武蔵屋、わめけ、おれが二カ月前にわめいたようにな」

「浮田さん、助けてくれ、佐登はわしの命だ。佐登がおのれにもどったとき、自害する」

「おれの知ったことではない」

孫十郎は、佐登の背後に回ると、腕をのばして、乳房を摑んだ。堅い乳房がゆがんだ。たしかに弾みはない。肉が薄いのだ。だが、肌はしっとりとなめらかで、意外に柔らかい。柔らかいといっても、お信などの柔らかさとは異なる。

乳房を揉まれた佐登は、うれしげな表情をつくった。

「何でもする、あんたの言うことなら、なんでも聞く。だから佐登だけは止めてくれ」

仁左衛門は泣いていた。

乳首がピンととがっていた。その乳首を摘んだ。佐登が声をあげて笑った。ぎこちなく男を誘うしなをつくった。稚いだけに、それが妙に妖しく見える。

「浮田さん、わしは何をすればいい」

孫十郎は、それに応えず、小さな尻を撫でた。冷たくてすべすべした尻、摑んでみると意外に柔らかいのだ。

「たのむ、金ならいくらでも出す。三千両でどうだ。望みならば、どこぞの大名に仕官できるようにはからう」

「おれは、医者を呼んでくれと何度も叫んだ。あんたの耳には入らなかったろうがな。医者さえ呼んでくれていたら、千恵は死なずにすんだ」

「悪かった、詫《わ》びる。この通りだ」

仁左衛門は頭を垂れた。

「詫びてすむことではあるまい」

佐登は、肌をさらしたまま、孫十郎の前に横たわった。仰臥すれば男が愛撫してくれるものと思い込んでいるらしい。

孫十郎は半透明の肌を撫でた。佐登はそうされるのをよろこんでいる。くすぐったいのか、くくっと笑った。

「ならばせめて……」

「なんだ」

「この者たちを去らせてはもらえまいか」

父親としては、おのれの手下たちに、娘の淫ら姿を見せるのに忍びないのだ。

「よかろう」

孫十郎は、そう答えていた。仁左衛門を赦したつもりはなかった。だが、この男には聞かねばならないことがあった。

「おまえたち、去れ、そしてこの部屋には誰一人近づけるな。よいな、わしの言いつけにそむいたら、生かしてはおかぬ」

仁左衛門の声は悲痛だった。脂ぎった顔が白粉をふりかけたように白くなり艶を失っていた。それだけ苦汁をのんでいるのだろう。

孫十郎の手は、はざまを摑んでいた。薄い肉付きだ。摑んだはざまをひねり、そしてゆさぶる。佐登が眉をひそめた。痛みが走るのだろう。

はざまは潤んでいた。投げ出された脚が白く細い。だが、腿には娘らしく肉がついていた。切れ込みに指を埋めた。ぴくんと佐登の体が動いた。切れ込みをなぞりながら、深みをさぐった。そこには生娘である証の薄膜があった。やはり男を知らない体だった。

この仁左衛門の監視のもとでは、誰一人、佐登には近づけなかったのだろう。

佐登の切れ込みは濡れていた。痣丸の淫力が生娘の体をここまで潤ませたのだろう。

だが、露に粘りがなくサラサラしていた。まだ粘る露を出せない体なのだ。

小さな芽に似たものは、鋭くとがっていた。それを下から掬《すく》いあげるように撫でると、
佐登は、はじめて声をあげた。

「あんたは、おれを地下牢に放り込む前に、何か木片のことを言っていたな。二寸角で二尺あまりの木片だ。その木片が何だか知らんが、人の命を奪うほどの価値のあるもの

か」

仁左衛門は答えなかった。

「あんたは、川越藩と関わりがあるのか」

「ない」

「川越藩に頼まれて、その木片を探していたのではないのか」

「違う。わしはあの香木が欲しかった」

「香木か」

孫十郎には、それほど意外ではなかった。予想はしていた。木片で価値があるものといえば、香木より他に考えようがないのだ。かれは指の動きは休めなかった。佐登の薄膜を破るには、充分にいじりまわしておいたほうがやりやすい。

薄膜の奥のほうから、清水に似た透明な露が、次々と湧き出していた。それと共に、わずかだが腰が左右に揺れていた。それを仁左衛門がみつめていた。

佐登の唇が開いて熱い息を吐き、小さな胸は喘ぎはじめていた。

「その香木が、なぜ、おれの手にある、と考えたのだ」

「川越藩でその香木を手に入れた。どこから手に入れたかは、わしの耳にも入っていないが、城代家老、根岸壱岐が、公方《くぼう》さまに献上するため、まず、江戸家老の甲田主膳に届けようとした。ものがものだけに、誰に狙われるかしれない。それで目立たぬように、一人の藩士に持たせ、川越を発たせた。その藩士は江戸藩邸に着く前に斬られて果てた。その藩士江馬伝七郎を斬ったのは、浮田さん、あなただ。その直後、根岸壱岐が心の臓の病いで急逝した。それで香木の行方がわからなくなってしまった」

「江馬伝七郎は、古河藩士ではなかったのか」

「川越藩の名を出したくなかったのでしょう。とにかく香木が消えた。江戸藩邸ではあわてた。庄内藩に所替えを願っていた川越藩としては、どうしても香木を探したい」

孫十郎は、指を薄膜の穴にくぐらせた。佐登が小さく声を放った。

「その香木は、それほど価値があるものか」

「わしにもよくわからない。わしは香木を手に入れ、川越藩に恩を売るつもりだった」

欲の皮の突っ張った武蔵屋らしい考え方だ。だが、香木の正体を知らないというのは、嘘《うそ》かもしれない。仁左衛門の喋りもどこまでがほんとうか、どこからが嘘かはわからない。

佐登の薄膜の穴は、指一本をやっと通すくらいの大きさでしかなかった。だが、指を出入りさせているうちに、穴は次第にゆるくなっていく。

「根岸壱岐は、香木の形を何かに替えていたのかもしれませんな」

「形を変えた?」

孫十郎の目がわずかに光った。だがその目はすぐに、もとにもどった。穴に指を出し入れしながら、親指でとがった芽をなぞる。佐登の尻が床から浮き上がろうとし、揺れた。

かれはおのれの一物を掴み出した。それを佐登の手を誘って握らせた。細くて白い指がそれをさぐる。ためらいはない。握っておいて指をからめる。掌にあるものをどうあつかっていいのかわからない様子であった。

孫十郎は、佐登の首を抱き寄せ、おのれの股間に押しつけた。そこにあるものは怒張し脈打っていた。佐登はためらいもなく、手にしたものの先端に、唇を押しつけたのである。

「浮田さん、その辺で佐登を赦してやっていただけませんか」

孫十郎は、そういう仁左衛門を見て、薄く笑っただけで答えようとしなかった。佐登はそれを一気に飲み込んだ。先端が咽に触れて、ゲッと、声をあげたが、それを口から放そうとしない。

柔らかい舌がおのれのものに、からみついてくるのを覚えた。いかに生娘とはいえ、口取りの技くらいは知っていたのだろう。あるいは女としての本能なのかもしれない。佐登は、飴玉《あめだま》をしゃぶるようにしゃぶりはじめた。

孫十郎は、再び佐登を仰臥させると、膝を折り立たせ、その隙間に割り込んで、おのれの先端を壺口に当てた。そして、ゆっくり力を加える。佐登が叫んだ。

先端が壺口に埋もれた。薄皮はまだ裂けていないようだ。そこで一気に貫くように押した。何かがぷつんと切れるような感覚で、それは根元まで埋まっていた。

仁左衛門の顔がゆがんだ。

「佐登、その男の股倉をさぐれ」

かの女は、体をずり上げると上半身をよじり、仁左衛門の股間に細い手を押し入れた。

「な、なにをさせる気だ。止めてくれ」

仁左衛門は目を剝いた。

「武蔵屋、おまえは幸せ者だ。美しい娘にされるのだからな」

「ま、待ってくれ」

佐登は、仁左衛門の一物を摑み出した。そして声をあげたのである。

「大きい」

そして娘はそれをくわえたのである。

「止めさせてくれ、たのむ。みんな喋る。あの香木は、ランジャタイというものだ」

「らんじゃたい?」

孫十郎は、一度女体を放すと、そこに這わせた。そして小さな尻を摑み、そこから没入させた。佐登は仁左衛門をくわえたまま、唸った。

「こ、これでは畜生だ」

「畜生になれ」

孫十郎は、腰を使って放出した。佐登は呻きながら、けんめいに口にしたものをしゃぶっている。彼は女体から体を放し、仁左衛門の肩を押した。

仁左衛門は、両手首を後ろに縛られたまま、ひっくり返った。身を揉んで起き上がろうとする。だが、佐登はしっかりしがみついて離れようとしない。

「佐登、その男に茶臼《ちゃうす》になれ」

「たのむ、それだけは……」

仁左衛門は、怯えの色を浮かべ叫んだ。だが、一物は立派に勃《お》え立っているのだ。孫十郎が仁左衛門の膝頭を押さえた。

佐登が、腰のあたりを跨いだ。ぶよぶよに膨らんだ腹に、孫十郎の精汁が滴った。

「おれの痛みを知るがよい」

「赦してくれ、これぱっかりは……」

悲鳴に似た声をあげる。

佐登は、手にしたものの先端をおのれの壺口に当てた。仁左衛門が身を揉む。根元まで包み込んだ佐登は、うれしげな声をあげた。

孫十郎は立ち上がった。

千恵の復讐は済んだ。振り向きもせず、座敷を出て庭に降りた。だが、気が晴れたわけではなかった。復讐というのは、爽快《そうかい》なものではない。胸の底に滓《かす》がたまったような気がした。闇の道を行く。わずかに風があった。その風がかれの裾をはためかせた。

四章　謎の香木

一

浮田孫十郎は、着流しの裾《すそ》をはためかせて石段を上がっていた。神田明神である。石段を上がりきったところが境内で、その隅には、掛茶屋がずらりと並んでいる。床几《しょうぎ》の緋毛氈《ひもうせん》が目に鮮やかである。

神社の西側には湯島聖堂があった。

風は冷たいが、天気がいいせいか参詣《さんけい》の人は多い。この神社には平将門の霊が祭ってあるという。地下牢《ろう》にいた北条の政といった老人は、平将門の末裔《まつえい》だと言った。すると、この神田明神とも関わりがあることになる。

孫十郎は、茶屋の床几に腰を下ろした。用があってこの神社に来たのではない。考えごとをしながら、何となく足が向いたのだ。囲い女のお紺の住まいもこの近くである。

千恵の無念は晴らしてやったという思いがある。だが孫十郎は浮かなかった。報復というものはそういったものらしい。胸の底が冷え冷えとしている。

茶を口に運ぶ。

かれの耳には、武蔵屋仁左衛門が口にしたランジャタイという言葉が残っていた。背後に殺気を浴び、反射的に斬《き》った侍が、川越藩の江馬伝七郎だった。その江馬はこと切れる寸前、らあじゃ、と言った。

そのらあじゃの意味が全くわからなかったが、らあじゃはランジャタイのことだったのだ。江馬は、ランジャタイと口にしようとして途中で息を引き取った。だから、孫十郎の耳には、らあじゃとしか聞こえなかったのだ。

だが、孫十郎には、ランジャタイという香木については、何の知識もなかった。香木といってもたかが木片である。それが川越藩を救うだけの価値のあるものとは、どうしても思えないのだ。

「ランジャタイとは、どんな香木なのか」

立花無学に問えば答えてくれるのではないか。無学を自称するだけあって博学なのだ。

「そういえば……」

たしか、地下牢の北条の政も何か香木のことを喋《しゃべ》っていた。一族の宝だと言った。たしか黄熟香とか、この黄熟香とランジャタイが関わりがあるのか。ランジャタイがどういう文字なのかもわからない。

北条の政は、小さな老人、藤原《ふじわら》の鎌《かま》と同族らしい。政は、鎌ら一族の裏切者と言っていた。その奇怪な一族が桔梗屋の寮を焼き討ちされたとき助けてくれた。そして鎌は、

「浮田さんに死なれては困る」

と言った。

たかが浪人の孫十郎が死んで、鎌がどうして困るのかはわからない。また、火傷の浪人、鬼木一刀司は、おのれの妻を拐《さら》ったのは、鎌の一族だと言った。わからないことばかりだ。

鎌の一族は、一族の宝である黄熟香を誰《だれ》かに盗まれた。その黄熟香を追って江戸に出てきたようだった。

黄熟香がランジャタイと同じ香木だ、とすれば話のつじつまが合ってくる。黄熟香を鎌の一族から盗んだのは、川越藩だった。藩では、その香木を将軍家に献上して、庄内《しようない》藩への所替えを果たそうとしている。

そう考えると、なんとなくわかってくるような気がした。

孫十郎は、おのれを包む空気に、かすかに棘《とげ》に似たようなものが含まれていることに気付いて、首を回した。後ろの床几に、藤原の鎌が坐《すわ》って茶を飲んでいたのである。

鎌は、顔をそむけたまま、

「浮田さん、丹沢山に参られるか」

と言った。鎌ら一族の村落が丹沢山にあることは、北条の政から聞いたような気がする。丹沢山に何があるというのか。

神田明神に、平将門の霊が祭ってあるのだとすれば、この境内に藤原の鎌がいてもおかしくないだろう。鎌ら一族は、将門の裔《すえ》を自称しているのだから。

その鎌が、孫十郎に、丹沢に行けと言っている。

「なぜ?」

と問うていた。当然だろう。孫十郎は、鎌の顔を見つめた。不思議な男である。皺《しわ》の多い老いた顔をしている。その顔に気品らしきものがうかがわれる。双眸《そうぼう》に気力を示す煌《ひか》りが宿っていた。孫十郎はこの鎌を老人と思い込んでいる。だが、意外に若いのではないかと思えるところもあった。

この鎌は、孫十郎がはじめて出会ったとき、強力な殺気を放出した。一瞬、孫十郎が跳んだほどの殺気だった。それだけの殺気を放射できるには、体内に何かを秘めていなければならない。剣客といわれる者の中でも、それだけの殺気を放出することのできる者は数少ない。

「丹沢に何かあるのか」

「行ってみればわかる」

「忘れていた。一つ聞きたいことがある。鬼木一刀司という浪人が十二年ほど前に、あんたの手下に妻を拐われたと言っていた。それはまことか」

鎌は応えなかった。

「もう一つある。ランジャタイという香木があるそうだが」

「知らん」

「では、黄熟香は？」

「わしら一族の宝物であった。だが、裏切者があって盗まれた」

「ランジャタイというものではないのか」

鎌は、その問いを無視して、

「丹沢へ行かれるなら、先導する者をつける」

それだけ言って、床几を立った。去っていく足は迅かった。歩いているのに、走るほどの迅さである。しばらくは、彼もそれにみとれていた。奇怪な男である。

なぜ、鎌がおのれを丹沢にいかせたがるのかはわからない。丹沢に孫十郎を待つ何かがあるとでもいうのか、それはとにかく、鎌の言い方ではランジャタイと黄熟香は、別のものであるらしい。

鎌の一族に、津由《つゆ》という美しい女がいた。その津由は、孫十郎の種を宿したのだ。なぜ津由が孫十郎の子を生みたがっていたのかもわからない。それも鎌の誘いと関わりがあるのかもしれない。

「お篠《しの》に会って詫《わ》びをしなければならんな」

呟《つぶや》いて立ち上がった。どこぞの船宿にでも席をもうけて、お篠に使いを出せばいい。桔梗屋の寮を借用したはいいが、焼いてしまったのだ。

そのとき、境内で騒ぎが起こった。弥次馬が集まりはじめている。だが孫十郎は、そのような騒ぎには興味がなかった。

石段を降りようとして、背後に女の悲鳴を聞いた。かれは死んだ千恵を思った。足は弥次馬のほうに向いていた。

一人の町女を五人のごろつきとみえる男がなぶっていた。きっかけは、女が男の足を踏んだ、ということらしい。女は帯を解かれてその場に坐り込んでいる。

弥次馬も、関わり合いになるのを怖れてか、遠巻きにして見ている。ごろつきたちは、女を裸に剝《む》くつもりだ。一人が女を後ろから抱きかかえ、前に回った男が腰紐《ひも》を解いている。器量のいい女だった。二十四、五歳とみえた。

見ていられなくなったのか、職人風の男がとび出したが、ごろつきどもに、あっという間に叩《たた》きのめされてしまった。

孫十郎にとって、五人を叩きのめすのはたやすいことだ。だが迷いがあった。何かの罠《わな》ではないか、という思いである。

ごろつきの一人が女を抱きかかえた。そして後ろにいた男が女の着物の裾を高くからげた。そこに白い豊かな尻《しり》があらわになった。その尻を男の手が撫《な》で回す。

「見世物じゃねえぞ、いけ、いけ」

と男の一人がわめいた。

弥次馬たちは去らない。誰かが、この五人の男たちを叩きのめして女を救い出すのではないか、と思っているのだ。ごろつきが殴られて地を這《は》う場面は芝居より面白い。女がなぶられる事をたのしんでいるわけではないのだ。

男が女の尻のほうにかがみ込んで尻の溝を分ける。女はそれをいやがった。尻を振り回す。

「だれか、お助け!」

女は叫んだ。だが、誰も動こうとはしない。ごろつきと関わり合うのは怖ろしいのだ。尻をいじっていた大男が、いきなり女の腰に肩を立ててかつぎ上げた。とたんに女の白い腿《もも》があらわになって、股間《こかん》までもさらしたのである。

女の腿が高い位置で開かれ、はざまの黒々とした茂りの間に、なまなましい色がちらついた。

孫十郎は、その淫景《いんけい》に千恵を思い出していた。千恵は、かれの目の前で、四人の男たちに弄《もてあそ》ばれたのだ。

「止めんか」

孫十郎は、弥次馬の輪から内へ入っていた。男たちに無造作に歩み寄った。よけいなことだな、と思いながら、足が止まらなかった。

「なんでえ、浪人、おれたちを相手にしようというのかい」

顔を突き出した男の顔を殴っていた。弥次馬が沸いた。そいつが後ろへのけぞる、と同時に、残った四人が匕首《あいくち》を抜いた。

罠だったのだ、という思いがある。殴った男もふところから匕首を抜いていた。

「おれたちを、竜神組のもんだと知ってのことだな。怪我しねえうちに引っ込みなよ、浪人」

女はすでに弥次馬の中にまぎれている。これで用は済んだはずだった。孫十郎は背を向けた。そこに一人が突っかかって来た。殺気があった。その殺気に、かれは敏捷《びんしょう》に体を回していた。

鯉口《こいぐち》は切らずにそのまま抜いていた。

「ギャッ!」

男はわめいた。匕首を摑《つか》んだ手首が地面に落ちていた。男は斬り落とされた手首を拾うために腰を曲げた。そいつの腰を蹴《け》っておいて、そこにいた男の手首を斬り落としていた。

「おぼえていやがれ！」

捨てぜりふを残して、三人が逃げる。手首を落とされた二人の男は、斬り落とされた手首を拾ってその場に膝《ひざ》をついた。

「なんでぇ、こんなの」

泣きべそをかいている。

孫十郎は、手拭《てぬぐ》いを裂いて、二人の男の肘《ひじ》の上を強く縛った。血止めをしておけば死ぬことはない。かれは背を向けて歩き出した。

竜神組とか言った。いずれは報復があるだろう、と思った。かれらにしてみれば、弥次馬の前で恥をかかされたことになる。

「ご浪人の旦那《だんな》！」

声をかけられて振り向いてみると、数人の男たちに凌辱《りょうじょく》されていた女が立っていた。

「お助けいただきまして、ありがとうございました」

女はそう言って頭を下げた。この女は『彦六』という料理屋で仲居として働いているお佑だ、と名乗った。

「おまえのためにやったのではない」

そう言って、孫十郎は背を向けた。ごろつき二人の手首を斬り落とした。斬るつもりはなかった。峰打ちで匕首を落とす気でいた。だが怒りが刀刃を峰にかまえさせなかったのだ。

「浮田孫十郎さま」

名を呼ばれて、孫十郎は足を止めた。

「なぜ、おれの名を知っている？」

「一度、店においでになりました。桔梗屋の女将《おかみ》さんと」

なるほど、酒肴《しゆこう》を運んで来たのが、この女だったのか。お佑が住まいに誘った。罠かもしれない、という思いがある。だが、罠でもいい、乗ってみようと思った。

武蔵屋仁左衛門だって、反撃してくるだろう。川越藩の留守居役、六角篤右衛門もかれを狙《ねら》っている。

「わたしのために、浮田さまにご迷惑がかかります」

「だろうな」

竜神組も、孫十郎を放っておくわけがない。二人の子分が手首を斬り落とされたのだ。黙ってはいまい。

お佑の住まいは、路地裏の古いしもたやで、老いた母親と二人暮らしだった。上がりがまちに手をついた母親は白目を剝いていた。盲目なのだ。お佑が、孫十郎に助けられたことを話すと、老母は頭を下げた。

「今日は店を休みます」

お佑は妙にいそいそとしていた。きらきらと孫十郎を見る目に艶《つや》があった。潤ませているのだ。女のこのような目には、いまは馴《な》れていた。おそらく、はざまも潤ませていることだろう。

助けてやれば、この女を抱くことになる、と孫十郎は、神田明神の境内で、予感めいたものがあった。恩人としてかれに体を投げ出すのではなく、女のほうから迫ってくるのだ。

この夏まで、はっきりいえば痣丸《あざまる》を腰に佩《は》くまで、このようなことはあまりなかった。金で女を買う以外は、女体には縁がなかったのだ。

孫十郎には、接する度に女が軀《からだ》を燃やすのは痣丸のせいであることが納得できていた。痣丸の妖気《ようき》が、鞘《さや》に収まっていても、少しずつ洩《も》れてかれの体を包み込むのだ。その妖気に触れた女たちは、おのれから体を潤ませて求めてくる。それは痣丸を打った阿伽《あか》という刀鍛冶《かじ》の怨念《おんねん》なのだろう。阿伽の怨念は、痣丸に生きているのだ。

火鉢には、炭が赤くおこっていた。火の要る季節になったのだ。母親は奥の部屋に引っ込んでいる様子。あるいは聞き耳をたてているのかもしれない。

お佑は軽い肴《さかな》をつくって、酒を運んで来た。目立たないが、美しい女の部類に入る。肉付きもいいようだ。酌を重ねると、お佑はおのれから孫十郎の膝に崩れてきた。

「浮田さま」

かれを罠にはめる芝居のつもりが本気になってしまったのか。手で男の腿を撫で回す。そして尻をにじり、かれの胸に顔を押しつけてきた。孫十郎は、衿《えり》を拡げて手を潜らせた。そこに熱い乳房があった。乳房の感触は女によって変わるものだ。触り心地は悪くはなかった。掌のなかでとがった乳首は意外に大きい。乳房を揉《も》みしだくと、お佑がかすかな声をあげた。

孫十郎は義に厚い男ではない。生きるために人殺しを稼業にしてきた男である。その彼がごろつきから、お佑を救ったのだ。救ったことを悔やみはじめていた。

だが、これが罠だとすれば、またおもむきは違ってくる。孫十郎は指で乳首を弄びながら、四方に気を放っていた。気に触れてくるものがあった。隣室の老母である。老いても女なのだ。娘が男に抱かれる気配をうかがっている様子である。かれは苦笑した。

「浮田さま」

お佑の声は潤んでいた。女の手がためらいがちに、孫十郎の股間にのびてきて、さぐった。そこの勃起《ぼっき》したものが、下帯の上から女の手に摑《つか》まれた。女の指がそれをなぞる。その感触は布一枚をへだてているだけに、微妙だった。

料理屋の仲居である。多くの男の味を知っているのに違いない。それだけに技も持っていよう。

お佑は下帯を外して、一物《いちもつ》を手にした。そしてそれを一度、堅く握り締めておいて、指を使いはじめた。確かに指の使い方は巧みである。一物を片手に持ち、ふぐりをさぐる。ふぐりを手にして軽く揉みしだく。

孫十郎は、おのれのふぐりを握り潰《つぶ》されるのではないかと、思った。ふぐりを潰されては悶絶《もんぜつ》するしかない。かれはこのお佑という女を信頼していたわけではない。握り潰されても、この女を斬るだけの余裕はあるだろう。だが次の敵に対しては、応じることはできない。斬られて果てるか、捕られることになる。

かれは女の手を拒まなかった。だが油断はならない。

「浮田さま、お情けを……」

お佑はそう言って、その場に仰臥《ぎようが》した。いつの間にか帯はしどけなく解けていた。着物の裾をはねる。薄暗い中に腿だけが、白く浮いてみえた。この女のはざまは、一度、神田明神で目にしている。黒々とした茂りだった。

はざまに手をやった。撫でると乾いた音がした。びっしりと茂りにおおわれている。だが毛足は長くない。手入れはしているとみえる。よく縮れていた。俗に陰毛の縮れの強い女は、情が深いという。精力も強いという。

腿をこじ開けるまでもなく、おのれから開いて、男の手をそこに誘い込む。はざまは、切れ込みから湧《わ》いた露でぬめっていた。まるで滴りそうに。これほど濡《ぬ》れる女体も珍しい。

切れ込みを分けた。そこにも露があふれてぬめった。すでに指を使う必要はなかった。

「はやく……」

お佑の声にうながされて、孫十郎は腰を上げた。体を股間に割り込ませ、突端を切れ込みに当てる。するとお佑の手がのびてきて、それを指で挟みつけておいて、おのれの切れ込みをなぞり、さらに肉芽に押し当て擦《こす》りつけた。

「あ、あっ」

と声を洩《も》らし、腰をくねらせる。男をたのしませるだけでなく、おのれをたのしむ技も心得ているのだ。

その間も、孫十郎は、あたりに気をくばって油断しなかった。気を放って、その範囲に人がいて、その気に害意があれば、それがかれの肌に伝わってくるのだ。人は誰もが念波をたえず放出している。この念波を、気を放つことによって捉《とら》えることができるのだ。

その念波は、殺意、怨念、憎悪によって強く放射されるのだ。それを剣を使う者は、殺気として捉えるのだ。

孫十郎は、お佑のしたいようにさせながら、わずかに眉《まゆ》をひそめていた。隣室の老婆の体から殺気に似たものが放出されているのだ。それをかれの敏感な肌は感じとっていた。

その老婆は盲目で、お佑の母親と聞いた。だが、お佑がそう言っただけで、実のところはわからないのだ。かれは、刀を引き寄せていた。

老婆が刺客と入れ換わった、とは考えられなかった。念波を発するものは一つだった。その念波はそこから少しも動いていない。入れ換わるのであればそれなりの変化がなければならない。

老婆に恨みを買っていないとはいえない。これまでに孫十郎は多くの者を斬っている。ランジャタイという香木と関わりなくても、かれは狙われて不思議ではないのだ。

男に比べて女の念波は弱い。確かに女の念波である。だが、剣士も奥義に達すれば、おのれの念波を体内に押し殺すことができるのだ。いま、孫十郎が覚えているかすかな殺気が、女のものとはいいきれないのだ。

お佑が、一物の先端を壺口《つぼ》に当てた。するとそれは吸い込まれるように入って、根元まで埋まったのである。確かに吸い込まれた。孫十郎は力を加えなかったし、お佑も尻を浮かして迎えたわけではなかった。

そして、かれを包み込んだ襞《ひだ》がじわりと締めつけてきた。とたんに、お佑が声をあげ、体を震わせはじめた。

お佑の顔は美しくゆがみ、腰が激しく左右に動いた。そして一瞬、硬直し、柔らかくなる。その声に応えるように、襖《ふすま》のむこうの殺気も増幅された。孫十郎は左手に刀を摑み鯉口を切っていた。

　老婆が襖を破って斬り込んでくるか、と思った。だが、襖は破れも開きもしなかった。お佑の両腕がしっかりかれの腰を抱き寄せている。気をやったあとの弛緩《しかん》がやってきた。女は、ふふっ、と笑った。

「こんなによかったの、はじめて……」

　そう言いながらも、次の歓喜が近づいてくるらしく、女の両腕に力が加わった。

「あっ、浮田さま、また、またやってきます」

　潤んだ声で叫ぶ。その叫びと同時に、隣室の殺気が強くなった。お佑がしっかりしがみついて体を震わせる。

　とたんに、襖が開いた。

　そこに老婆が立って、目を剝いていた。手には抜身が下げられている。その体から殺気がほとばしっていた。白目ではなかった。

「おのれ、浮田孫十郎、わしが息子江馬伝七郎の仇《かたき》じゃ」

　考える余裕はなかった。しがみついているお佑を突き放すひまもない。老婆が刀を振り上げ、孫十郎の背中に叩きつけた。老婆の口から奇声が洩れた。

　孫十郎の背中を裂いたと見えたとき、かれはお佑を抱いたまま、反転していた。刀刃はお佑の背中を裂いていた。それでもまだ女は尻を振って、歓びの声をあげていた。

かれは、お佑を抱いたまま立っていた。そして刀の鞘を払っていた。老婆の目が揺れた。憎悪に光る目だった。

交媾《まぐわい》の形に蟬《せみ》掛かりというのがある。立っている男に女がぶら下がって結合し、両肢を男の腰に巻きつける。

孫十郎に抱きついて吊《つ》り下がっているお佑はまさに蟬掛かりであった。背中に傷を負いながらも、お佑は尻を振って身悶えていた。傷はそれほど深くはないようだ。浅手でも血を失えば死をまねく。

早くけりをつけなければならない。孫十郎は刃を峰に返した。老婆を斬る気はなかった。

「やはり、罠だったか」

という思いがある。

柔肉に包まれたかれの一物は、間断なく締めつけられ、刺激されていた。女が尻を振り回すことによって、一物は熱い沼の中で躍るのだ。

「孫十郎、覚悟!」

老婆も少しは剣を使うものと見えた。青眼の構えはさまになっている。だが、一撃を仕損じた老婆には狼狽《ろうばい》があった。お佑とはどういう関わりか知らないが、おのれの味方を斬ったことには違いがない。しかも老婆は、白いお佑の背中に血が滴るのを見ている。

「婆どの、確かにおれは江馬伝七郎を斬った。だが、仕掛けたのは伝七郎だ。斬らねばおれが斬られた」

「ええい、言うな」

老婆が斬り込んで来た。それを軽く躱《かわ》しておいて、峰で肩を打った。振り向いたところを腹を叩いた。老婆はそのまま気を失って倒れた。

刀を鞘に収めたが、お佑はまだ体を震わせている。おそらく背中の傷の痛みも忘れているようだ。引き離そうとしたが、しがみついて離れない。孫十郎は膝をつき、そしてお佑を仰臥させた。

「お佑！」

体をゆすった。傷の手当てをしなければならない。お佑は名残り惜しげに体を離した。

それをうつ伏せにした。傷は背中に斜めに走っていた。思ったよりも浅い。老婆も、一瞬、孫十郎が反転したのを見て、腕の力を抜いたのだろう。孫十郎は、袖《そで》の中に手を入れて、袂糞《たもとぐそ》をさぐった。それを摘んで、傷に押しつける。血止めにはよくきく。お佑の着物の袂をさぐった。お佑ははじめて痛みを訴えた。

背骨は溝になって快く尻のあたりまでのびている。尻が高く丸い丘になっていた。

「金で雇われたか」

「お赦しを」

お佑は低い声で言った。ということは神田明神での狼藉《ろうぜき》は芝居だったことになる。芝居でごろつき二人は、孫十郎に手首を斬り落とされたのだ。

袂糞で出血は止まったようだ。

孫十郎は、まだ前をはだけたままであり、そこに一物もつっ立ったままだった。そこにお佑の手がのびてきた。

「この老婆は」

「わたしの叔母です」

「江馬伝七郎とは従兄妹《いとこ》になるわけか」

お佑は頷《うなず》いた。孫十郎の災難は江馬伝七郎を斬ったことからはじまっている。伝七郎は痣丸の脇差《わきざし》を孫十郎にさし出して、死んだ。その痣丸が災難となった。

「浮田さま、いま一度」

お佑はまだ燃え足りないようだ。いま体を動かせば、止まった血も湧き出す。それを承知でお佑は求めているのだ。あぐらをかいた孫十郎の股間に猛り立つものを握りしめ、その手をしきりに動かしている。男の淫情を煽《あお》りたてるように。背に傷を負ったお佑と体を繋《つな》ぐには、後ろからするより他になさそうである。

二

孫十郎は、お佑の家を出た。老婆はやがて蘇生《そせい》するはずである。お佑の傷も、医者を呼ぶほどのことはなかった。

かれは、足を薬研堀《やげんぼり》の立花無学の家に向けた。無学にランジャタイという香木のいわれを聞かねばならない。

無学は、壺仕込みに熱中していた。もちろん孫十郎の来訪をよろこんだ。無学には千恵に代わる新しい弟子がいた。今度は若い男だった。無学と同じように長崎で蘭学を学んだ男だそうだ。

「無学さん、ランジャタイという香木を知っているか」

「なるほど、おまえが言っていた、らあじゃとかいうのは、ランジャタイのことだったか」

もの覚えのいい男である。

「それは、一藩の浮沈を左右するほどの価値のあるものか」

「あわてるな、ランジャタイは蘭奢待と書く」

その文字を指で畳に書いてみせた。

「文字をよく見ろ、蘭の字には東の字が含まれている。奢のかんむりは大、待のつくりは寺だ。つまり東大寺となる」

「東大寺？　奈良の東大寺か」

「奈良に都があったころだから、千年ほど前になるな。当時、聖武《しょうむ》天皇に、唐《から》の国から献上品があった。その品目の一つが蘭奢待だ。香木としては最高のものという。伽羅《きゃら》の一種だ」

「いまもあるのか」

「皇家の宝物だ、東大寺にある」

「どれほどの値うちのものだ」

「値はつけられんな」

無学は黙々と喋る。さすがは識者である。

「もう一つ、黄熟香というのがある」

「蘭奢待は和名だ、ほんとは黄熟香だな」

「それでは同じものだな」

「それはむつかしいな」

「どういうことだ」

孫十郎は、これまでのいきさつを話した。無学の助手であった千恵も、この香木の争奪のために死んだことになる。孫十郎も何度か命を狙われた。

「いま、東大寺にある蘭奢待は一尺角の五尺長さの巨材と聞いている。面白いことに、この巨材は二カ所切りとられている。一寸五分角という」

無学はその形を手で作った。

「一つは、足利将軍義政が切りとった。もう一つは織田信長公だ。この二つはいまだ行方がわからん。太閤《たいこう》秀吉も、大御所家康公も、この蘭奢待を求めたが、ついに得られなかった」

「なるほど」

そう聞かされて孫十郎も、蘭奢待の価値がわかるような気がした。

「ちなみに、切りとられた一寸五分角の蘭奢待が出てくれば数万両といわれている。だが、その香木はこの二カ所以外には切りとられていない。おまえがいう二寸角に二尺の蘭奢待は、蘭奢待ではあるまい」

「偽物というわけか」

「いや、黄熟香であることは間違いなかろう」

「ならば……」

「まあ聞け、唐から天皇に献上された黄熟香に、学者たちが東大寺の文字を隠して蘭奢待という和名をつけた。その他の経路で黄熟香が唐から我国へ渡って来なかったとはいえない」

地下牢の老人北条の政は、八百五十年ほど前、瀬戸の海賊の首領であった藤原純友《すみとも》が、平将門に贈ったものだ、と言っていた。純友の略奪品の中に黄熟香があったとしても不思議ではない。

その品は、あくまでも黄熟香であって蘭奢待ではなくなるわけだ。それを川越藩、武蔵屋仁左衛門は、蘭奢待と称している。

「なるほど、いま東大寺にある黄熟香だけを蘭奢待と称し、他に同種のものがあっても、それは黄熟香だ、というわけだな」

「そう解釈したほうがよろしい。だが、大御所さえ手にできなかったものを公方《くぼう》さま(十一代将軍家斉《いえなり》)が手に入れたとなれば、徳川家の家宝になることは間違いない。一藩を動かすには充分な価値のあるものといえる」

二寸角に二尺の黄熟香となれば、数十万両の値がつく。もっともそれを買いとる金主がいればのことだが。

「蘭奢待を切りとった信長公は、それを薄く削って茶人であった津田宗及《つだそうきゅう》と千利休に一葉ずつ与えたという。千利休が秀吉公によって切腹を申しつけられたのは、この薄い蘭奢待を献上しなかったからともいわれている」

無学の話で、二寸角二尺長さの木片が大変な品物であることは、孫十郎にもわかってきた。武蔵屋が血まなこで探したのも無理はないことだった。

「孫十郎、泊まっていけ」

無学が引き止めるのを拒んで外へ出た。長居をしては無学に迷惑をかけることになるからだった。

屋敷を出たところで、ちらりと動くものに気付いた。だが振り向かずに歩いた。まず、孫十郎は桔梗屋の女将お篠に詫びを言わなければならなかった。借りた寮を焼いてしまったのだ。詫びのついでにお篠を抱くことになるだろうことはわかっていた。抱いてやることが詫びにもなるのだ。

背後に足音が近づいてくる。そして孫十郎に殺気を向けていた。それを首筋にむず痒《がゆ》く覚えた。女の殺気である。男の殺気は、それも剣の手練《てだ》れの殺気は、まるで首筋に栗《くり》の毬《いが》が押しつけられたような痛みがある。

足音は小走りに近づく。孫十郎はその距離を測っていた。

えいっ！

と女が気合を発する前に、孫十郎は体をひねった。脇腹をかするように、白い腕がのびてきた。その手には懐剣が握られている。その手首を掴んでひねった。

「お藤どの」

その女は、武蔵屋の女房お藤だった。丹次と大造が火事場から連れ去ったままだった。

「ちくしょう、浮田孫十郎」

双眸が猫の目のように光っていた。その眼は凄艶《せいえん》だった。笑顔の美しい女と怒顔の美しい女がいる。お藤は後者のようだ。この女は武蔵屋の後妻になるまでは、深川の芸者であった、と聞いている。

「武蔵屋が命じたのか」

「下賤《げせん》の男になぶられては、武蔵屋にはもどれぬ」

それで孫十郎を狙った。かれは、あちこちに敵をつくってしまったようだ。

「武蔵屋は、おれの女を殺してしまった。それくらいの報いは当たり前だろう」

「言うな、浮田！」

お藤は体をひねって、かれの手から逃れようとする。手首を叩くと懐剣が落ちた。それを遠くへ蹴やっておいて手首を放した。

孫十郎はお藤の体に淫情を覚えた。

「お藤、どうだ、おれの長屋へ来ぬか」

そういえば、まだこの女を抱いていなかった。丹次と大造が白い体を弄ぶのを見ていただけだった。

もちろん、お藤は拒む。孫十郎を憎悪している。だが、かれには痃丸があった。それを抜けば、お藤の淫情だけがあらわになるのだ。女体をたのしむのは、わけないことだった。

孫十郎は、お藤に向かって痣丸を抜きかけた。そのとき、ハッ！　となった。道を曲がって一人の老人が姿を見せた。白髪で白い髭《ひげ》をたくわえている。背をまっすぐに伸ばし、その双眸は一直線に孫十郎を見ていた。

その老人は緩慢な足どりで歩み寄ってくる。かれには老人が何者であるかわかっていた。孫十郎は体に痺《しび》れを覚えた。老人は二間《けん》の間をとって、ぴたりと足を止めた。

「師！」

無玄流の師、舟木玄斎《げんさい》であった。師と決別して十二年余を経ている。師は老いていた。だが、その体軀《たいく》からは精気を放射していた。それは殺気ではなかった。

舟木玄斎は、ゆっくりと佩刀《はいとう》を抜いた。それを腰だめにする。

「孫十郎、抜いてみよ」

玄斎は、いまは川越藩の禄《ろく》を離れていると聞いた。だが、孫十郎は師がおのれの前に立った意味を知った。血を流さずに孫十郎を制するものがいるとすれば、舟木玄斎しかなかったのだ。

孫十郎には狼狽があった。師、舟木玄斎がおのれの前に現われるとは思ってもいなかったのだ。しかも師の剣がおのれに向けられている。

「師、壮健であられたか」

狼狽が去ったあとに懐しさが湧いた。十二年ぶりである。師は、老いていた。だが、背も腰も伸びていた。膝には弾力もある。構えに露ほどの乱れもなかった。

舟木玄斎としては、おのれの剣を孫十郎に継いでもらいたかったのだ。それが潰《つい》えた。

「孫十郎、抜け！」

かれは首を振った。

「抜かねば斬る」

「お斬り下さい」

技倆《ぎりょう》の優劣ではなかった。師は、老いている。剣を抜いて対峙《たいじ》すれば、あるいは舟木玄斎を斬れるかもしれない。人を斬るには、相手に向ける気力が要る。念力がなければならない。その気力も念力も萎《な》えていた。

「抜いてみせい。おまえの剣を見たい」

うながされて腰をひねって抜くと、それを青眼に構えた。無玄流の腰だめの構えはとらなかった。いまの孫十郎の剣は、道場剣法ではなかった。多くの者を斬っている殺法であった。

剣を相手に突き出すように、ゆったりと構えていた。隙《すき》だらけである。おのれの死を覚悟していた。師を斬る刃は持たなかった。裏稼業の泥沼にまみれながら生きているのは、無玄流の剣法が支えになっていたともいえる。

舟木玄斎の老軀からは殺気は流れ出ていなかった。だから斬る気がないとはいえない。玄斎ほどになれば、殺気をおのれの体内に貯えることができる。剣が動くとき、その殺気を噴出させるのだ。だが、玄斎にははじめから殺気はなかったものと見えた。

「孫十郎、川越にもどらぬか。松平家が国替えとなったとしても、わしは残る」

川越藩の藩主は松平大和守《やまとのかみ》である。孫十郎も十二年前までは、松平家の家臣であった。

孫十郎は人の乱れた足音を耳にした。十数名が近くにひそんでいたものとみえる。その気配を覚えさせなかったのは、お藤の出現だったのだ。お藤に気を奪われて、周りをうかがう余裕がなかった。その上に玄斎の出現である。

この上は観念するしかなかった。斬り抜けられないことはない。だが、師の目前で血《ち》飛沫《しぶき》をあげる気にはなれなかった。孫十郎は刀を鞘に収めた。

それと同時に、左右から両腕を把《と》られた。前に回った一人が、孫十郎の佩刀を鞘ごと抜きとった。師の顔がゆがんだ。

孫十郎の体に縄がかけられた。体をゆすってみると、腕と胸に縄がびしりと食い込んだ。振り向くと、そこに辻駕籠《つじかご》が据えられていた。

駕籠は地面から浮き上がった。どこに運ばれるかは予想できていた。高輪の川越藩下屋敷に着いたのは夕刻だった。縄付きのまま、座敷牢に押しこめられた。

川越藩の重臣たちとしては、どうしても、黄熟香を探し出さなければならない。まさに藩の浮沈にかかわっている。

一刻《とき》ほど過ぎて、座敷牢の中に、灯りが運び込まれた。やがて、留守居役の六角篤右衛門が、藩士四人と共にやってきた。藩士の一人が、孫十郎の佩刀を手にしていた。両刀が鞘を払われた。

篤右衛門は、鞘に、脇差を抜いてその刃を当てて割った。行方知れずとなった黄熟香が鞘に仕込まれているという考えに至ったのだろう。それを見て、孫十郎は笑った。

川越藩士、江馬伝七郎が、城代家老に蘭奢待の香木を託され川越を発った。その蘭奢待は、伝七郎が孫十郎に斬られて死んだところから消えていた。

そのことを孫十郎は、武蔵屋仁左衛門に聞いた。孫十郎は、そのとき思い至ったのだ。伝七郎が、死にぎわに、らあじゃ、と口走って痣丸の脇差をさし出したことを、らあじゃが、蘭奢待であり黄熟香であること、そしてその価値も無学が教えてくれた。

留守居役の六角篤右衛門も、やっとそのことに思い至ったのだ。伝七郎の太刀と脇差も、鞘を割ってみたのに違いない。そして孫十郎の佩刀に目をつけたのだ。

だが、孫十郎の二本の鞘を割っても、そこに蘭奢待はなかったのである。

「孫十郎、刀の鞘を換えたであろう。言ってくれぬか」

「おれの知らぬこと、と申し上げた」

「蘭奢待がなくては、わが藩は立ちゆかぬ。おまえももとは川越藩の藩士、いや望みがあれば、再び禄を与えてもよい」

「知っていれば申し上げる」

篤右衛門に落胆の色が浮いた。もっとも、孫十郎が伝七郎から痣丸を受け取ったことは知らない。だから、篤右衛門にも、蘭奢待が孫十郎の手に渡ったという確信があったわけではない。

藩士が、二つに割られた鞘と、抜身の大小をかかえて去った。篤右衛門以下の藩士は、痣丸に気付いている様子はなかった。痣丸にまで気を回す気持ちの余裕もなかったものとみえる。

みなが去り、灯りも持ち去られて牢格子には錠がかけられた。それでなくても孫十郎は手足を縛られて身動きもならなかった。

孫十郎は武蔵屋の地下牢を思い出し、同時に千恵をも思い出していた。体が冷えた。すでに十一月も下旬である。寒さをこらえるために、孫十郎は転げまわった。

縛られていなければ、座敷牢は破れる。格子はともかく、畳を剝《は》ぎ床板を外せば、床下から逃れることができる。だが、両手両足の自由を奪われては、それもならなかった。

わずかにまどろんで夜が明けた。牢の錠を外し、飯を運んで来たのはお藤だった。

「ざまないね、浮田孫十郎」

お藤は笑った。

武蔵屋の女房だったお藤は、丹次と大造にさんざん嬲《なぶ》られて、仁左衛門のもとに帰れなくなって六角篤右衛門に寝返ったものとみえる。もっとも、川越藩と武蔵屋がつるんでいなかったとはいえない。

「おのれで喰え！」

お藤は飯に味噌汁《みそしる》をぶっかけた、犬飯である。この女が縄を解いてくれるわけがなかったのだ。

牢を出ようとしたお藤は、何かを思いついてもどって来た。そして孫十郎を仰臥させると、股倉のあたりを撫で回した。

痣丸は手もとになくなっても、孫十郎の体には痣丸の淫気が染み込んでいたのかもしれない。

お藤は、孫十郎の着物の裾を分けた。

「止めぬか、お藤」

「よくも、わたしをこけにしてくれたね」

この女は、武蔵屋の後妻におさまるまでは、深川の芸者だったという。それだけに気が勝っている。一物は黒々とした草むらの中に埋まって小さくなっていた。それをお藤の指が摘みあげた。

「情けないね。浮田孫十郎ともあろう男が」

お藤は笑って、指に摘んだものをひねり回した。

お藤は、孫十郎の一物を手にして弄んでいた。握り締めては、手を上下させ、茎に指を這わせる。その手はなめらかで柔らかい。一物のあつかい方には慣れているらしく、巧みだった。

一物は、かれの意志とは関わりなく怒張していた。

「あんがい、いいものを持っているんだね」

お藤の目はきらめいていた。その目の奥に何かどす黒いものが淀《よど》んでいる。

「おれを殺さないのか」

「殺してやりたいほど憎いさ。だけど六角さまのお許しがないとね。もっとも男を殺すには刃物はいらないよ」

お藤のもう一方の手がふぐりをさぐり摑んだ。そして、柔らかく包み込んで優しく揉みほぐす。

孫十郎の背筋に、冷たいものが走った。ふぐりを握った手にわずかだが、力が加わったのだ。ふぐりを握り潰されれば、死なないまでも悶絶する。

両手首は背中で縛られている。縄をゆるめようと手首をひねってみてもびくともしない。両腕が使えないというだけで、お藤に対しても何一つ抵抗できないのだ。もちろん、足首も縛られている。これでは、できることといえばただ転がることくらいだろう。

「浮田さん、どういう気持ちかい。剣の達人も、こうなると、何もできないんだね。蘭《らん》奢待《じゃたい》はどこにあるのさ。それを喋ってくれれば縄を解いてやってもいいよ」

孫十郎はお藤を見た。この女は蘭奢待のありかを探るために、六角篤右衛門に近づいたのかもしれない。亭主の武蔵屋とは、まだどこかでつながっているのだ。

「はじめから、おれはその香木とは関わりがないのだ」

「ほんとかね」

お藤は嗤《わら》った。丹次と大造にさんざん弄ばれた恨みがある。

鶉《うずら》の卵に似た睾丸《こうがん》二個は、お藤の指で転がされている。二個を重ねておいて、やんわりと力を加える。そのまま握り締められれば、容易に潰れる。下腹に痛みを覚えた。女は男の考え及ばない責め方をする。男よりも残酷なのだ。

お藤は勝ち誇っていた。孫十郎は痛みに呻いた。

「待て、お藤、おれが知っていると思っているのか、知っていればとうに喋っている。武蔵屋の地下牢に入れられたとき、吐いている。千恵を死なせることはなかった」

なんとか、この女を説得しようと思った。いま自由に動くのは、口だけだった。

「それもそうだね。と言いたいところだけど、その後で思い出したかもしれないじゃないか」

なかなか鋭い。お藤はふぐりを摑んでいた手と、一物を握っていた手を放した。孫十郎は、ほっと一息ついたが、それで止めたわけではなかった。

お藤は、おのれの衿を摑んで引き拡げた。そこに白い乳房がこぼれた。男の掌にいくらか余る大きさで、乳房のいただきに鮮紅色の乳首が、彩りを添えていた。紅い乳首が乳房の美しさを引き立てている。孫十郎はそれを摑みたい衝動にかられたが、かれには手がなかった。

おのれの手で乳房を摑んだお藤は、一物の先端に乳首をこすりつけはじめた。そこにぬめりがないのに気付き、一物をくわえて、そこに唾液《だえき》をため、再び乳首を押しつけた。それをしばらくくり返しておいて、一物を乳房の谷に埋めたのである。

お藤は、乳房の谷間に一物を挟み込むと、両手で乳房の外側を押した。そのために一物は乳房の柔らかい肉に包み込まれたのである。

そして、体を上下させる。そのために乳房の間から、その頭が見え隠れする。頭が出て来たところでペロリと舐《な》める。こういう技は孫十郎もはじめてだった。

武蔵屋の後妻におさまる前のお藤は、深川の芸者であったと聞いた。男を楽しませる技には長《た》けているのだろう。

孫十郎は弾力のある乳房に押し包まれて、女の壺に収まったときとは異なる疼《うず》きを覚えていた。もちろん、この女が孫十郎をたのしませるだけで終わるとは思っていない。たのしませたあとに何が起こるかが無気味なのだ。

先端を舐めるだけに飽きたお藤は、乳房から外したそれを一気に呑《の》み込んだ。孫十郎は首をもたげて、おのれを見た。お藤の唇の間に根元まで呑み込まれている。その先端は咽《のど》の奥につっかえていた。

そのままで、お藤は首を振った。そのために先端は咽にこすりつけられる。女が呻いた。女は咽でも快感を覚えることができるようだ。

顔を離した。唾液に濡れ光ったものがそこにあった。お藤はそれに息を吹きかけ、再びくわえる。舌がねっとりとからみついて来た。これまで、何度も女の口にくわえられたことがあるが、ねばりつくように舌をからませられたのははじめてだった。舌の使い方は、女によって異なるのだろうか。たしかに元芸者だけのことはある、と思った。

お藤の髷《まげ》が上下に動きはじめた。それもただ首を上下するというのではなく、唇が緩急自在なのだ。呑み込むときは唇をゆるめ、引くときに唇をすぼめる。そのために、孫十郎の歓びは一気に早まり、耐えきれずに、

「うっ！」

と声をあげ、腰を震わせ、したたかに洩らしていた。お藤はそれを口で受け、咽を鳴らして呑み込んだのである。

それは口の中で一気に萎縮《いしゅく》していく。それでもお藤は口を放さなかった。力を失ったものが、舌で転がされている。

それが再び怒張したとき、お藤は、手拭いを細く裂いて、それを根元に巻きつけ、縛ったのである。

「おい、止めぬか」

孫十郎は狼狽を覚えた。

「蘭奢待の隠し場所を言いな」

お藤は、膨れ上がったものを眺めて、ニタリと笑った。この女は徹底的に男をむさぼるつもりなのだ。

「知らぬものは言えない」

お藤は、淫《みだ》らに目を光らせ、それを手で支えると、孫十郎の腰を跨《また》いだ。腰をからげて肉付きのいい腿をさらした。跨いだときにちらとはざまが見えた。そこはすでに露をためているらしく、鈍く光っていた。

そして、お藤は雪隠《せっちん》でかがみ込むように、ゆっくりと尻を降ろしてくる。先端が熱い沼の口に当てられた。そこで尻をひとひねりしておいて、沼が下がってきた。それだけで、一物は埋まったのである。

孫十郎には、悦びなどなかった。そこに重い鈍痛があるだけである。お藤は尻を振りはじめた。右へ左へと腰をひねる。そこにうねりが生まれた。武蔵屋が後妻に迎えただけに壺の状態も抜群なのだろう。

「あ、あーっ」

お藤が甘い声をあげ、のけぞった。白い咽がひくついている。それを見ながら、孫十郎は怯えを覚えた。この女に取り殺されることになるかもしれない、と。

尻の動きが激しくなる。鈍痛の底に歓びがある。お藤は両膝頭で体を支えていた。その体を前に倒し、孫十郎に重なった。その体が硬直して、呻吟《しんぎん》の声をあげる。

どうやら気をやったらしい。

お藤は満ち足りたのか、再び体を反転させると、孫十郎を仰臥させて、体を放した。それで終わった、と思ったが、そうではなかった。かれの体を跨いだまま立ち上がった。かれの目ははざまに向くことになる。そこに露が滴って白い内腿をぬらしていた。

そのままお藤は孫十郎の顔を跨いだのである。顔の上にはざまがある。そのはざまがゆっくり降りてくるのだ。

お藤は、孫十郎の顔を跨いで立っていた。黒々として艶のある草むら越しに女の顔を見ていた。

深い切れ込みは露を浮かべてゆるんでいた。その露が長い糸を引いてかれの顔に滴った。滴りは鼻のわきに落ちた。

「待て、お藤」

「蘭奢待の隠し場所を喋るのかい」

「どうして、おれが香木を手に入れたと考えるのだ」

お藤は、嗤って答えなかった。

黒々とした草むらの反対側は白い尻だった。こうして下から尻を見上げたことはない。それはまさに白い臼《うす》だった。お藤が膝を折った。

白い尻がゆっくりと降りてくる。降りてくるにつれて、深い切れ込みが割れた。近づくにつれて、切れ込みが拡がっていき、そこに紅色の襞を見せた。その襞が、口にぴたりと貼《は》りついてくるのだ。

孫十郎は、首をひねり、転がった。とたんに下腹に激しい痛みを覚えた。一物は根元を結ばれたままだったのだ。それが反転したためによじれ、畳を擦ったのである。

思わず呻き声をあげた。ひきちぎられるような痛みである。

はざまは、かれの顔を追ってきた。口を開いた切れ込みが、赤い口をした化け物のようにかぶさってくる。孫十郎は、首をひねって白い尻に嚙《か》みついた。

それくらいがせめてもの抵抗だろう。

お藤は悲鳴をあげ、孫十郎の顔を叩いた。

「男らしく諦《あきら》めなさいよ」

髷を摑まれた。そして、顔の両側を腿で挟みつけられた。いきなりぬれたはざまを押しつけられた。これでは拒みようがない。よく縮れた毛が鼻のあたりをくすぐった。

黒々としたものが両眼を掩《おお》った。

「舌を使うのよ」

口はねばり、襞を吸いつけられたように押しつけられ、鼻の頭に花の芽が当たっている。それでお藤は腰を使って、喘ぐのだ。そこまではまだよかった。鼻孔で呼吸ができた。

鼻梁《びりょう》が右に左によじれ、ひしゃげる。孫十郎は、舌を使うにも、押しつけられているので、動かしようがない。それで、鼻から深く息を吸い込んで、壺の中に息を吹き込んだ。

壺が紙風船のように膨らむ。お藤が歓喜の声をあげて、尻をよじる。尻には女の重みがかかっている。顎が外れそうだ。

「うっ！」

息がつまっていた。お藤は夢中になり、鼻の孔までふさいでしまったのだ。壺の中に吹き込んだ息を吸い込むしかない。息と同時に露までも口の中に流れ込んでくる。

だがそれも、やがては用をなさなくなる。心の臓が喘いでいた。一物の痛みも忘れるほどである。

孫十郎は、一瞬、伝馬町牢で囚人が、濡れ紙を口と鼻に押しつけられ、殺される光景を思い描いていた。牢内では邪魔者の両手足を押さえつけて濡れ紙で殺すという。

かれの鼻孔にいま押しつけられているのは濡れ紙ならぬ濡れ襞であった。かれはもがいた。このまま息ができずに死ぬのだと思った。女はこういう方法でも男を殺すことができるのだ。

首を振ったが、両耳をぴたりと内腿で挟みつけられている。もがくことは、そのままお藤をよろこばせることでもある。

脳が混濁しはじめている。口の中に、何かぬるりとした舌に似たものが入ってきた。孫十郎はそれを嚙んだ。女の叫び声を聞いた。意識が薄れた。突然、肉の襞が口から離れた。肺が空気を思いきり吸い込んでいた。

孫十郎は、しばらくは池の鯉に似て、口をパクパクさせていた。わずかのところで悶絶するところだった。

意識がはっきりしてきて、口の中に肉片があるのに気付いた。腥《なまぐさ》い血が口の中に拡がる。はじめは、おのれの舌を嚙み切ったかと思ったが、そうではないようだ。その肉片をのみ込みそうになって、あわてて吐き出した。

「ちくしょう、なんてことをするんだい」

お藤がわめいた。仁王立ちになったお藤は両手で、おのれの股間を押さえていた。指の間に血がにじんでいる。

女の切れ込みにある二枚の葉のようなものの片方を嚙み切ったようだ。次の瞬間、

「ぎぇっ！」

と叫んでいたのは孫十郎だった。お藤が腹立ちまぎれに、紫色に腫《は》れ上がっている一物を蹴ったのだ。根元を紐で縛られ、いまにもはじけそうな一物である。それを蹴られて、抉《えぐ》られるような痛みが生身に稲妻のように走ったのだ。

それと同時に、お藤は素足を股倉にねじ込んできた。腰を振って逃れようとしたが無駄だった。

足指がふぐりを挟みつけている。睾丸を潰す気らしい。激痛が股を突き抜け、孫十郎は悶絶していた。

どれくらい気絶していたかわからない。蘇生してみると、肌寒かった。孫十郎はあわてて、体を曲げると、おのれの股倉を見た。

一瞬、おのれの一物が切り取られたかと思った。そこに疼きはあったが、どうやら無事だったようだ。一物は股倉に小さくしぼんで埋まっていた。だが睾丸のほうは、確かめてみないとわからない。いまはその確かめる法がなかった。鈍痛がある。あるいは潰れてしまっているのかもしれない。

お藤は、一物の根元を縛った紐を解いて去った。それは孫十郎に同情したからではなく、再び彼を虐めるためにそうしたのだ。女とは怖ろしい生きものである。

孫十郎は、空腹を覚えて、お藤が飯を運んできたのを思い出した。脚のない膳《ぜん》が向こうにあった。

その膳のところまで転がった。盛飯に味噌汁が掛けてある。その飯に口をのばすのに苦労した。手足が使えないということは、こんなにも不自由なことか、と改めて思った。顔を碗《わん》に押しつけて、汁掛け飯を食った。食わなければ、いざとなったとき、体がいうことをきいてくれない。

縛られて犬飯を食うのは屈辱があった。その屈辱は晴らさねばならない。屈辱には耐えられるように生きてきている。

孫十郎は横臥した。この姿勢が最も楽なのだ。その姿勢で、周りに気をくばった。人のいる気配はない。誰もが座敷牢には近づかないようにしているのだろう。

そばに小さな肉片が、畳に貼りついたように落ちていた。それを見て、孫十郎は片頬《ほお》をゆがませて嗤った。

交媾する相手としては、お藤は一等の女である。だが、男を責める女として見たときには怖ろしい女だった。お藤が次にいつ現われるかわからないが、それを思うと、どんな責めよりも寒気を覚えるのだ。

いや、事実、寒かった。孫十郎は体を伸縮させた。火鉢のいる季節である。暖をとるには、体を動かすしか方法がない。たとえ天気がよくても陽のささない奥まった部屋である。

三

夜が来て、夜が明ける。

朝になると、藩士が二人、飯を運んで来た。牢格子の隙間から、飯と汁を入れる。一日一食のようだ。孫十郎は転がって口をつけた。

藩士の一人は、寺尾益之介だった。川越藩で、無玄流道場の門弟の一人である。この寺尾とは、この夏に出会い、酒を呑み、川越藩の事情を聞いた。

「師範代」

「益之介、一つたのみがある。これでは寒い。布団を一枚入れてくれぬか」

「はい、頼んでみます」

そう言って去っていった。だが、益之介はなかなか現われなかった。許しが出なかったのだろう。

「留守居役が、おれに礼をとっていれば」

孫十郎は、低く呟いた。

かれは、川越藩が必死に探し求めている蘭奢待のありかを知っていた。もちろん、はじめのうちは、見当もつかなかった。だが、武蔵屋の寮に押し込み、娘佐登を凌辱しなから聞いた、武蔵屋仁左衛門の話に思い至ったのだ。

過日、孫十郎は、背後から殺気を浴び、反射的に、江馬伝七郎という者を斬った。ことされる寸前に、伝七郎は、「らあじゃ」と言葉を洩らして、脇差をさし出した。孫十郎は、その脇差をおのれの腰に差し、おのれの脇差を、ことされた伝七郎の腰に差してやった。

実はその脇差が痣丸であったわけだが、伝七郎が脇差をさし出した意味を解しかねていた。

一方、留守居役の六角篤右衛門一派と、武蔵屋一派は、脇差が入れ違っただけだったため、伝七郎の体から失せたものに気付かなかったのだ。

思うに、川越藩の城代家老は、蘭奢待をむき出しにして運ばせるのに危惧《きぐ》を覚え、城下の鞘師に命じて、蘭奢待を脇差の鞘として作らせたのだ。脇差は藩庁の蔵の中から探し出したものだろう。

あるいは痣丸はその蔵の中に眠っていたものかもしれない。

それはとにかく、蘭奢待は、平将門の裔と称する一族から盗み取ったものである。公にすることはできない。それで家老は、その香木を脇差の鞘に隠したことを、誰にも秘した。

そして江馬伝七郎に託した。伝七郎は託された脇差の鞘に香木が隠されていることを知っていた。

もちろん、江馬伝七郎が、そのまま川越藩邸に入り、江戸家老なり留守居役に脇差を渡していれば、何事も起こらなかったのだ。

ところが偶然が二つ重なった。城代家老が心の臓の発作で急死した。加えて、伝七郎はおのれの腰にあるものが藩の浮沈にかかわるものと知り、しきりに敵の幻影を見たのだ。前を歩く浮田孫十郎の姿が敵に見えて、斬りつけ、斬られ果てた。

あるいは、このとき伝七郎は誰かに追われていたのかもしれない。追っていたのは藤原の鎌と称する一味だったのか。

全く関わりのない孫十郎が、伝七郎と交換した脇差の鞘に香木が隠されているなどとは思いもよらなかったのだ。

それでも、留守居役六角篤右衛門が、礼をつくして孫十郎に接し、事情を話していれば、そのときに、かれはおのれの脇差に思いが及んでいたかもしれないのだ。

なのに六角篤右衛門は、かれの住まいを荒らし、刺客さえさしむけたのである。孫十郎は意地になった。いまでも意地を張っているのだ。

六角も、やっと、刀鞘に香木が隠されていることに気付き、舟木玄斎を使って、孫十郎を捕えさせ、かれの両刀の鞘を割ったのである。だが、すでに香木は失せていた。

孫十郎は、武蔵屋仁左衛門の話によって、蘭奢待のありかを知った。おのれの住まいにもどり、痣丸の鞘を二つに断ち割ってみた。

確かに、蘭奢待は鞘の中に蠟《ろう》によって固められていたのである。その鞘の代わりに、孫十郎は、古道具屋で、痣丸に合う鞘を探した。

六角篤右衛門が割った鞘は、それであった。孫十郎は、二つに割った蘭奢待を、おのれの住まいの薪の中に押し込んで来た。

それを六角篤右衛門に告げる気はなかった。千恵が、武蔵屋の手の者に捕らえられたとき、痣丸の鞘に気付いていれば、ためらいなく、香木は武蔵屋に渡していた。

いかに高価な香木であろうと、孫十郎には関わりのない品であった。だが、いまは、その香木を誰にも渡す気はなかった。

いまは縄目の恥も受けている。いまの孫十郎には、たとえ川越藩が廃絶になろうと、関わりはなかった。

「おお、寒い」

孫十郎は、体を震わせた。

三日が過ぎていた。朝一度、飯が運ばれる他は誰も近づかない。孫十郎は、ただ畳の上を転がり、体を屈伸させるしかなかった。

四日目に、六角篤右衛門が数人の供を連れて牢格子の外に姿を見せた。

「孫十郎、まだ思い出さぬか、藩のためだ」

格子から篤右衛門が覗《のぞ》き込んだ。ほとほと困り果てている顔である。

「庄内藩への国替えの話はすすんでいるが、いま一つはっきりせぬ。蘭奢待さえあれば、上様の声がかかるものを」

孫十郎は、それを無視した。

たとえ知っていても、喋る気はない、と叫びたかった。それを口にすれば篤右衛門が感じる。そうなれば、この座敷牢からの脱出はさらにむつかしくなるだろうし、どんな責めが待っているかもしれない。あるいは、またお藤に責めさせるかもしれない。

「孫十郎！」

「知り申さぬ」

篤右衛門は、諦め顔で去っていった。

その夜半、黒い影が牢に近づいてきた。孫十郎は、きっとなった。気を放った。その者は足音を忍ばせて近づいてくる。

刺客！

とも思ったが、その者には殺気がなかった。影は男である。女には女の匂いがする。男は牢格子の端で足を止めた。

格子の隙から、何かをさし入れている。その男が去ってから、孫十郎は格子のほうへ転がった。

それは丸められた薄い布団であった。寺尾益之介であろうと思った。その布団をおのれの体に掛けるのは苦労である。口を使い足指を使って、それを拡げた。

その中から転がり出たものがある。闇の中で、それを頬や口でさぐった。脇差だった。親切にも、その脇差は鯉口が切ってあった。

孫十郎は、顔に喜色を浮かべた。これで脱出できる。体を回し、後ろ手に縛られている手で脇差を握った。

「あわてることはない」

おのれに言いきかせた。

刀刃で縄の一本を切ったときには、夜が明けかけていた。手足が自由になった。立ち上がった孫十郎は、畳の一枚を剝いで、床板の一枚一枚をとり除いた。

「うぬっ!」

呻き声をあげた。床下から這い出るつもりでいたが、そこには土が盛ってあったのである。そこに体を入れる隙間はなかった。容易に脱出できるようには作られていないのだ。

孫十郎は、脇差の抜身を手に持っていた。闇の中ではしかとはわからないが、手になじんだ柄と刀刃の匂いは、痣丸だった。両刀とも鞘は目の前で二つに割られた。割ったままどこかに放り込んであったものを寺尾益之介が探してくれたものと思えた。

たしかに鞘は上下を紐ようのもので結んであるだけだった。鞘を貼り合わせる余裕はなかったのだろう。

また痣丸がおのれの手にもどった。そこに運命を思った。この痣丸はどこかの蔵の中に何百年もの間眠っていたものだろう。それがまるで孫十郎に会いたがっていたように、陽の目を見たのである。

もっとも、この脇差を痣丸と知っているのは、立花無学と孫十郎の他にはいないはずだ。この痣丸は、二度、孫十郎の手を離れて、二度ともどって来たのである。

とにかく、孫十郎は布団をかぶって浅い眠りについた。まどろんだだけだったかもしれない。

白々と夜が明けてきた。

孫十郎は、床下に布団を隠した。飯を運んで来たものが、布団をみれば、誰が布団を差し入れたかが詮議《せんぎ》されることになるだろうし、警戒も厳重になるかもしれない。そういうことを避けたかった。

廊下に足音がした。女のものである。格子の前に姿を現わしたのは、お藤だった。孫十郎は体を縮め、縛られている風を装った。

お藤は格子の間から、飯に汁をかけた碗をさし入れた。入ってくる気はないようだ。

「お藤、股倉の傷は治ったか」

お藤は唇をゆがめて笑った。格子越しに見てもいい女である。孫十郎は、お藤の体に欲情を覚えた。

「また、あたしに虐められたいのかい」

「あのときは、まいった」

お藤は笑って去ろうとした。

「お藤、おれに嚙み切られたところを見せてみろ!」

すーっと、お藤の気配が変わった。どうやら怒りを孕《はら》んだようだ。もっとも、孫十郎の目的は、お藤を怒らして、牢内に入れることだった。

「見せてやろうじゃないか」

お藤の脳に男を虐めるたのしさが湧いたのだ。もちろん、孫十郎が痣丸を手にし、縛《いまし》めを解いたことを知るわけもなかった。

お藤が鉄錠を開けにかかった。格子の戸が開いたところで、逃げ出してもよかったが、そうすればお藤が叫び、藩士が駈《か》けつける。孫十郎は藩士を斬りたくはなかった。

それよりも、脱出する前に、お藤の体に四日前の返礼をしなければならなかった。お藤は戸を開けて体を入れると、それにまた錠をかけたのである。

そして帯の間に鍵《かぎ》を挟んだ。もっとも四日前もそうしたのだ。お藤が向き直ったとき、孫十郎はゆっくり起き上がった。

「アッ!」

　と小さく叫んだお藤は、帯に差した鍵を、牢の外に投げていた。孫十郎は、脱出する機会を一つ失ったことになる。

　だが、昨日までとは事情が違う。手足も自由だし、手には痣丸もある。しかも人質としてお藤がいる。もっとも人質の用をなすかどうかはわからないが。

「あたしを欺したのね」

　孫十郎は、笑って、ゆっくり痣丸を抜いた。お藤は、はっと痣丸の刀刃に吸い寄せられる。一度痣丸の刀刃を見れば、そこから目を放せなくなる。

　お藤の目が潤み、体が揺らいだ。

　痣丸の妖力に抵抗しようと、お藤は首を振った。子供がいやいやするように。だが無駄な抵抗だった。

　熟れた女ほど反応は早い。お藤は爛熟《らんじゅく》した体をしている。それに、前に一度、痣丸の洗礼を受けているのだ。桔梗屋の寮に、丹次と大造に拐われて来たときだった。

　豊かな腰をゆすった。それはいかにも艶っぽく見えた。両手で胸を押さえた。着物の上から胸の膨らみを掴み、その手を動かしながら紅唇を薄く開いた。

　屋敷の中は静まっている。存分にこの熟れた女体をたのしめそうだ。桔梗屋の寮では、この女体を抱く暇がなかった。四日前には、孫十郎が一方的にお藤にいたぶられるだけだった。今日は男としてお藤を存分にたのしめるのだ。

「あーっ、浮田さま」

溜息に似た声を洩らした。声色まで変わっていた。もともと女は変わりやすい生きものだ。お藤は両手を後ろに回し、帯を解いた。帯が足もとに、蛇がとぐろを巻くように落ちる。次にしごきを外す。

孫十郎は、それを黙って見ているだけでよかった。すでに痣丸の用はなくなっている。刀刃が鞘に収まると、お藤の目が、何か探しものでもするように、さまよった。

袷《あわせ》の着物が、きぬずれの音をたてて足もとに落ちた。下は薄い紫色の生地に白い小花を浮かした長襦袢《ながじゅばん》だった。絹物らしく、しなやかに、女体を浮き彫りにしている。

「浮田さま」

と抱きついてくるのを、くるりとむこうを向かせて背中から抱いた。立ったままである。衿元から手をくぐらせて乳房を掴んだ。重さを加えた乳房だ。乳首はすでにとがっていた。

指を乳房に食い込ませ、ひねった。お藤が低く呻き声をあげた。しっとりと汗ばんだようなきめのこまかい肌である。

まだ汗ばむほどには至っていない。この女体はいつもこのように湿った肌をしているのだろう。

孫十郎ほど女を知りすぎた男でも、思わずずきんとくる感触だった。もう一方の乳房も摘んだ。女の胸で男の腕が交叉《こうさ》していた。

そのまま孫十郎は膝を折った。あぐらをかくと、そのあぐらの上にお藤が尻を下ろした。双房を揉みしだく。左乳房に比べて右乳房はいくらか小さく、張りも弱く柔らかい。乳首も小さいようだ。

お藤は、あア、と熱い息を吐き、頭をのけぞらせた。白い首である。その首にかれは唇を当て、舌を這わせた。

「まだ、仁左衛門とつながっているのか」

お藤はわずかに頷いた。

襦袢の裾前を左右にはねた。そこに白い豊かな腿がむき出しになった。眼下のはざまに黒々とした草むらがある。その草むらを手で掴んだ。皐《おか》の毛穴が小さく膨れ上がる。手を握り締めると、何本かの毛が抜けたようだ。

髪を梳《す》くように引っぱると、指の間に艶っぽく縮れの強い毛が、何本か挟まっていた。色艶も縮れ具合も充分な毛で、この毛だけでも女体の上品さを思わせるに充分だった。

さらに男の手は、はざまの膨らみを摑んでいた。摑んでゆさぶり、ひねった。お藤は苦痛に似た声をあげた。

孫十郎は、おもむろに体を重ねた。女の手がぬめるものを指で支え、おのれの快楽の壺に誘い込む。

お藤が、けたたましい声をあげて、かれの体の下で全身を震わせ悶えた。その声を聞きつけたらしく廊下に足音がした。

その者たちが、牢格子の前に立って、おどろきの声をあげた。この川越藩下屋敷に常駐する藩士たちである。

藩士たちは、女の体に飢えている。妻子を国元に残し、江戸にきても、江戸の女をたのしむほどの器量もないし、また遊ぶ金もなかった。

まして、このような淫らな光景を見る機会があろうとは思えない。一人二人と牢格子にしがみつき、その数がふえていく。

お藤は見世物にするには、もったいないような女だ。そのお藤がおのれを忘れ、男にしがみついて悶え狂っているのだ。

それは、藩士たちの魂まで奪いそうな光景に違いない。目を剝き、そして生唾をのむ。

それを知って、孫十郎は薄笑いを浮かべていた。

「あ、あっ、あ、浮田さま」

お藤は、男の尻を両手で引き寄せ、両肩と両足で体を支え、尻を浮かし、体を弓のようにそらせて、体をゆすりつづけている。それに合わせて、かれはときどき、抽送してやるのだ。

藩士たちは、ただ息をのみ、目を皿のようにして、静まりかえっていた。

「見物人がいたのでは、もう少し、たのしませてやらなければなるまいな」

孫十郎はひとり呟いて、お藤の体を抱き上げた。向かい合った座位になる。それをお藤も心得ていて、後ろに手をついて体を支えた。彼は手をのばして乳房を掴み、それをひねり揉む。

お藤が声をあげて、腰を揺する。体の繋がった部分は薄暗くてはっきりは見えない。それがかえって藩士たちの脳を灼《や》くのだ。

十数人の藩士が、座敷牢の格子にへばりついて、孫十郎とお藤の交媾に見入っている。格子の穴はほとんどふさがっていた。上のほうの穴に顔を出している者、後から来た者は、うろうろと覗く穴を探している。

格子の穴がふさがれてしまっているので、牢の中は暗くなっている。気の利いた藩士の一人が、牢の中に燭台を入れた。それに灯りがともされた。

その灯りの中に、孫十郎とお藤の姿が浮かび上がる。それは淫靡《いんび》であり、また幽玄な光景でもあった。藩士たちは、その光景に、妖《あや》しの術にかかったように魅せられていた。

孫十郎は、あぐらをかいてお藤の腰を引き寄せている。お藤は後ろに両手をついて体を支えている。座位である。この形を肩すかしという。

これで孫十郎が脚を延ばせば、吊り橋になる。吊り橋からかれが仰臥すれば居茶臼になる。居茶臼になったところで、お藤が叫んだ。何度目かの気をやったのだ。

お藤は邪魔な長襦袢を脱ぎ捨てて素っ裸になっていた。それだけ見物人たちをたのしませることになる。

もちろん、お藤には藩士たちに見られているという気持ちはない。ただ孫十郎との交媾にのめり込んでいるのだ。

「おまえら、ただで見物するつもりか、見物料を出せ」

孫十郎にそう言われ、素直に財布の紐を解き、銭を投げる者もいた。藩士の中の何人かは袴《はかま》の中に手を突っ込み、怒張したおのれを摑んでいる者もいる様子。

女体に飢えきった藩士たちには、刺激が強すぎたようだ。

お藤は、孫十郎の上にうつ伏していた。本茶臼である。

「もう、あたしは狂いそうだよ」

「狂ってしまうがよい」

白くて肉付きのいい尻が、しきりにくねっている。これほどの美しい尻を、藩士たちが目にするのは、はじめてだろう。しかも、その尻が妖しくくねり回転しているのだ。

藩士たちの脳を灼いて余りがあった。

精汁が匂った。あの桐《きり》の花の匂いである。男たちの何人かが、たまらずに洩らしたようだ。

「誰か、この女を抱きたい者はおらんか。いまならこの女は誰にでも抱かれるぞ。どうだこの女を三人か四人でたのしんでみる気はないか」

人数が少なければ、あるいは錠前を開けて入ってくる者がいたかもしれない。だが、牢格子はすっかり男たちで埋まっているのだ。格子にしがみついている。それらの男たちは、びくとも動かないのだ。

何人かが戸を開けようとしても、無理な話だった。

お藤は体がいいだけに精も強い。それに痣丸の魔力にもかかっている。果てしなく気をやるに違いない。

尻をひねらせ回して気をやる。女は男と違って、絶頂と絶頂との間には時間がない。男は放出すれば、いかに若くても、精力が強くても次の勃起までには時を要する。だが、女は、気をやった次の瞬間にまた昇りつくことができる。

すでに、お藤の壺はぬかるみになり、余った露が滴りはじめている。露が多すぎては、刺激も弱まる。それで、お藤は脱ぎ捨てた長襦袢をたぐり寄せて、おのれを拭った。それだけの仕草さえも、男たちの脳に渦を巻かせるには充分だった。

「お藤、尻を出せ」

「はい」

お藤は、いそいそとうつ伏せになって、尻を突き出す。孫十郎はその尻をかかえた。

壺をいっぱいに充たされ、お藤が声をあげる。

だが、その形を藩士たちに見せるのが目的ではなかった。かれは貫いたあと、お藤の体を起こさせ、抱きあげたのである。

これを観音ともいう。女の股はいっぱいに拡げられ、お藤は体を繋いだまま背中から男に抱かれていることになる。つまり観音開きになり、その中央に観音さまが鎮座ましましている姿がみえる。しかも、その観音は男を呑み込んでいるのだ。

孫十郎は、お藤の腿をかかえていた。そして体をよじって、牢格子のほうを向いた。男たちの目が、お藤のはざまに集中する。

燭台の灯りは、はざまの紅い襞までも映し出していた。そして、孫十郎は、そのまま立ち上がったのである。

それは、母親が赤子に小便させる姿に似ていた。孫十郎は、お藤をかかえたまま、牢格子の端から端まで回った。格子の間から男の手がのびてきて、内腿やはざまに触れに来た。その度に、お藤は声をあげて身を揉んだ。

四

陽が落ちて、牢の中は暗くなっていた。屋敷の中にも、夜の気配が忍び込んでいた。

廊下を灯りが動いた。

昼間の、孫十郎とお藤の狂態を思い出し、また二人が交わっているのかもしれぬという思いがあってか、二人の藩士が、座敷牢を覗きにきたのだ。

二人は、灯りをさしむけ、牢の中を覗き込んだ。

「あれ？」

と一人が言った。

一人が灯りを牢の中にさし込んだ。とたんに叫んだ。

「浮田がおらん！」

「お藤の姿もない」

一人が廊下を走った。そして牢の鍵を持って来た。錠を外し、戸を開けて中に入った。

不思議なことに、孫十郎もお藤もいなかった。隅々にまで灯りを向けたが、姿はない。

「浮田が逃げた」

「お留守居役に知らせねば」

二人は座敷牢からとび出した。

闇となった牢内の隅の畳がもこっ、と動いた。畳が立ち上がり、お藤を抱いた孫十郎が立った。

かれは床下の土を掘って、そこにひそんでいたのである。床下から逃げられないように土を盛ってあったが、ただ土を盛っただけで、その土は固められていなかった。だから、土を掘って、体をひそめるだけの隙間ができたのだ。

孫十郎は、お藤を畳の上に寝かせると、牢を出た。お藤は当て落としてあるが、そのうち目がさめるだろう。布団を穴の底に敷いたので、泥にまみれることもなかった。

座敷を突っ切って障子を開けると縁である。雨戸は閉めてない。淡い月明かりがあった。そこにあった庭下駄をはいて、暗がりに進んだ。元は川越藩士である。むかし、この屋敷へは、二、三度来たことがある。勝手は、おぼろだがわかっていた。

屋敷の外側はなまこ塀で囲まれている。塀ぎわの松の太い枝に手をかけて、塀に上がると外へとび降りた。

屋敷の中では、しきりに灯りが動いていた。

「探せ!」

「浮田を逃がすな」

孫十郎とお藤の交媾によだれを流していた藩士たちが騒ぎ回る。屋敷内に孫十郎の姿がないとみて、二十人ばかりの藩士が走り出て、二手に分かれて駈ける。

かれは、なまこ塀のそばの芝の中にひそんでいた。目の前を藩士の一群が走り去る。

孫十郎は、最後の一人が走り去るのを待ってとび出すと、十歩ほど走って、しんがりの一人に背中から抱きつき、片手で口をふさぎ、片手でふぐりを掴んだ。鶉《うずら》の卵を握り潰したような感触があった。

　藩士はかれの腕の中で、体を震わせ悶絶した。まず、そいつの草履を脱がしてはき、大刀を鞘ごと抜いて、おのれの腰に差し、懐中の財布をさぐった。

　懐中のものは、すべて六角篤右衛門に取られていたので、そうするしかなかった。もっとも藩士の財布には二朱銀一枚にあとは小銭しかなかった。

　孫十郎は、街道に出た。左へ行けば、すぐに品川宿にたどり着く。だが、そのまま江戸に向かった。なにはともあれ、松枝町の長屋にもどるつもりだった。

　だが、この時刻では、各町の木戸は閉まっている。夜鳴きそばで腹ごしらえして、百姓家の小舎で朝を迎えた。車町と田町の間にある大木戸は開いていた。

　松枝町の路地裏にある喜平長屋である。孫十郎がおのれの住まいにもどるのは、しばらくぶりである。

　表戸を開けたとたん、孫十郎は血の匂いを嗅《か》ぎ、一歩のいて、刀柄に手をかけた。気配をうかがったが、人の気配はない。戸の中に体を潜り込ませた。

　孫十郎は土間に立った。畳に一つの骸《むくろ》が転がっていた。家の中で斬り合いがあったようだ。誰がどうして、この家で斬り合ったのかはわからない。

　とにかく、孫十郎は、薪の積んである場所に行った。裏口のそばである。薪の中に隠しておいた香木が消えていた。蠟で固められて鞘に作られたものを二つに割ったまま、薪の中に押し込んでおいたものである。

孫十郎は背をのばして嗤った。たとえ何十万両もの価値のある蘭奢待という香木でも、かれには縁のないものだった。ただ、おのれの意地で、六角篤右衛門に渡さなかっただけのものだ。

次に、転がっている死骸《しがい》が気になった。土足のままで上がった。あちこちに血が滴っていたからである。

死骸はうつ伏せになっていた。みなりからして浪人者のようだ。死骸を仰向けにして、孫十郎は、思わず叫んでいた。

「鬼木！」

鬼木一刀司だった。こと切れて、かなりの時が経ったとみえ、流れ出た血は乾いていた。

「鬼木がなぜ！」

なぜ、おのれの住まいで死んでいるかである。鬼木は手に刀を握っていた。その刀が鍔《つば》もと三寸あまりのところで折れていた。軀《からだ》には、胸と腹に突き傷があった。おそらく槍《やり》ようの武器であろう。

鬼木を殺したのは、六角か、武蔵屋か。それを考えながら、孫十郎は畳をあげ、床下に埋めておいた金をとり出した。これまでに稼いだ金である。

再び、鬼木のもとにもどった。葬ってやらなければならない。短い間ではあったが、友であった。去りかけて足を止めた。死骸のそばで、何かが光った。透かすようにして見ると、文字らしきものが、畳にあった。

血文字のようだ。血が乾いて、血の中の脂が光ったのだ。〝かもい〟と読めた。鬼木は孫十郎に何かを告げたかったのだ。草履でこすると文字は消えた。

孫十郎は、思いついて鴨居《かもい》の上を手でさぐった。なにもなかった。かもい、とは人名なのか。

かれは、隣りに住む大工の家を訪れ、金を渡して、鬼木一刀司の葬いをたのんだ。そして大家の家に行き、これまでの家賃と、汚し代を払った。住まいを捨てるつもりでいた。どこかに新しく住まいを借りてもいいし、立花無学の家に居候してもいい。とにかく、ここに住む気にはなれなかったのだ。

もちろん、仲間である海部半兵衛には、このことを告げておかなければならない。歩きながら、鬼木がなぜ殺されたかを考えた。鬼木は長屋で孫十郎の帰りを待っていたのかもしれない。すると、鬼木が殺されたのは孫十郎の身代わりだったとも考えられる。

「まだ、何者かがおれを狙っている、というのか」

歩きながら、背後に気を配ったが、尾行されている様子はなかった。海部半兵衛の家を訪れた。古いしもた家である。声をかけると手下の丹次が姿を見せた。

なに！　という声が奥でして、半兵衛が顔をのぞかせた。

「浮田、どこへ行っていた。仕事があって探していた」

海部半兵衛のいう仕事は人斬りである。

「人には事情があるものだ」

「やってくれると助かるのだが」

「旦那、おねげえしますよ」

丹次が言った。半兵衛は命の恩人でもある。丹次には先日、おのれの仕事を手伝ってもらった。断わるわけにはいかない。

「引き受けよう」

「決まった」

と丹次は、腰を上げて、家を走り出ていった。半兵衛は盃をさし出し、銚子《ちようし》を手に酌をした。孫十郎は、酒を胃の腑《ふ》に流し込む。ここしばらくは酒を口にしなかった。胃がかーっと熱くなった。

半兵衛は、箱火鉢のむこうに坐っていた。肩に縕袍《どてら》を掛けている。体の調子がよくないらしい。風邪気味だと言った。半兵衛はすでに四十を過ぎている。寒さがこたえるのだろう。

「浮田の旦那！」

この海部半兵衛の背後には元締めがいると聞いているが、孫十郎は、その元締めには会ったことがなかった。半兵衛が仕事を受ける。その仕事の段取りを丹次らがつけ、孫十郎が斬るのだ。もちろん、誰を何のために斬るのかは、知らない。何も聞かないで殺すのが、人斬り稼業である。

火鉢には猫板があり、猫板の下は銅壺《どうこ》になっている。銅壺の中には湯が沸き、そこには酒の入った銚子が入っている。猫板の上にも銚子が乗っていた。

孫十郎は、手酌で酒を注いだ。

「浮田、この稼業も、四十までだな、人の恨みが骨にまで浸みてきたようだ」

「半兵衛さん。あんたが弱音を吐いちゃいけないな」

話しているうちに、丹次が走ってもどってきた。

「旦那、おねげえします」

当たりがついたらしい。孫十郎は銚子に口をつけて呑み干すと、腰をあげた。冷える夜道を歩く。丹次が足を止めたのは、堀端の小さな料理屋の前だった。斬る相手は、この料理屋にいるようだ。

「腕は立つのか」

「町奉行所も手を出せねえ寺侍で」

寺侍と聞いて、孫十郎は妻伊志と駈落ちした友谷俊之介を思い出していた。これも寺侍だった。

「旦那、出てきやしたぜ」

料理屋から女に送られて、一人の侍が出てきた。四十すぎとみえた。

「丹次、先に帰っていろ」

丹次は小走りに去っていく。孫十郎はいまきた道を少しもどって、寺侍のほうへ歩き出した。向こうも歩いてくる。やがてはすれ違うことになる。

すれ違う寸前、孫十郎は殺気を放った。

「うっ!」

と侍が体を竦《すく》ませたとき、孫十郎はそばをすり抜けて走っていた。

「わっ!」

と叫んだ首すじから、音をたてて血が噴出した。

五

一カ月が経った。

その間、孫十郎は立花無学の家に寄宿させてもらっていた。無学の家は広くて部屋数も多い。かれ一人が一部屋を使っても、どうってことはない。無学はむしろ、そのことをよろこんだ。

無学の所には、さまざまな女がやってくる。男を悦ばせ、楽しませるため、壺を仕込まれにやってくるのだ。芸者、茶屋女、囲い女、岡場所《おかばしょ》の女までやってくる。また、肌淋《さび》しい後家、亭主に相手にしてもらえない商家の内儀、そして娘たちまでも訪れる。

もちろん、おのれの壺を仕込むためだけではなく、技を覚えるために、そして、無学に体をいじられるのをたのしみに来る女も多いのだ。こういう女たちを見ていると、女とは淫らな生きものだ、という気がしてくる。

孫十郎も、無学に頼まれて、何人かの女を抱いた。男に抱かれたくても、男を得られない女も多いのだ。

熟れた体の商家の内儀などは、おのれの体をもて余し、疼かせている。だからといって得体の知れない男に引っかかっては、旦那の商売にも影響してくる。それでひとり悶々として、無学の所へやってくる。

「孫十郎、また一人たのまれてくれぬか」

と無学が声をかけたのは、十八歳になる商家の娘だった。お咲という、色白の肉付きのいい、わりに大柄の娘で、器量も十人並み以上だ。この娘とは、料理茶屋で会った。もちろん費用はすべて相手もちである。

無学の話によると、このお咲は喘息《ぜんそく》持ちだということだった。どういうわけかは知らないが、喘息持ちの女は、淫情が強い。その淫情を適当に処理しないと、発作が起こるという。それで親は、諦めて娘のしたいようにさせ、お咲を、無学のところにたのみにきたのだという。

お咲は、乳母に連れられて、料理茶屋にやって来た。乳母が孫十郎の前に両手をつき、

「よろしくお願いします」

と挨拶《あいさつ》して出ていった。

お咲は、目もとに媚《こ》びを浮かべて笑う。とても病人とは思えない明るい顔だ。笑うと白い歯がこぼれ、可憐《かれん》ですらある。

酒肴は運ばれていた。料理茶屋だから、うまいものが出る。さまざまな刺身が大きな皿に盛られていた。

「わたし、ずっと前から、浮田さんのこと知ってたんです。だから、先生にお願いして」

孫十郎は頷いて笑った。この夏から起こった香木騒動は終わった、と考えていた。どちらにしろ、蘭奢待はかれの手から離れてしまったのだ。もう関わりたくない、と思った。これでもとの暮らしにもどれると考えていた。たとえ何十万両の価値があろうと、孫十郎には無縁のもの。香木が誰の手に渡ろうと、どうでもよかった。

「浮田さん、早くきてね」

とお咲は言って、隣室に消えた。そこには夜具の用意ができているのだ。しばらくして隣室から、お咲が呼んだ。

立って襖を開けると、紅い長襦袢姿でお咲が布団に仰臥していた。部屋は適温にあためられている。行燈《あんどん》が枕《まくら》もとと、足もとに二つ、灯りをつけて置かれていた。

孫十郎は着物を脱ぎ、下帯一つになって、お咲のそばに横たわり、衿元を拡げた。そこにはみごとな乳房があった。

雪をあざむく、というが、まさに雪のような白さだ。その頂きに小さな乳首がのっていた。乳首をのせている乳暈《にゅううん》と乳房には段差がある。乳暈が淡紅色に輝いて見えた。小さな乳首は、はじめからとがっていた。

乳房を揉みしだき、はざまに手をすべり込ませる。はざまの黒い茂りはどうやら生え揃《そろ》っている。黒々とはしているが、ふしぎなことに、その毛には縮みがなかった。直毛である。

はざまは快く膨らみ、切れ込みは乱れがなく、一本の糸のようである。つきたての餅《もち》を絹糸で切れば、このようになるのではないか、と思えるような切れ込みだった。その切れ込みに指を埋める。切れ込みがゆがんだ。

切れ込みの中に熱さを覚えた。露も充分ににじみ出ている。だが、その露にはぬめりがなかった。さらさらとしている。

孫十郎は、お咲の肉付きのいい脚を膝で折り立たせ、開いておき、その空間に体を割り込ませ、膨らんだはざまの左右を指で押した。すると切れ込みがめくれ、そこに淡紅色の、桜色にも似た襞があらわになった。

そのとき、孫十郎は、わずかに眉をひそめた。死んだ鬼木一刀司を思い出したのだ。鬼木のそばの畳に書かれた血文字〝かもい〟とは？　そのことだけが気にかかっていた。気にしなければ、それで済むことだったのかもしれないが、鬼木がこと切れる寸前に、かれに知らせたくて残した文字だろう。

かもいは〝賀茂井〟あるいは〝鴨井〟などの字を当てられる。人の名前なのか、住まいの鴨居ならばさぐってみた。何もなかった。

「浮田さま」

お咲が濡れた声をあげて豊かな腰をくねらせた。かれの二指は壺の中に埋まっていた。体のわりには壺の中は狭かった。筒状になっていて、その奥が広くなっているようだ。

他の女のものとは違っていた。

壺口から二寸ほどが筒になっていて、その奥は弾力があって、自由に拡がるようにできているようだ。

孫十郎は、このような壺ははじめてだった。お咲はおのれの手で、二つの乳房を揉みながら喘いでいる。

「早く、ひとつになりたい」

と細くて可愛い声をあげた。

孫十郎は、体を起こし、おのれをその壺に埋めた。筒状の部分は、軋《きし》むように男を受け入れていた。

まるで、掌に握られているような圧迫感を、かれは覚えていた。

根元までつくすと、かれは出し入れする代わりに、押しつけて、腰を左右に振った。

「あ、あっ、いいっ」

お咲が声をあげて、両腕をからませてくる。それと同時に、孫十郎はおのれが締めつけられるのを覚えた。筒が収縮しているのだ。出し入れしようとすれば、おのれがもぎとられるようだ。たとえもぎとられなくても、無理に抽送すれば、たちまち、放出してしまうことになるだろう。三十男が、十八娘に、それでは情けない。

洩らさないために、かれは押しつけたまま腰を回した。

お咲が声をあげて、身を揉んだ。そして、

「わたし、気がいったみたい」

と、とぎれとぎれの声で言った。まだ深い歓びは知らない体のようだ。

「浮田さんは、まだ？」

お咲は、澄んで潤んだ目で、かれの目を覗き込んだ。

かもい——

鴨居がもう一カ所あった。鬼木一刀司の住まいである。香木を再び手にして、再び騒ぎに巻き込まれたくはなかった。千両箱が三十数個並べられている光景を思い描いてみた。蘭奢待はそれだけの価値があるものという。だが千両箱ではないのだ。孫十郎は、鴨居をもう一度探してみるつもりでいた。

五章　土蜘蛛一族

一

浮田孫十郎は、鬼木一刀司が住んでいた長屋に足を向けた。そこに蘭奢待《らんじゃたい》の香木があろうとは思っていない。だが、確かめてみないことには落ち着かなかった。

鬼木には地下牢《ろう》から救い出された。恩人でもある。その鬼木が死にぎわに書き残したと思える血文字〝かもい〟には意味があるはず。それが人名ならば、その者を探し出さなければならない。

長屋に着いた。鬼木が住んでいた所には、すでに人が入っていた。しょい呉服屋夫婦だと聞いた。しょいは背負いで、行商人である。案内を乞《こ》うと、呉服屋の妻とみえる女が顔を出した。三十にはまだ間があるとみえる小ぎれいな女である。

わけを話すと、女は気軽に承知した。ついでに踏台まで運んでくれた。香木などなければ、と思い鴨居《かもい》の上を覗《のぞ》いた。そこに二つに割られた鞘《さや》が並べて置いてあった。

孫十郎は、唸《うな》りに似た声を洩《も》らしていた。

「どうかなさいましたか」

「いや、忘れものがあった」

「割れた鞘など、でも、ようございました」

女は笑った。改めて女を見た。色白で細面の美しい貌《かお》である。行商人の女房にしてはもったいない。だが、孫十郎にとって、いまはそれどころではなかった。

また蘭奢待が手にもどった。ということはまた狙《ねら》われ、人を斬《き》ることになる。迷惑千万だ、といって投げ捨てるわけにもいかない。

途中で凧《たこ》糸を買って、割れた鞘を合わせ、糸をぐるぐるに巻きつける。巻き終えると、痣丸の鞘と換え、不用になった鞘を堀に投げ捨てた。

胸中に怒りが煮えていた。

陽が落ちて、あたりには薄闇《やみ》が拡がりつつあった。

「浮田孫十郎！」

背後から、突然、声がかかった。

「振り向くな、そのまま聞け」

孫十郎は、刀に手をかけ、鯉口《こいぐち》を切って、背後に気を配った。だが、奇怪なことに、人の気配がないのだ。生きているものなら呼吸する。呼吸すれば、かれの気に触れてこなければならない。

しかも、くぐもったような声は、地の底から湧《わ》くようだ。まやかしの術か。

「孫十郎、おまえの妻伊志は生きている」

「なぜ、伊志のことを知っている」

「丹沢の、八谷村にいけ」

「そこに、伊志がいるというのか」

「そうだ、十二年前から」

「なんと？」

「振り向くな、伊志どのは、いまは八人の子をなされている。美しくなられた」

「たわけたことを」

「まことだ。八谷村にいけ、伊志どのが会いたがっておられる」

孫十郎の脳が混乱していた。声はとぎれていた。振り向いたが、視界に人の姿はなかった。

かれは眉《まゆ》をひそめた。蘭奢待を手にしたとたん、また怪事が起こった。この夏、知らずに蘭奢待を手にしたとき、加代という武家妻が、痣丸《あざまる》ではざまを貫いて奇怪な死をとげた。

また、何かが起ころうとしている。

「伊志が八人の子を生んで、十二年前から、丹沢の村にいると?」

そのまま信じられることではない。伊志は十二年前、寺侍の友谷俊之介と駈落《かけお》ちした。それを追って孫十郎は、川越藩を出たのだ。十二年間、全く伊志の消息は聞かなかった。それがいま、はじめて聞かされた。

翌日――

浮田孫十郎は、立花無学に別れを告げて旅立った。生きてもどれるかはわからない。無学は、必ずもどって来い、と門まで見送ってくれた。

佩刀《はいとう》は白研ぎにしてあるものを買い求めていた。何者かはわからぬが、人を斬ることになる旅である。

渋谷村を経て、大山道をとる。大山信仰のため、江戸の者たちも大山詣《まい》りをする。そのための道があった。丹沢山塊は大山のかなたにある。

縞《しま》の袷《あわせ》を着流して、雨具の代わりに編笠《あみがさ》を手にした。痣丸の鞘は糸巻きにして、糊《のり》で固めた。

渋谷村を過ぎたあたりで、背後を何者かが、うろつきはじめた。楽な旅でないことは覚悟していた。

空には厚い雲が張りめぐらされている。降るとすれば雪だろう。

孫十郎は、伊志のことに思いを馳《は》せていた。伊志と過ごしたのは二年足らずであった。その伊志が寺侍と駈落ちした。そして十二年、未練があるわけではない。なのに会いに行こうとする。

鬼木一刀司は、十二年前に奇怪な一団に妻を拐《さら》われたと言っていた。そして、藤原《ふじわら》の鎌《かま》と称する男の一団を見て、妻を拐ったのは、あやつらだ、と叫んだ。

藤原の鎌の一族は丹沢に棲《す》んでいると聞いた。伊志も、駈落ちしたのではなく、鬼木の妻と同じように、鎌の一族に拐われたのではないか、という思いがある。

これまでに、藤原の鎌に何度か助けられた。かれらは味方であると思っていた。だが、孫十郎のまことの敵は、この鎌の一族かもしれない、という思いもある。それらすべては、八谷村に行ってみれば、わかることだ。

孫十郎が、ふと振り返ると、ちらりと駕籠《かご》がやってくるのが視界に入っていた。かれが歩く歩調よりも駕籠が早い。次第に孫十郎の背後に近づいてくる。その駕籠には四人の男がついていた。町人のみなりだ。

駕籠が孫十郎と並んだ。

「浮田さま」

女の声がかかって足を止めた。垂れが上がって、女の白い顔が出た。その女は、武蔵屋仁左衛門の娘佐登だった。孫十郎は、武蔵屋の寮で、佐登を凌辱《りょうじょく》している。四人の男は武蔵屋の手の者だった。

だが、殺気はない。孫十郎を襲う気ではないらしい。かれが歩きはじめると、それについて、駕籠も動き出した。

二

大山は雨降《あぶり》山ともいう。農民のための神だが、江戸の人たちも、大勢揃《そろ》って大山に登った。もっとも大山詣りが多いのは夏期である。

大山道といっても、道幅は大八車が通れるほどで、道の左右は、田園か草むらである。宿場がないから旅籠《はたご》もない。

だが道すじには茶屋が何軒かあった。この道は裏甲州道ともいわれていた。冬でも旅人の往来はかなりある。

孫十郎は、茶屋の床几《しょうぎ》に腰を降ろした。老いた夫婦が茶屋をやっている。孫十郎は銭を払って、この茶屋に泊めてもらうことにした。店を閉めたあと、老夫婦は近くにある住まいに帰っていく。出店であるわけだ。

奥には四畳半ほどの広さがある板の間があった。そこには囲炉裏が切ってあり、炭火が入っていた。

老夫婦は、店を閉めて帰っていった。残ったのは孫十郎と佐登、それに供の男四人と駕籠屋の二人である。

佐登は旅姿である。何のためにかれを追って来たのか。孫十郎は囲炉裏の前に坐《すわ》ると、佐登は、かれのそばに坐った。男たちは外にいた。何かを見張っているようだ。

「おれに用か」

佐登は、無垢《むく》の体を孫十郎に穢《けが》されている。恨みがあるはずだ。だが、佐登の目には、それが感じられなかった。

「お話があります」

「聞こう」

「八谷村にいくのは、危険です」

「そなたは、おれの身を心配してくれるのか」

佐登は、立花無学を訪れて、孫十郎の行く先を知ったのだという。

「八谷村に何者が棲むか、知っているのですか」

「知らん、そなたが知っているというのか」

「はい、土蜘蛛《つちぐも》一族が棲んでおります。千人ばかりも」

「土蜘蛛一族と?」

恐ろしげな名である。佐登の話によると、洞穴に棲む一族なので、むかしから土蜘蛛といわれてきたという。

するると、藤原の鎌と称する男は、土蜘蛛一族ということか。

「土蜘蛛の、その祖は、源の将門《まさかど》でございます」

「源の？　将門は平家ではないのか」

「平氏ではありません、源氏の流れです」

源氏はその文字の通りミナモトである。つまり古い昔からの土着民で、平家は海を渡って来た者たち。

「くわしいな、誰《だれ》に聞いた」

「父です。父はもと土蜘蛛の出なのです」

「なに？」

「父が、江戸で屈指の商人になれたのも、土蜘蛛の財宝があったからです」

初耳だった。意外な話である。すると土蜘蛛と武蔵屋は、裏で繫《つな》がっていたことになる。孫十郎の脳はこんがらがってきた。

「平の、ではなく源の将門の財宝なのか」

「はい」

「父のような土蜘蛛から出た商人は、他に江戸に三人、大坂に五人いるとのこと。父は、毎日、物資を八谷村に送り届けております」

孫十郎は唸った。奇怪な話である。佐登がかれににじり寄ってきた。

「なぜ、そのことをおれに語る？」

佐登は黙した。

油皿には灯りがつけられている。炎がゆらめいて、佐登の白いうなじを浮き彫りにしている。二カ月前までは佐登は生娘であった。それがいまは、女になっている。女の色香をにじませ、孫十郎を求めていた。

「浮田さまは、わたしが止めても八谷村においきになります。そして、再び江戸にはおもどりになりません」

佐登は孫十郎のあぐらをかいた腿《もも》に手を置いていた。

「おれを恨んではいないのか」

佐登は首を振った。

「だから、いま一度、浮田さまのお情けを」

そのために、供の者たちは外へ出しておいたのだ。

孫十郎は、佐登の肩を抱き寄せた。細い肩である。肉が薄い。

「すると、武蔵屋の手の者も土蜘蛛か」

「いいえ、かれらは江戸の者たちで、父が土蜘蛛であることを知っている者は他にはおりません」

孫十郎は、佐登の衿《えり》を拡げ、そこから手を入れて乳房を摑《つか》んだ。小さいが熱い乳房である。円錐《えんすい》状にとがっていて、乳暈《にゅううん》だけがぷっくり膨れていた。佐登が熱い息を吐いて、すがりついてくる。

円錐状ではあるが、乳房は柔らかかった。肌が汗ばんだようにぬめっている。しっとりとしたなめらかな肌だ。

二カ月前は、この体を凌辱した。だが、いまは情を交わそうとしている。これも痣丸の魔力なのか。

「お慕いしておりました」

なぜにおれのような男を、と思ったが、それは口にしなかった。女ははじめての男を慕うものだという。それなのだろう。

孫十郎は、武蔵屋は川越藩とつながっているものと思っていた。藤原の鎌の仲間だったとは。

「藤原の鎌という男を知っているか」

佐登は首を振った。

「父が土蜘蛛の出と知っているのは、八谷村でも一部の人だと聞きました」

鎌は、武蔵屋をおのれの仲間だと知っているのかもしれない。

乳房を揉《も》んだ。乳暈を爪《つめ》で軽く搔《か》いた。しがみついた佐登の腕に力が入る。佐登の片手が、ためらいがちに、かれの股間《こかん》にのびてきた。そして下帯の上から、一物《いちもつ》を撫《な》で回すのだ。

孫十郎は佐登の体を膝《ひざ》の上に抱き上げた。そして細腰を抱き寄せ、乳房に唇を押しつけた。左乳房だけがあらわになっている。蠟《ろう》細工のように白くなめらかだ。高さは充分にあるが膨らみが足りない。

乳暈の上に埋まったようにある乳首は小さく捉《とら》えようがない。それで乳暈をくわえて、舌を這《は》わせる。そして片手で着物の前をはねた。ぴたりと合わさった白い腿があった。

その腿を撫で回す。

いま孫十郎は淫情《いんじょう》が湧き立っていた。佐登をいとしい、と思った。女も十七、八になれば娘盛りである。ほとんどが十六、七で嫁にゆく。嫁にゆけるほどに体が発育しているのだ。その点、佐登は育ちが遅かったのだろう。

「あ、あっ、孫十郎さま」

佐登は声をあげて、かれの膝の上で尻《しり》をひねった。腿の間に手をねじ込もうとすると、股《また》が開いた。まさに蠟細工だった。囲炉裏の炭火で、融けてしまいそうだった。

内腿のなめらかさをたのしみながら、はざまにたどりつく。はざまの肉も薄い。薄い切れ込みを開くと、そこは潤んでいた。二カ月前の手ざわりを思い出していた。潤みはさらさらとして粘りがなかった。だが、いまはいくらか粘りを増している。

切れ込みを指先でなぞると、佐登はか細い声をあげて体を震わせた。

「あ、あっ、孫十郎さま」

佐登が声をあげて身を揉む。抱き締めれば折れてしまいそうな体だが、痣丸の魔力によってか、歓びは知っている。

身を揉むごとに、はざまには熱い露が湧き出してくる。いまは孫十郎の指が、深みに投入されていた。指を交叉《こうさ》させるには窮屈なほど、そこは狭くなっている。その襞《ひだ》の多い筒が、しきりに指を締めつけていた。締めつけながら、奥へ奥へと誘い込もうとしている。

二カ月前、佐登を凌辱したときには、千恵の復讐《ふくしゅう》であった。いまは、この細い体に愛《いと》しさを覚えるのだ。祝言をあげたころの伊志の体に似ていた。といって佐登と伊志を重ね合わせているわけではなかった。

八谷村に棲んで、八人の子をなしたという伊志を忘れてはいない。だが、それは愛しさではなかった。十二年の間に伊志の記憶は風化している。ただ、かれが伊志に会おうと思うのは、梟《けり》をつけたいからだった。

だから八谷村におもむくのに、猛り立つものがなかったのだ。胸騒ぐものもなかった。いまは、おのれの腕に抱いている佐登のほうが愛しい。

内腿を炭火に焙《あぶ》られて、かすかに震えている。白い内腿がいかにも美しい。そこに歯をたてて、おのれの歯型を刻みたいと思った。

佐登は尻をにじらせて、かれの膝から降りると、孫十郎の股間に手をのばす。だが、それを引っぱり出すのに羞恥《しゅうち》がある。

孫十郎は、そこに怒張するものを、下帯をゆるめて掴み出した。それは屹立《きつりつ》している。

佐登はしばらくそれを眺めていて、手をのばし、こわごわと触れてきた。

屹立するものを握って、

「熱い」

と低い声をあげた。情を燃え上がらせるとき、男も女も熱くなる。しばらくそれに指を這わせておいて、股間に顔を埋めてきた。突端に唇を触れてくる。

こうして、おのれの意思で、男のものを手にするのははじめてだろう。唇を触れても、それを口にくわえようとはしなかった。

「どうすれば、孫十郎さまは、よいのですか」

ためらいがちの声だった。佐登は悦びを知った。だから、男がどうすればたのしむかを知りたいのだ。

「それをくわえて、飴玉《あめだま》をしゃぶるようにする」

佐登は頷《うなず》いて、その突端の丸い部分をくわえた。そして、音をたててしゃぶる。

「舌をからみつかせるのだ」

薄い舌が、しきりにからみついてくる。孫十郎は、手でかの女の後頭部を押した。とたんに怒張したものが呑《の》み込まれた。

「うぐ」

とくぐもった声をあげて佐登は、あわてて口を放した。

「のどが、ふさがります」

「深く呑み込み、浅くくわえる。これをくり返す」

素直に頷いて、再びくわえた。そして、首をゆっくりと上下させはじめた。もの覚えはいいようだ。一度言えばそれをわかってくれる。

「このようにすれば、気持ちいいのですか」

「その通りだ。ときにはしゃぶったり、舌をからめたりする」

佐登は言われた通りにする。その素直さもいとしかった。止めさせないと、いつまでもそうやっていた。もっとも、深く呑み込んで咽《のど》に突端を擦《こす》りつけたり、首を左右に振ったりもする。

「それくらいでよい」

佐登は顔をあげ、孫十郎を見た。その目は煌《ひか》り輝き、濡《ぬ》れているように見えた。

孫十郎は佐登の両脇《わき》の下に手を当てるとかかえ上げて、おのれの膝に跨《また》がらせた。

「どうするのですか」

頬《ほお》を染めている。美しかった。そのまま腰を降ろさせる。自然にはざまは割れることになる。おのれを手で支えて、いまは熱い沼になっている深みの口に突端を当てた。すると佐登の腰が沈み、それを根元まで呑み込んだ。

「あ、あっ、恥ずかしい」

と佐登は孫十郎の胸に顔を埋めてくる。かれがいきむと、佐登は、はっ、となって顔をあげた。

「体の中で動きました」

二度、三度といきんでやると、佐登は声をあげ、両腕を男の体に回してしがみつく。この女には、何もかもが新鮮なのだ。

かれは、着物の前から手をくぐらせて、小さな尻を抱き寄せた。やや冷たくて磁器のようにすべすべした尻である。

「ひとつ、聞きたい」

「はい」

「蘭奢待を知っているか」

佐登は頷いた。

「でも、あれは蘭奢待ではなく、黄熟香という香木だそうです」

「やはり、源の将門の財宝の一つか」

「そうだと聞きました」

「その黄熟香を、川越藩が狙っている」

「北条の政という八谷村の男が、黄熟香の一片を持ち出して、川越藩の誰ぞに売ったと聞きました。川越藩では、それを失いました。父は、それをとりもどして、川越藩に渡して恩を売るつもりでございました」

「そういうことか」

北条の政とは、武蔵屋の地下牢に棲んでいる老人である。

「黄熟香の一片というたな」

「はい。父がそう申しておりました。黄熟香の原木があるのだそうです」

「原木か」

この黄熟香の一片で何十人もの人が死んでいる。黄熟香があちこちに出回っては価値がなくなる。東大寺にしかない香木とされているために、大御所家康さえ手に入れられなかった香木ということで、何十万両もの値がついている。だが、東大寺以外に黄熟香の原木があるとすれば、値はたちまち下がる。

北条の政は、黄熟香の一片を五十両ほどで川越藩の重臣に売りつけた。それを藩では、蘭奢待として、将軍家に献上しようとしている。

佐登が尻を蠢《うごめ》かせた。せつなくなってきたのだ。

「孫十郎さま……」

細い声をあげて、しきりに腰をひねる。このままでは気をやることができないのだ。孫十郎は、そのまま体を前に倒して、女の背中を床板に押しつけた。まともである。そこで腰をひねった。

「あっ、あっ」

と佐登は声をあげ、全身をこきざみに震わせた。孫十郎がゆったりと腰を浮き沈みさせる。

「もっと、早く」

と佐登が叫んだ。

浮き沈みを次第に早くしていくと、かの女は、体を震わせ、高い声をあげて、次の瞬間、体を硬直させた。気をやったのだ。やがて、芯《しん》が抜けたように、柔らかくなった。

「孫十郎さま、いかないで」

としがみついてくる。繋がった部分を擦りつけるようにして身を揉《も》む。恋い慕う女としては、男を八谷村にやりたくないのだ。村に入ったが最後だと聞いているのだろう。

三

孫十郎は、はっ、と頭をもたげ、あたりの気配をうかがった。周りを包む空気に棘《とげ》があった。

茶屋の外で唸り声がした、と思った。孫十郎が体をのけようとすると、

「いやでございます」

と佐登がしがみついてくる。

「お情けを……」

「待て、何かおかしい、どうやら囲まれたようだ」

むりに体をのけた。

「いや」

佐登が哀しげな声をあげた。おのれの体から男が去っていくのが哀しかったのだろう。

孫十郎は、立って帯を締め直すと、両刀を差した。そして、灯りを吹き消した。

「そこを動くな、よいな」

かれは土間に降りて、草履をはいた。そして、裏口の戸を開けた。その近くに四人の手代と駕籠かき二人が這っていた。忍び寄って刺したものだろう。

三間《げん》ほど離れて、月の光の中に三人の武士が立っていた。襷《たすき》をかけ、袴《はかま》のもも立ちをとった武士である。三人だけではなさそうだ。表には四、五人いるようだ。

孫十郎を討つために来たのであれば、それなりに使い手だろう。川越藩としても、江戸ではない。

これだけの人数をくり出したところを見れば、孫十郎が黄熟香を再び手に入れたことを知ったのだろう。

敵を茶屋の中に入れては佐登が傷つく。孫十郎は、戸を後ろ手に閉めて、刀を抜いた。おのれの一物に甘い疼《うず》きを覚えた。

刀刃を腰だめにして、駈けた。正面の敵が一歩、二歩と退った。それにかまわず、刀刃を叩《たた》きつけた。

「ギャッ！」

と叫んだ。その叫びを聞きつけて、表の人数が駈けつけた。そのときには残る二人も斬り捨てていた。

無玄流は、剣を抜いたときには、走り回るのが身上だ。構えを気にしていては、敵に背後へ回られる。走り回るのは、囲まれないためでもある。

斬り込んで来た武士の一閃《いっせん》を躱《かわ》しておいて、両手首を斬り落とした。その返す刀で、もう一人の胴を薙《な》いだ。剣はどの流派でも、刀の重さを利用し、その反動で斬るものである。

刀を前に突き出して歩いた。正面の敵は、けんめいに退く。だが退く早さと、前に出る迅さとは比べものにならない。
二、三歩走って斬り下げた。血飛沫《ちしぶき》を避けるために跳んだ。返り血を浴びては動きが鈍る。それを避けるのも術のうちである。六人を斬っていた。残る二人は背を向けて逃げ出していた。孫十郎は追わなかった。
八人のうち六人を斬り捨てた。その間、孫十郎は、一言も声を出さなかった。人を斬るのに気合いを掛けなければならないのは、それだけ未熟な証拠である。気合いはおのれの胸のうちにある。

声を発すれば、気が洩れる。斬るときには黙って斬るにこしたことはない。孫十郎は、おのれの刀を鞘ごと捨てた。白研ぎにしても六人も斬れば使いものにならない。倒れた六人の持ち物の中から、適当な刀を選って、それを腰に差した。そしてもう一振りを肩にかついだ。

これから八谷村に着くまでに、何人を斬らねばならないかわからない。

孫十郎は、渋谷村まで佐登を連れてもどり、土地の百姓に金を与え、武蔵屋まで連れていってくれるよう頼んで、道を引き返した。

「必ず、帰って」

叫んだ佐登の声が、耳の底に残っていた。農家の納屋《なや》にもぐり込んで、しばらく眠った。多摩川は舟渡しである。渡し舟は朝にならないと動かない。また、それほど急ぐ旅でもなかったのだ。

茶店の中で、精を洩らさなかったおのれを笑った。ゆっくり洩らしてからでも遅くはなかった。おそらく連中は、茶店の中には斬り込めなかった。

翌朝、舟渡し場に着いた。渡し場には茶屋があった。その茶屋に、舟待ちの者が何人かいた。

孫十郎はうどんを掻き込んだ。この茶屋には酒をおいてある。うどんで暖まったところで酒をたのんだ。しらふで歩くには寒すぎる。

かれの背後に、鳥追いとみえる女が坐って茶を飲んでいた。三味線をかかえ、折り笠をかむっている。その女が気になった。どこかで会った女のような気がしたのだ。

もちろん顔は見ていない。孫十郎にはその者の姿で、なんとなくわかる。かれは茶碗《ちゃわん》に酒を注いで振り向いた。

「一杯呑まぬか、この寒さには酒がいい」

「いただきます」

女はあっさり茶碗を手にした。酒を呑む顎《あご》と咽が白い。孫十郎は、あ、と思った。女は笑ってかれを見ていた。

その女は、鬼木一刀司が住んでいた長屋の住まいにいた、しょい呉服屋の女房だった。その目には媚《こ》びを含んでいた。

考えるまでもなかった。この女も土蜘蛛の一味なのだ。呉服屋の女房が鳥追い女になるわけはないのだ。とすると、痣丸の鞘をこの女が守っていたことになる。いや、もう少し考えなければならない。

鬼木を殺したのも、この女の仲間だ。殺しておいて、鬼木の流した血で「かもい」と畳に書いた。そして二つに割った鞘を、鬼木の住まいに運んだのだ。孫十郎が必ず探しに来ることを予想して。

「そなたの名を聞いておこうか」

「津恵《つえ》と覚えておいて下さいまし」

孫十郎は、この夏に、藤原の鎌に頼まれて津由《つゆ》という女を抱き、そして孕《はら》ませた。その津由を思い出していた。

二十七、八か、肉置《ししお》きのいい体をしている。藤原の鎌は、丹沢に来ないかと誘い、その気になったときは案内をつけると言った。すると、この津恵が案内役ということか。

「八谷村へ行かれるのか」

津恵は、笑って答えなかった。

渡し舟が着いた。舟に乗り込む。津恵のそばに坐った。

「津由は元気かな、腹も膨らんでいよう」

声をかけても応えない。連れになる気はないものとみえた。ただ案内するだけか。

境川に架かる二国橋を渡ると相模国である。境川が、武州と相州を分けていた。橋を渡ったところに、前髪立ちの少年が立って、孫十郎を睨《にら》んでいた。

女のように美しい少年である。その少年の体から殺気がほとばしっていた。その殺気は孫十郎に向けられているのだ。

あたりに、津恵の姿はなかった。空は晴れていたが、風は凍てついている。少年が、刀を抜いて叫んだ。

「父、設楽《しだら》源左衛門が仇《かたき》、覚悟！」

叫んでおいて、刀をまっすぐに構え突いてくる。その鋒《きつさき》には鋭さがあった。孫十郎は軽く体をひねって躱した。

踏みとどまって振り向いた少年は、

「土谷安兵衛、尋常に勝負！」

叫んだ。孫十郎が、土谷安兵衛なる者に似ていたとみえる。

土地の百姓数人が、遠目に二人を見ていた。

「待て、人違いだ」

「源左衛門が一子、設楽小太郎」

少年は最後に名乗った。突いては躱され、振り向いては突いてくる。孫十郎は、その刀を叩き落とそうとはしなかった。走り回って息がきれたのか、少年は、その場に坐り込んでしまった。

その少年に、孫十郎は顔を突き出してみせた。

「おれの顔をよく見ろ、土谷安兵衛か」

少年は肩で息をしていた。見れば見るほど美しい。女でもこれほどに整った顔立ちは少ない。

孫十郎が、背を向けて歩き出すと、

「お待ち下され」

と少年が声をかけた。まだ声変わりもしていないと見え、甲高い女のような声である。

少年は小走りに来ると、孫十郎の前に膝をつき手をついた。

「お願いがあります。貴殿の技倆《ぎりょう》は、いま拝見いたしました。仇討ちの助太刀、お願いします」

「すると、おれを試したのか」

「申しわけございません」

「父の仇、土谷安兵衛は、この先の久所《ぐぞ》宿に住まいおります。どうぞ助太刀を」

久所は、相模川の渡し場である。大山詣《まい》りの人たちのために、いつのころからか、久所に宿場ができた。雨が降って相模川が増水すれば舟止めになる。

そのために、三軒の旅籠があり、飯盛女たちが春をひさぐのだ。

孫十郎は歩き出した。小太郎は後からついてくる。かれには衆道《しゅどう》趣味はない。だが、この小太郎ならば抱いてみたいと思う。それほどに美しかった。

陽は落ちかかっている。孫十郎は川を渡るつもりはなかった。宿場には居酒屋が並んでいた。その居酒屋ののれんを分けた。飯を掻き込み、そして酒を頼んだ。

小太郎は、向かいに坐って、じっと孫十郎を見ている。女に見られているようで面はゆい。居酒屋にも酌女がいた。この酌女たちも相手によっては夜伽《よとぎ》をする。その酌女にもう一つ盃を運ばせた。小太郎と比べてみると、酌女が醜悪に見える。

「小太郎とかいうたな、おまえも呑め」

「はい」

二杯、三杯と盃を重ねると、小太郎の頬が桜色に染まってくる。

「助太刀のこと」

「わかった」

「有難き幸せ」

小太郎がはじめて笑った。白い歯がのぞいた。輝くような美しさが奇怪でもあった。

設楽《しだら》小太郎にせかされて、孫十郎は、宿場外れまで歩いた。稲を刈り取られた田園のそばに、小さな小舎があった。土谷安兵衛とかいう浪人は、その小舎に住んでいるものとみえた。

その小舎に向かって、小太郎が叫んだ。

「土谷安兵衛、出て来て設楽小太郎に討たれよ」

その声に応じて、尾羽打ち枯らしたという言葉がぴったりする浪人がのそりと現われた。痩《や》せ衰えている。髪も髭《ひげ》も伸び呆けて、人相もわからないほどだ。

「小太郎、助太刀を連れてきたか、ならば相手になろう」

土谷が刀を抜いた。竹光ではなかった。それを見て、孫十郎は小太郎の前に立った。そして、手に下げていた太刀を抜いた。それを腰だめにした。

「ほう、奇妙な構えよな」

と浪人が言ったとき、孫十郎は二歩を踏み込み、一閃していた。浪人は躱そうとして躱し切れず、肩を裂かれた。

「小太郎、とどめを」

「はい！」

と叫んだ小太郎は、浪人の腹を刺した。

刎《は》ねた首を、宿場に持ち帰り、塩漬けにし、小桶《おけ》に収めた。

孫十郎は小太郎を連れて旅籠に入った。本懐をとげて、さすがにうれしそうである。

かれは湯を浴びた。小太郎は首を守らねば、と言って、孫十郎がもどってきてから、湯に立った。

茶屋で六人の侍を斬って以来、川越藩の影がなかった。どこかで死闘を決するつもりで陣を張っているのか。孫十郎の腰に香木がある事は知っているはずである。この香木が川越藩を救うことになる。藩としては、是が非でも香木が必要なのだ。

すでに、どこかに孫十郎を討ち取る策が備わっているのだろう。

夕餉《ゆうげ》の膳《ぜん》が運ばれて来た、孫十郎の膳には二本の銚子《ちょうし》がついていた。小太郎が頼んだものだ。

小太郎が酌をした。

「おかげさまで、設楽家は再興できます」

「小太郎、そなたは美しいな」

小太郎は、照れたように笑った。

膳が片付けられ、飯盛女が二組の夜具をのべて去った。そのとき、孫十郎は体に痺《しび》れを覚えた。小太郎の顔を見ると笑っている。一服盛られたか。

「浮田孫十郎さま、ご心配いりません、ただの痺れ薬ですから」

「おのれ、川越藩の手の者か」

小太郎は、笑っている。仇討ちは芝居であったのか、わざと浪人を斬らせ、孫十郎を信用させた。

孫十郎は、痺れる手で、痣丸を抜いた。かれの顔に自嘲《じちょう》があった。

「浮田さま、無駄です」

そう言った小太郎の顔から笑いが消えた。痣丸の斑紋《はんもん》のある刀刃に、小太郎の目が吸い寄せられている。

小太郎の手が、おのれの胸を押さえた。浴衣の裾《すそ》が乱れ、白い腿をのぞかせた。孫十郎は痣丸を畳に突き立て、小太郎の様子をうかがった。

「あ、あっ」

小太郎の唇から、妖《あや》しい呻《うめ》きが洩れた。浴衣の衿を開くと、そこに白い晒《さらし》が巻かれ、晒の中で胸の膨らみが見えた。

痺れた体で、孫十郎は笑った。痣丸に反応するからには、男であるわけがなかった。

小太郎は女だったのだ。

小太郎は、孫十郎の股間を細くて白い指で弄《いじ》り回していた。小太郎を歓ばせるための一物は、萎縮《いしゅく》し埋まっていた。足腰が抜けたようになっているのに、それが立ち上がるわけはなかった。

それでも、小太郎は熱心に、男の股倉に挑戦していた。萎《な》えて埋っていたものを引っぱり、それに指を這わせ、あるいは乳首を押しつける。必ず立つと信じているかのように。

ふぐりを手にし揉みほぐし、蟻《あり》の戸渡りに指を這わせ、あるいは押し揉む。その手つきは、いかにも女のものであり優しかった。

そこで異変が起こった。小太郎の思いが通じたかのように、立たぬはずのものが、膨れはじめたのである。

人の執念は通じるものとみえる。小太郎はしきりに、頭を上下させていた。それは紅唇の間に出入りしながら、さらに勃起《ぼっき》していくようだ。

「うれしい」

小太郎は、さもうれしげに言い、怒張したものを手にしていた。しばらくそれを眺めておいて、小太郎は腰を浮かすと、孫十郎の体を跨いでいた。

手に支え持った尖端を、切れ込みに何度か往復させておいて、腰を沈ませた。

「あ、あーっ」

ぬれた声をあげて、小太郎は尻を回した。孫十郎は、おのれのものに甘いうねりを覚えた。しきりに伸縮させているのだ。孫十郎は手をのばして、まず痃丸を鞘に収め、そして両手を小太郎の尻に回した。

孫十郎に跨がった小太郎は、そこでじたばたしていた。苦しげに身悶《みもだ》えている。この姿勢では、気がいかぬものと見えた。

かれの体から、痺れはほとんどとれていた。小太郎に官能を刺激されて、痺れの効力が失せたのかもしれない。

「浮田さま」

小太郎は喘《あえ》ぎながら声をほとばしらせる。孫十郎はかれの帯を解いた。すると前が拡がり白い肌をさらす。乳房が揺れていた。孫十郎は尻を引き寄せて体を起こした。小太郎の両脚をわきに引きつけておいて、前に倒す。これで、まともな形になった。

「あ、あっ、浮田さま、して」

としがみついてきて、体をよじらせる。かれは、美しい体の線を見た。前髪髷《まげ》が、この女の顔に、いまはふさわしくなかった。

底のあたりにうねりがあった。そこが膨れ上がり、男を押し出そうとする。孫十郎が抜き差しすると、膨れ上がったものを先で突くことになる。

「あっ、あーっ」

と、ひときわ高い声をあげた小太郎は、顔をゆがめ、体を震わせた。そして、体を硬直させ、大きな溜息《ためいき》を吐いて、ぐったりと弛緩《しかん》する。気をやったのだ。

四

翌日——

旅籠を出た孫十郎は、久所《ぐぞ》の渡し場から舟に乗った。舟は相模川を渡る。雪がちらついていた。

孫十郎は蓑《みの》を着ていた。雪をよけ、暖をとるにも蓑は適している。対岸についたとき、かれは大山を見た。雨降《あぶり》山大山寺と称す。源頼朝も、この石尊社を篤く信仰し保護したという。峻厳《しゅんげん》な山である。

かれは、田畑の中の道をたどった。しばらくゆくと、どこからか湧いたかのような、白衣の群れを前方に見た。大山参詣《さんけい》の姿である。二十人近くである。

白い木綿の浄衣を着て、腰に鈴をつけ、笠をかぶった男たち、先頭の者は白旗を掲げていた。旗には大願成就、大山講とある。大山講は夏が盛んであるが、冬もないわけではない。

腰の鈴がわずかに聞こえている。孫十郎は、この大山講の人たちのあとを歩く形になった。雪は降り続いている。案内役であるはずの津恵の姿はなかった。

大山へは坂本村から登る。山道にさしかかった。雑木林の中を縫うように歩く。大山講の者たちは、一丁ほど先を歩いていた。

大山の中ほどに前不動があり、そこが阿夫利神社となっている。これから男坂、女坂の二つに分かれていて、頂上に不動尊がある。もちろん頂上に登るわけではない。女坂をいくらか登ったあたりから尾根伝いに丹沢山に入るのだ。

孫十郎は、足を止めた。大山講の者たちの姿が忽然《こつぜん》と消えていた。鈴の音も消えている。雪の降りしきる中で、かれはたたずみ、前後左右に首を回した。深山にひとり立っているのだ。生きものの気配がない。

しばらく歩いて、再び足を止めた。肌に触れる空気に棘を覚えた。かすかだが、殺気がある。前方に気を配った。放った気に、人の伏せる気配が捉えられた。

待ち伏せ！　さきほどの大山講の者たちに違いない。二十人近くが、あたりに潜んでいる。孫十郎を狙うとすれば、川越藩の者たちだろう。

二十人を相手では、勝てまい、と思う。一振りの刀では、せいぜい四、五人を斬ればいいところ。刀が使えなくなれば、抗する術がない。

「ここが死地になるか」

孫十郎は口辺に嗤《わら》いを刷いた。風が死んでいた。ただ、雪が音もなく降り続いている。かれは、刀の鯉口を切って、歩を進めた、敵の気配をうかがいながら。敵もここですべてを決するつもりのようだ。

「おっ！」

と孫十郎は声をあげた。十数本の針が舞うのを見たと思った。それは矢であった。矢がおのれに向かって飛来してくる。

予想しなかった。孫十郎は、狼狽《ろうばい》を覚え、あわてて刀を抜いた。唸りをあげて矢が迫ってくる。刀を抜いて、矢を払い落とす。

左肩に、焼火箸《ひばし》を当てられたような痛みが走った。と思った次の瞬間に、脇腹と、右腿に激痛を覚え、転がった。

這って、杉の巨木の根元にうずくまった。敵は一気に斬り込んでくるはずである。幸い右腕は動く。だが右腿をやられては立って戦うことはできない。

だが、敵は姿を見せない。孫十郎がくたばるのを待つ気のようだ。全身に激痛が走る。腹と腿に突き刺さった矢を折った。引き抜くだけの気力はない。同時に寒さが全身を固くしている。ここまで登って来た疲労もある。寒さに震えながら、孫十郎は眠気を覚えた。

雪は積もりはじめていた。

山の中は静まりかえっている。耳鳴りがするほど静かだ。敵はやはり動かない。三カ所の傷口の痛みに、孫十郎は低く唸った。

一度に十数本の矢が飛来しては、避けようがなかった。二、三本であれば払いのけられもしたが。飛来するものには剣は及ばない。

孫十郎は、丹沢に通じる尾根を見ていた。そこに一つ、二つと黒い影が浮いた。やがてその影が二十ばかりになった。大山講の者たちが白衣を脱いだのだ。孫十郎を討ち取るには、万全の策である。

影は、孫十郎がひそむ場所に、ゆっくりと歩み寄ってくる。かれらには、一藩の浮沈がかかっているのだ。

孫十郎は眠気を覚えて自嘲した。このまま眠ってしまえば、再び目を開くことはない。傷のために身動きもできない。体がだるい。

死ぬために、じたばたすることはない。快く死んでゆければそれでよい。痛みも薄れてきた。このまま眠りに就けば、すべては終わる。

孫十郎は、ゆっくり首を回した。十七、八人の武士に囲まれていた。一人でも斬りたいと思ったが、腕が動かなかった。

武士の一人一人の顔を眺めた。もとは同藩の者たちである。見知った顔もいくつかある。

「浮田孫十郎、立て!」

中の一人が叫ぶように言った。かれは口を動かしたが声にはならない。ただしきりに眠いだけである。

弓矢を卑怯《ひきょう》とはいうまい。剣と同じく弓矢も武芸のうちである。弓矢を予期しなかった孫十郎に隙《すき》があったということになる。

武士たちの間に叫びが起こった。かれらの背後に白装束の者たちの姿を見た。子供のような小さな男たちである。

そこで、孫十郎の意識は混濁した。眠りの中に曳《ひ》きずり込まれたのである。

……………

傷の痛みに目が醒《さ》めた。

暖かいものにくるまれている。すすけた低い天井がまず見えた。

「生きていたのか」

まず呟《つぶや》いたのがその言葉だった。裸に剝《む》かれている。暖かいと思ったのは、左右から裸の女に抱きつかれていたからである。

「孫十郎どの、気がつきましたか」

そう言ったのは津恵であった。

山小舎の中らしい。囲炉裏に榾《ほだ》が、炎をあげて燃えていた。

もう一人の女は見知らない若い女である。肉付きのよい肌を押しつけている。肩と脇腹、それに腿の矢傷のあとは、布で巻いてあった。

傷が疼く。

孫十郎は、津恵の豊かな乳房を摑んだ。暖かく柔らかい乳房である。

「孫十郎どのらしい」

と津恵が笑った。孫十郎は女の体で暖められて蘇生《そせい》したのだろう。それでなければ、あのまま、矢傷と寒さで凍死していたろう。

土蜘蛛一族に救われたのだ。惜しい命ではないが、生きていれば、また女も抱ける。

「ここは、八谷村か」

「いいえ、山の中の小舎です」

孫十郎は、津恵の体を抱き締めた。いま一人の女は離れて着物を着ていた。全身に痛みが走って呻いた。

「無理なさいますな」

そう言いながらも、かれの手が津恵のはざまをさぐると、そこは熱く潤みをたたえていたのである。かれの股間のものは屹立し、津恵の暖かい手に握られていた。小舎の中には、二人の女以外には姿がなかった。

津恵の話では、孫十郎は三日間眠っていたという。傷と寒さのために熱を発したのだ。二人の女が交代で、かれの体を素肌で暖めていたのだろう。

かれにとって、土蜘蛛一族は、敵であった。十二年前に妻伊志を拐われ、孫十郎は浪人となった。そして江戸では、朋友《ほうゆう》の鬼木一刀司を殺害されている。だが、一族の者たちは、孫十郎を敵だとは思っていない様子。

一族の者たちは、何故にこれほどまでして孫十郎を助ける必要があったのかがわからない。孫十郎が丹沢に向かったのは、藤原の鎌に行けと命じられたからではない。伊志に一目会って、十二年の梟《けり》をつけたいだけだった。そこには、伊志への恋慕はなかった。伊志と夫婦として暮らしたのは二年足らず。二年を馴染《なじ》んだ女は何人もいた。伊志にこだわる理由は何もない。

もともと藤原の鎌と名乗る小男からして、わけのわからないところがあった。一族が孫十郎を助けたのには、それだけの理由がなければならない。

孫十郎は、津恵の乳房の谷間に顔を埋めていた。豊かな暖かい乳房である。片手で乳首を摘んだ。それを指で弄《もてあそ》ぶ。

「津由という女を知っているか」

「わたしの妹です」

驚かなかった。予期はしていたのだ。似ているというほどではないが、どこか繋がっているものがあった。

「津由を孕ませた」

「知っています」

津恵は、かれの一物を撫でさすっている。この女は求めれば容易に応ずる。むしろ津恵のほうから、股間に手をのばしてくるのだ。そして勃《お》こると跨がってくる。巧みに尻を振る。かれが洩らすと、湯で手拭《てぬぐ》いをしぼり、股間を拭いあげるのだ。ついでに体も拭ってくれる。

傷が癒《い》えるまでには、二十日ほどはかかるだろう。その間、二人の女を抱いて通すのも悪くなかった。傷口の布は一日一回とり換えられるようだ。

その度に、薬草を揉んだものを傷口に当てられる。

もう一人の女は津加といった。二十四、五、津恵ほどには美しくなかった。よく肥った女で肌はなめらかだった。三度に一度は、この女が孫十郎に抱きついてくる。

十日ほどが経った。

傷は癒えかけている。そこへ、藤原の鎌が従者三人を連れて現われた。ちょうど女が孫十郎の一物をくわえているところだった。

かれが女を押しのけようとすると、

「そのままでよい」

と鎌が手で制した。

「まだ、歩かれぬか、村長《むらおさ》がお待ちかねだ」

「村長とは？」

それには応えない。そばから津恵が言葉をさし挟んだ。

「鎌どの、それは無理です。まだ孫十郎どのの傷は癒えてはおらぬ」

怒ったように言う。鎌が睨んだが臆《おく》した様子もない。

「ならば、もうしばらく待つように、村長に言っておこう」

と鎌が言った。

「待て、村長がなぜおれを待つのだ」

孫十郎は問うたが、鎌は黙って去っていった。どこか奇妙である。村長とは土蜘蛛一族の首領であろう。その首領がなぜ、かれを待っているのか。

かれの一物を口にくわえていた津加が、呻き声をあげて孫十郎の股に跨がってきた。

小舎の外は、吹雪が舞っているものとみえ、ごうごうと音がする。だが、小舎の中は、囲炉裏の火に暖められ、裸でいても寒さを覚えないほど。榾《ほだ》や炭を惜しげもなくくべる。

孫十郎は、津加に、体を拭われていた。素っ裸の肌を隅々まで拭《ふ》いてくれるのだ。日課のように拭いてくれる。

津恵は、食事の用意をしていた。食う物は一族の男たちが運ぶのだ。津恵と津加は、かれの身の回りの世話をやいてくれる。

この小舎に入って二十日余り、三カ所の傷はほとんど癒えていた。だが、一つ弱ったことがあった。

世話をやいてくれるのは有難いが、二人の女の精の強さである。孫十郎の体力が回復したとみるや、一日に二度も三度も迫ってくるのだ。

いまも、囲炉裏のそばに孫十郎を横たえ、手拭いで体を拭いながら、津加という女は、しきりに一物に手を触れてくる。ついでにおのれの股倉をも拭っておいて、そこを押しつけてくるのだ。

かれの腿を股倉に挟みつけて、体を揺さぶり、または、かれの一物を支え持って、雁《かり》首《くび》を切れ込みに擦りつけ、やがては、それを呑み込み、尻を回しはじめるのだ。

黙々と尻を浮き沈みさせ、声をあげ、そして気をやる。さらには、女のほうから、孫十郎を抱いて、反転し、かれを上にし、床から尻を浮かせ、腰を使い、また気をやって、体を震わせる。

男に精をやらせない交わり方というのがあるとすれば、この二人の女の腹の使い方がそれであろう。二度三度気をやっても、それで充ち足りるということがないように思える。土蜘蛛一族の女というのは、これほど精の強い女なのか。

「もうよい、止めてくれ」

と言っても馬耳東風。孫十郎の欲情とは全く関わりなく、二人の女は、かれを責める。かれが途中で精を洩らそうものなら、女は容赦なく、それをしごくのだ。

万年怒張という状態がある。あまりに刺激されすぎて、精を放っても、それが萎縮しない状態である。いま、まさに、孫十郎はそれであった。

座敷牢でのお藤のように、一物の根元を縛るような真似はしないが、孫十郎は、一物が萎縮しない状態というのを、この女たちによって、はじめて知らされた。

「これでは、手込めではないか」

と思う。男が女たちによって、手込めにされるのは、江戸でも何度か耳にしたことはあるが、おのれがそうなるとは思ってもいなかった。

津加が一応納得すると、津恵を呼ぶ。津恵は美しい女だ。だが、こうなると、いかに美しくても食傷する。美味なるものは、少量を食って美味なのだ。

「土蜘蛛一族というのは、女郎蜘蛛であったか」

そう呟いて苦笑する。

津恵は、かれのそばに仰臥《ぎょうが》して股を拡げ、さあ、と孫十郎をうながす。かれは津恵の体に重なるしかない。この女たちにとって、交媾《まぐわい》というのは、日常茶飯事なのに違いない。食前食後とまではいかないが、たとえそれほどしても飽きるということがないようだ。

津恵が何度か気をやって体を離す。すると津加が、小舎の外から雪を摑んできて、一物に押しつける。すると一物はよみがえったように萎縮するのだ。怒気したままのものをしぼますには、冷やせばよいことをこの女たちは、知っているものとみえる。

相変わらず、外は吹雪いているようだった。

五

その朝、孫十郎が目を醒ますと、小舎の中に二人の女の姿がなかった。朝餉《あさげ》の用意だけはしてあった。それを食って、服装を整える。藤原の鎌が迎えに来るのであろう。指折り数えてみると、すでに、年の瀬は越えているようだった。この小舎で二十四、五日は過ごしたようだ。

女たちに去られてみると、その淫靡《いんび》な技が懐かしくもあるのだ。着物の破れは繕ってあり、洗濯もしてあった。

重い扉を開けると、閃光が目を射た。外は雪景色であった。雪が陽をはねてまぶしい。待つまでもなく、藤原の鎌が、供の男三人を連れて、小舎に着いた。

「われらが村に案内申す」

孫十郎は、四人に案内されて、小舎を発った。かれは、村長が待っているという言葉を気にしていた。伊志に会いに行くだけのこと。村長には関わりがない。伊志が去って十二年に、いや、すでに十三年になっている。その皃さえつければ、江戸にもどるつもりでいた。もっとも、一族があっさりと帰してくれるとは思っていない。

孫十郎の前を鎌が歩く。その前を一族の若者とみえる小男が、笹や枝を山刀で払いながら歩く。道なき道、五人が歩いたあとに道ができる。雪がなければ杣道《そま》か獣道があるのだろう。

　雪の中で昼食をとった。陽が西の端に沈みかけるころ、鎌が足を止めた。眼下に深い渓流を望む場所に立っていた。

「八谷村でござる」

　鎌が言う。

　渓流に近い斜面に、七個の茅葺《かやぶき》屋根が見えていた。一族千人と聞いていたのに、これでは、四、五十人がせいぜいだろう。話は嘘《うそ》だったのか。

　孫十郎は、奇怪な気配に、うむ、と呻って左右を見回した。ただの山である。だが、無数の者の蠢く気配があった。五人の他に人影はない。なのに、それなのに、それこそ、千人あまりの群衆の気配がある。

　奇怪なことである。

　人は生きていれば、呼吸をし、喋《しゃべ》り、そして生活の音をたてる。その物音を孫十郎はかすかに感じとっていたのだ。それが何であるかわかろうはずがない。

　斜面を下って村に入る。手前の一軒が大きな屋敷になっていた。戸を開けて、中にうながされる。

「浮田孫十郎どのがお着きになった」

鎌が声をあげると、五、六人の小男が姿を見せ、湯桶を運び、孫十郎の足を洗う。小男だが、男らしく髭をたくわえ、肩幅は広い。

「親方さまの所へ案内せい」

鎌はそれだけ言って消える。孫十郎は五尺足らずの小男に案内され、いくつかの廊下を歩き、座敷に入った。剣道場よりも広い座敷で、中央に一畳の半分ほどの畳が据えられている。

そこが孫十郎の坐る場所と思えた。正面に一段高い床の間がある。村長、あるいは親方さまが、そこにお出ましになるのだ。

しばらく待つと、正面の板戸が開き、白衣の者が姿を見せ、座についた。女とみえた。それと同時に灯りのついた燭台が運ばれた。

「孫十郎どの、よくまいられた」

女の声である。

孫十郎は、女を見て、息をのんだ。目を凝らしてみた。肉付きのいい三十を過ぎた美しい女である。

「伊志、伊志であろう。おまえは」

信じられないことだが、奇怪なことだが、それは十三年前の伊志に違いなかった。

目の前に尊大に座しているのは、十三年前に別れた伊志に違いなかった。寺侍と駈落ちしたはずの伊志が目の前にいる。

しかも、土蜘蛛一族の親方さまだという。信じられるものではない。孫十郎は、ただ呆然《ぼうぜん》としていた。伊志は艶然《えんぜん》と笑っている。

たしかに美しかった。妖艶《ようえん》といえる。

「白媛《しらひめ》さまにござる」

いつの間に来たのか、そばに藤原の鎌が座していた。

「そなたは伊志であろう」

孫十郎は喘ぐように言った。

「孫十郎どの、十三年ぶりです」

信じろというほうが無理である。伊志がこの一族の中で奴隷のようになっていれば、納得できるというのではないが。孫十郎はポカンと口を開けたままだった。

「孫十郎どの、ごゆるりとなされ」

伊志は立って、奥の部屋に消える。かれはあわてて、片膝立て、刀を摑んでいた。

「待て、待て、伊志！」

わけはわからないが、怒りに似たものが孫十郎の胸底に湧いていた。その膝を鎌が押さえていた。

「浮田どの、気を鎮めなされ、おいおいにおわかりなされよう」

伊志がなぜに、この八谷村の村長であり、土蜘蛛一族の親方さまであり、そして白媛なのか。孫十郎の頭は混乱していた。

そこに、別の白衣の女が現われた。腹が膨らんでいる。津由であった。江戸の三味線堀裏の荒れ屋敷でこの女を抱いた。

「浮田さま、しばらくでございます」

津由は美しく笑った。腹にいる胎児は孫十郎の子ということになる。

「わたしが、ご案内いたします。わたしらの一族の姿を」

孫十郎は、うながされて立った。鎌がかれの刀を抜きとった。痣丸の脇差は残された。

津由は、髪を長く垂らし、白い紐《ひも》で結び、白衣を重ねて着ていた。そして裾を引きずるようにして歩く。

歩きながら、津由は語った。

土蜘蛛一族は、もとは白一族といい、八の者ともいう。そういわれても孫十郎にはわからない。白は源氏の旗である、と考えれば、白一族が源氏の流れであることくらいは、なんとなくわかる。

津由は、大きな鉄の扉を開いた。そこは洞窟《どうくつ》であった。洞の奥にちらちらと灯りが見える。自然の洞に人の手が加えられたものと思えた。

奥に進むにつれ、左右に六畳ほどの広さの穴がある。そこに人がいた。女一人に男三人、それに子供たちがいる。家族か。そういう穴がいくつもある。奥へ奥へと、そういう穴が並び、まるで蟻の孔のように、いくつかの岐路がある。

まさに土蜘蛛である。人々はこの洞穴の中で生活しているのだ。山の上に立ったとき、異様な気配を覚え慄然《りつぜん》としたのは、これだったのだ。

洞は果てしもなく奥へ続いているようだ。たしかに千人はいるだろう。こういう人間の生計《たつき》があろうとは、孫十郎でなくても考えはしまい。

洞の中は、火がなくても暖かい。夏は涼しいのだろう。

二丁ほど歩くと、そこは天井の高い大きな空洞になっていて、その中央に川が流れているのを見た。川のほとりでは、女たちが洗いものをしている。

周りの石壁には、やはり穴が掘られ、そこに人が住んでいた。それらの人たちが土蜘蛛に見えて来た。

広い洞窟は、壮観でさえあった。人間が土蜘蛛の子が何百と這っているようにさえ見える。各所に燭台の灯りがつけられていて、それが狐火《きつねび》のように見える。

洞窟の中央を流れる川は、そのまま、谷の渓流に流れ込んでいるもののようだ。この洞窟から、さらに奥へ、人の通れる穴が続いているという。

「一族の女は人並みですが、男の半数は五尺に足らぬ小男です。背丈のまともな男たちは外へ出ています」

だから、洞で見る男たちはすべて小男なのだ。生まれ出た男の子の半分は、どういうわけか背が伸びないという。

そういえば、土蜘蛛と同族だという武蔵屋仁左衛門も、その地下牢に住む北条の政という老人も、人並みの男だった。また、政という老人が地下牢を住居のようにし、外に出たがらないのは、洞の暮らしに慣れていたからでもあろう。

孫十郎は、再び表の屋敷にもどった。そこに一室を与えられたのだ。小娘が酒肴《しゅこう》を運んで来た。少なくとも、孫十郎は客である。客としてのあつかいをしてもらえるものと見えた。
十三、四とみえる小娘が酌をする。酒は白酒だった。色白の可愛い娘である。
「浮田さまは、親方さまの旦那《だんな》さまですか」

と娘が問うた。

「左様、十三年前は、な」

白酒は美味だった。口の中に芳香がひろがる。そういえば小娘もいい匂《にお》いを持っているようだ。

「名はなんという」

「はい、久実《くみ》と申します」

そう言って久実は、女のように体をくねらせ、頬を染める。まるで二十歳を過ぎた年増女のような色香を持っている。不思議な少女である。齢は、この正月で十三になりました、という。武蔵屋の娘佐登は稚い体をしていたが、今年で十九のはず。久実は十三だから更に稚いことになる。奇怪なことばかりで、孫十郎は奇妙な疲れを覚えていた。体の疲れではない。脳の疲れだろう。

夕餉を終えると、孫十郎は横になった。暖をとるのに火鉢が置かれている。一族の小男たちが炭を焼く。そのために炭はふんだんにあるという。

久実が夜具を敷いた。

「どうぞ、お寝間《ねま》り下さりませ」

という。孫十郎は、夜具に体を移した。足元が暖かい。温石《おんじゃく》を布に包んで入れてあるらしい。

孫十郎には、まだわからぬことが多い。痣丸の鞘を誰も気にしないことである。かれは、一味が鞘の中の黄熟香をこの村に運ばせるために、おのれを呼んだのだと思っていた。なのに藤原の鎌もそれについては一言も言わない。川越藩一藩を救うほどの香木を、この一族は、問題にしないというのか。

孫十郎は、まどろみかけていた。そこへ、女の体が滑り込んできて、かれに肌を押しつけてきた。

女か、と思い抱きかかえるとひどく小さい。孫十郎ははね起きた。それは久実だった。

「お伽《とぎ》をつかまつります」

と久実は微笑を浮かべている。

いくら孫十郎が女好きでも、子供を抱くことはできない。久実がふざけているのだと思った。その久実が、かれの股倉に手を入れてきたのである。うかがっていると、小さな手が、一物を握ったのである。

「お客さまには、伽をいたします」

久実は、孫十郎の一物を握ってそう言った。かれは驚愕《きようがく》していた。孫十郎にしてみれば、娘と言ってもおかしくない齢である。伊志の八人いるという子の頭は、すでに十二、三になっているはずである。

「伽をいたさぬと、わたしが叱《しか》られます」

久実は、薄くて白い肌着ようのものを一枚着ているだけのようだ。それなのに胸の膨らみも見えないのだ。

不思議な一族である。津恵や津由が夜伽にくるのなら、よろこんで抱きもしよう。だが十三になったばかりの稚女である。

だが、孫十郎の意志に反して、一物は久実の手の中でむくむくと膨らんだのである。

それにかれは狼狽すら覚えた。

「まあ、大きい」

と久実ははずんだ声をあげた。ということはこの稚い体が男を知っていることになる。膨れたものを、細くて小さな指でなぞるのだ。

もしかしたら、この一族では、これがふつうなのかもしれないと思う。すると、山小舎の津恵、津加二人の女の淫《みだ》らさも、わかってくる。

「わかった。久実の伽を受けよう」

「うれしい」

「急がぬでもよかろう。話を聞かせてくれ」

「はい」

孫十郎が横たわると、久実はその胸にすっぽりと埋まってきた。小さな体である。

「ここの男たちは、何をしている」

「はい。木を伐ったり、炭を焼いたり、獣を狩ったり、山の実を採ったりです」

それは山に棲むものの仕事である。だが、一族一千人が暮らしていくのには、とても足りまい。それは、体の大きい男たちが山を降りて稼いでいるのだという。

「江戸の商人の十人のうち二人は、わたしたちの一族と聞いております」

江戸の商人の二割が、一族のものとなれば、大変な数になる。それらの商人の儲《もう》けの一部をこの山に届けるのだそうだ。

この白一族の守神は、大山石尊だと、久実が言う。江戸からの大山詣りのついでに、物資を、大山まで運ぶ。それをこの山の者たちが受け取りに行く。それで一族一千人は、楽な暮らしができるのだと。

久実は喋りながら、孫十郎の小さな乳首を指でいじり、舌で舐《な》めたりして弄んでいる。父親が恋しい年頃《としごろ》であるはずなのに。

孫十郎は、おのれと久実の帯紐を解き、褄《つま》をめくって、抱き寄せた。肌と肌が触れ合っている。暖かい肌である。

手を回して、久実の背中を撫で、そして尻を引き寄せた。小さなしこしことした尻である。可憐《かれん》というべきか。

この娘を貫くのかと思えば、奇妙な気持ちになってくる。布団の中で、久実を裸に剝いた。そしてうつ伏せにする。

その背中に唇を押しつけた。手は背から、尻、腿のあたりを撫で回す。久実に埋めるにしても、優しく時をかけてやりたいと思ったのだ。

この久実を女としてみれば、奇妙な色気を覚える。生娘ならば壺《つぼ》が裂けよう。だが、すでにこの年で男を知っているのだ。

「おじさま、やさしい」

と久実が言った。これほど優しくされたことはないのか。手足も痛々しいほど細いのだ。抱き締めれば、まさに折れそうなほど細い。

背中に唇を這わせ、尻に至る。

小さな尻の膨らみを舐めた。きめのこまかいなめらかな肌だ。久実が可愛い声をあげ、尻をゆする。くすぐったいのではなく快感を覚えているのだ。

孫十郎は、細くて小さな久実の体を仰向けにした。久実の手はしっかりとかれの一物を握っている。

久実の乳房も全く膨らみがないというのではなかった。そこに盃を伏せたような乳房があった。それが円錐形にとがっている。その頂きがぷっくり膨れていた。乳暈の上に小豆より小さな乳首がついていた。薄闇の中でほんのりと見えていた。

その乳房を舐めた。すると、久実がかすかに喘いだ。この齢で歓びがあるのだろうか。もっとも、十二、三で嫁にいく娘もいる。男を知ってて不思議ではない。

下腹部を撫でた。そこに叢があろうはずはなかった。つるりとしていて、そのままはざまに滑ってしまう。はざまを手で包み込む。そして、全体を揺さぶりながら、中指を折ってみた。指の先が切れ込みに埋まる。

驚いたことに、その切れ込みは潤みをたたえていたのである。さらさらと湯のようではなく、適当に粘りもある。佐登は十八歳であったが、痣丸の淫力で淫らになりながら露はさらりとして、粘りはなかったのに、十三の娘が粘った露を出すとは信じられない。

いまは久実を貫きたいという衝動がある。だが、まともな女の広さではないのだ。久実が起き上がって、かれの股間のものを握った。

「これを、これを」

と泣くように言う。

孫十郎は試みてみようと思った。

体を起こし、開いた股の間に割り込む。上から眺めると、久実の体が、いかにも小さく見える。

久実の手が支えて、壺口に当てた。そして少しずつ力を加えていく。久実の顔色をうかがいながら。

「あっ」

と声をあげた。

「痛いのか」

久実は首を振った。

孫十郎には掻き分ける感覚があった。どこかでつっかえると思った。だが、ゆっくりと滑り込んでいくようだ。

そして、ついには、根元までつくしたのである。

「おじさま、いっぱいになっている」

久実が言って、下からかれを見上げた。久実の顔は胸のあたりにあった。その澄んだ黒い目が、光っている。濡れているのだ。孫十郎はわけのわからない感動を覚えていた。

……………

久実は、かれの萎縮したものを手にして、裏の縫目を指でなぞった。

「うちの男たちは、ここに千振草の茎を裂いて差し込みます」

「なんのことだ」

「これを大きくするためです」

裏の縫目を裂いて、そこに千振草の茎を裂いたものを埋め込み、細い麻の筋を糸にして縫い上げる。

そして縫目が癒着し傷が治ると、千振草は水分ですぐ膨らむものだから、かなりの大きさに膨れ上がる、という。

「何のために」

「一族の女たちを歓ばせるためにです。でもおじさまのは、そうしなくても大きい」

久実は笑った。

奇怪なことを聞くものだ。もっとも、この村に来て奇怪なことばかりなので、それほど驚きはしなかったが、この一族の男たちは、それほどまでにして女につくさなければならないのか。

小男たちは、それなりに一物が小さいのであろう。そのために千振草を埋める。江戸にも小さくて悩む男は多い。このやり方を立花無学に教えてやりたい、と思いながら、孫十郎は、久実のこの話を、まだ信じているわけではなかったのだ。

六

翌日——

親方さまとの謁見が許された。親方さまといっても、もとは孫十郎の妻、伊志である。広間の上座に、伊志が白絹をまとって座していた。畳敷きの広間で、伊志が座すところは、一段高くなっていた。

伊志の背後に三人の男が座していた。みめよい男たちである。伊志の一段下に、右側に女たちがずらりと並び、左側に一族の長老とみえる男たちが座していた。その末端に藤原の鎌がいた。この座し方は、そのまま、一族の地位を示すものであろう。

背後の壁には大きな白旗が掲げられていた。孫十郎は、広間の中央にあぐらをかいて坐っていた。誰も声を出さず、しわぶきだけがあった。かれは、左右に並ぶ男と女を眺めた。男たちは、人並みのと小男がまじっている。老いた男たちである。女たちは、大柄でそれなりの容貌《ようぼう》を持っていた。その眺めだけでも、一族を支配しているのが女であることが納得できた。

伊志は、妖艶ともいえる微笑をたたえて座していた。待つまでもなく、板戸が開かれ、盛装の子供たちが、ぞろぞろと入って来た。三歳ほどから、十二、三歳まで七人。そして、乳母とみえる女が赤子を抱いて現われた。この八人が、伊志の前に並んで坐った。

伊志が、口を開いた。

「孫十郎どの、この八人が、わたしの子です。八人をおまえさまに、引き合わせたくて、この村に呼びました」

孫十郎は、胸の底に、ふつふつと煮えてくるものを覚えていた。それが怒りに膨れ上がるのを知っていた。

「この子らの父親は、後ろの三人です」

伊志は、笑って、後ろに並ぶ三人の男を指した。三人の亭主を持っているのだ。

次に老女とみえる上座の女が、男たちの名を次々に告げる。孫十郎はそれを聞いてはいなかった。

「なぜ、十三年も、おれに沙汰《さた》をしなかった」

十三年間、駈落ちしたと思った伊志を探し回ったわけではないが、辛い思いはある。

「わたしも、孫十郎どのを、人をやって探しました。だが、みつからなかったのです」

「それが言いわけになるか」

ただ晁《けり》をつけるつもりできた。だが、会ってみると憎悪が湧く。

「過ぎたことは忘れなされ」

伊志は、あっさり言った。

「おれは、おまえを離縁した覚えはないぞ。その八人の子は、不義の子ということになる。それがわかっているのか」

「言葉が過ぎる」

女の一人が膝を立てた。だが、それを伊志が制した。

「縁があるから、おまねきしました」

憎しみが湧いた。

「おのれ！」

孫十郎は、片膝立てて、脇差に手をかけた。

「姦通《かんつう》女は、斬ってくれる！」

脇差を抜きかけたとき、孫十郎の首筋に、冷たい刃が当てられた。

「浮田どの、お鎮まり下され」

孫十郎が斬りつけようとしても、伊志は顔色ひとつ変えない。図太い女になりおった、と、かれは口の中で呟いた。

「孫十郎どの、われら白一族のために、力を貸して下され。聞いてもおろうが、われらは豊かじゃ、そなたの腕をわれらのために、使ってはくれぬか」

　孫十郎は、腹の底から声を放っていた。

「断わる！」

　孫十郎は洞窟の中を、藤原の鎌と肩を並べて歩いた。いや、並べようとしても、肩の位置には段差があった。

　洞は、火がなくても暖かい。だから洞に棲む者たちは、暖をとる必要がなかった。

「浮田どの、われら源氏の末裔《まつえい》たちは、日本全国に散らばっている。その気になれば天下も取れる。だが、われらには、その気はない。中には異端の者もおって、徳川家を倒そうと企んだ者もいる。由井正雪という男だ」

　まさか、と言おうとして、孫十郎は言葉を呑んだ。

「なぜ、伊志が族の長なのだ」

「白媛《しらひめ》さまの家系は、われらの頭になる家系でござった。われらがお調べ申した。それでお迎え申した」

　拐ったのではなく、お迎え申したという。一族の頭になる家系の姓には八の字がつくという。伊志の父は、川越藩士、八坂甚兵衛といった。

　二人は、広い川のある洞に出た。ここまでは津由が案内してくれた。川に架かる橋を渡る。小さな洞がいくつも、ぽっかりと穴をあけている。

蟻のような、あるいは土蜘蛛のような住人たちは、鎌に出会うと会釈する。

鎌は洞の一つに入った。しばらく歩くと、三十畳ほどの広間に出た。そこには社が建っていた。その社の扉を開くと、そこに古木が据えられていた。直径三尺もあろうかと思える巨木で、高さは四、五尺。

「これが黄熟香でござる」

「なに？」

孫十郎が目を剝いた。川越藩が必死で探し求めていた黄熟香は、ほんの木片だった。その木片は、いま孫十郎の腰にある。痣丸の鞘に入っている。

「騒ぎの因は、北条の政がこの破片をもいで川越藩に渡したことにあった」

鎌は、そう言って、孫十郎に鞘をさし出した。その鞘に痣丸を収めると、糸巻きにした香木の鞘を鎌に渡した。鎌はそれを社殿の奥に投げやった。

更に洞を奥へ進んだ。樫《かし》の木で作られた重い扉があった。鎌がその前で足を止めた。

「この倉の中には、黄金がござる。三百年ほど前は、黄金は銅や銀より価値がなく、鉄と同じ値でござった。それを一族の者があさり集め申した。この黄金で、武蔵屋以下の商人がのし上がった。われらは、これを白一族の黄金、白金と呼んでおり申す」

奇怪な話だが、孫十郎にはどうでもよいことだった。商人たちは白金を借りて商売し、儲けて、借りたものに利子をつけて返済する。だから、白金は減ることがないという。

「浮田どの、考え直されてはいかがかな」

黄金までは、見せてくれなかったが、白一族の力がわかるような気もした。

「われらがもし蜂起《ほうき》するとすれば、浅草の弾左衛門も動く。弾左の女房は、われら一族の者でござる」

鎌は洞をもどりはじめていた。そこへ若い小男が走ってきた。

「藤原さま、川越藩の者どもが」

「どれほどじゃ」

「二百ほど」

鎌は、皺《しわ》だらけの顔に嗤いを浮かべた。

「たとえ、二万の兵をしても、この八谷村は陥とせまいて」

そう呟いて、鎌はけたけたと笑った。

屋敷の外へ出て、山を見上げると、たしかに二百ほどの人影がずらりと並んでいた。

川越藩が決戦を挑んで来たかに見えたが、そうではなさそうだ。

三つの影が雪道を降りてくる。その一人は、江戸留守居役の六角篤右衛門だった。篤右衛門は藤原の鎌の前に立つと、膝を折った。

「村長にお目通り願いたい」

と言った。小男が奥へ走る。篤右衛門は、そこに立った孫十郎を訝《いぶか》しげに見た。だが、いまは、孫十郎に関わり合っている気持ちの余裕がないのだろう。顔を鎌にもどした。篤右衛門は、いくらかはこの村のことを知っているものと見えた。

小男がもどって来て、鎌に耳打ちをする。鎌は、頷いて篤右衛門と供の藩士二人を屋敷にまねき入れた。

六角篤右衛門は、万策尽きて、黄熟香をもらいにきたのだ。川越藩の浮沈に関わることであれば致し方ないのだ。

孫十郎は、あとで聞いたことだが、伊志は篤右衛門に、黄熟香の木片を与えたという。その代わりに、一族の商人何人かを、川越藩、その他二、三の藩のご用達にすることを約束させた。つまり取り引きであったのだ。

香木を将軍家に献上して、藩が豊かな庄内《しょうない》に国替えになるかどうかはわからない。とにかく藩は六万三千両の借財をかかえているのだ。藩の重臣たちの無能のためである。それには、白一族も孫十郎も関わりはなかった。

ともあれ、この夏からの、蘭奢待《らんじゃたい》騒動の帰《けり》はあっさりついたことになる。

孫十郎は囲炉裏端に座し、榾《ほだ》を折ってくべていた。さすがに落魄《らくはく》がある。蘭奢待のために、かれは何人斬ったか、またかれも傷ついた。体にはまだ矢傷が残っている。だが、伊志との帰はまだつけたわけではなかった。

「どう梟をつけるか」

孫十郎の腹の中は、静かに煮立っていた。

伊志を斬るか、容易には斬れまい。一族の侍大将ともいうべき藤原の鎌は、得体の知れない技を秘めている。

剣を把って対峙《たいじ》して、果たして及ぶかどうか。鎌ほどの技倆の者が、何人いるかもわからない。

十日が経った。

その間、孫十郎は悶々《もんもん》としていた。夜毎に久実が抱かれにやってくる。稚い体でよく夜伽をつとめてくれる。可愛い娘だ。

その日、孫十郎は屋敷を出て、渓谷に降りた。道は作られていて、階段がつけられている。

陽があった。山々の残雪が、目にまばゆい。渓流は深い。音をたて、白い飛沫をあげて流れている。曲がりくねった道を降りる。

「伊志に離縁状を叩きつけて山を去るか」

それで他人になれる。伊志がどう生きようと、かれには関わりなくなる。おのれは好きに生きればよい。江戸には、立花無学、佐登が待っている。

河床に着いた。そこにも道があった。巨大な岩が並ぶ。渓流は絶壁の間を曲がりくね

って流れていた。岩壁を曲がったところで、

「おう」

と孫十郎は声をあげて足を止めた。目の前に三人の裸女がいた。河床に温泉が湧いて、女たちは、その温泉に浸っていたのだ。

三人とも、はちきれそうな体をしている。大柄な女である。乳房と尻が大きい。八谷村の女であろう。

この渓谷には、あちこちに温泉が湧いているものと思えた。

「孫十郎どの」

三人の女はそう言って、白い肌を惜し気もなくさらしている。羞恥がないものと見えた。

女にしては太いよく通る声だ。

「そなたは、剣の達人と聞いている。一手、お手合わせ願いたい」

男のような口をきく。女の一人が裸のまま湯から上がった。大女である。孫十郎と背丈が違わない。乳房と尻がよく発達していて、胴がくびれていた。脚が長い。江戸では目にしないたぐいの女だ。

女は、五尺ほどの棒を手にし、三尺ほどの棒をかれの足もとに投げてよこした。棒術を心得ていると見える。この女たちは一族の女武辺なのか。

「わたしが敗れたら、そなたに抱かれよう。わたしが勝てば、そなたを抱く」

どちらにしろ、同じことではないか。いや、抱くのと抱かれるのとでは大違いだ。三人の女に挑まれては、いかに孫十郎が女好きでも太刀打ちはできない。

女が棒を構えた。その構えは型にはまっている。孫十郎とて、軽くあしらえる技ではなさそうだ。だが、かれは無造作に立って動かなかった。足もとの棒も拾わなかった。

孫十郎は、女のはざまを見ていた。黒々とした毛が、白い肌に貼《は》りついている。垂れた毛から水が滴っている。そのさまがいかにも淫りがわしい。それを見ていて、かれは勃然としてきた。

「容赦はせぬ！」

棒は、樫造りとみえ六角に削ってある。孫十郎には棒の端が見えていた。その棒が一気に延びてきた。

その棒を摑もうとしたときはたぐり寄せられ、ぶんと唸りを生じて側頭部に襲いかかる。かれは首を縮めた。頭上すれすれに棒が唸りすぎる。当たれば頭骨は砕ける。

棒が、蜂《はち》が翔《と》ぶように、孫十郎の体の周りを唸って流れる。二人の女もこちらをうかがっている。それを確かめるくらいの余裕はあった。

「ひえっ、ひえっ」

と女は気合いを発しながら、棒を振る。くり出された棒は、その反動を利用して、手もとに引きつけると同時に、下からはねあげてくる。

棒には、刀と違って刃も柄もない。頭も尻もない。それだけに千変万化である。孫十郎は女の体の動きだけを見ていた。棒を見ては躱せない。

次々とくり出される棒を躱しながら、孫十郎は、汗ばみはじめていた。

「たあっ！」

棒が、孫十郎の額すれすれに止まった。打たずに止めるだけの技も心得ていた。だが、女は青ざめていた。

「参った！」

と口走ったのは女だった。棒の先が揺れたと思った刹那《せつな》、女の手もとから棒が転がり落ちた。棒は斜めに切断されていたのだ。

孫十郎は、ゆっくり脇差を鞘に収めた。収めた痣丸を、また抜いた。女の目が刃に吸いついてきた。

「敗れたからには、抱いて下され」

そう口走りながら、女は動けなかった。

そのとき、孫十郎は、

「伊志を抱こう」

と思った。伊志を抱くことによって皃をつければよいのだ。そして離縁状を叩きつけてやる。もっとも、一族に守られている伊志を抱けるかどうかはわからないが。

七

孫十郎は、渓流の河床にある天然の岩風呂《ぶろ》に体を浸していた。三人の裸女がかれに抱きつき、肌を擦りつけてくる。

三人とも、痣丸の魔力にかかっていた。痣丸がなくても、三人は孫十郎を求めたに違いないのだ。

岩風呂は、半分ほど洞に入っている。その洞は深く、上の屋敷まで続いているのに違いない。三人の女は、そこから降りてきたのだ。

ぷりぷりと弾む乳房を背中や腕に押しつけてくる。よく締まった体をしている。だが、乳房は丸く膨らみ、弾力があった。

三人の名は、三千代、佐千代、八千代といった。孫十郎に棒を振ったのは佐千代である。千代というのは、もともと男に付ける名である。一族の女武辺は、男らしく千代の名を与えられるものらしい。

三千代が孫十郎の背中から抱きつき、双房を押しつけ、胴に両腕を回して揺さぶっている。佐千代はおのれの股間にかれの右腕を挟み込み、八千代がかれの左足を抱いていた。

一物は誰にも触らせなかった。

孫十郎は、いまや痣丸の魔力によって、女を自由に操れるまでになっていた。女はかれの思う通りに動くのだ。女はいまやかれの傀儡《くぐつ》である。

「親方さまの部屋を知っているか」

「はい」

と答えたのは三千代である。この三千代が最も体が細い。それだけよくしないそうだ。

「三人の亭主は、いつも親方さまと共にいるのか」

「いいえ、親方さまが閨《ねや》の相手を申しつけられるときだけ、はべります」

八千代が答えた。この女が最も肉付きがよい。女の色香も濃厚である。

伊志を犯せば、藤原の鎌らがどう出るかはわからない。だが、伊志を淫らにし、そして凌辱することによって、孫十郎は鼻《けり》をつけようと考えた。

もちろん、鎌が言ったように、白一族に入って伊志に仕える気など毛頭なかった。いまは一族を支配する頭であろうと、もとは妻である。

孫十郎は、はじめに伊志に会ったとき、旦那さま、と呼んで、すがりついてくるものと考えていた。そういう伊志であれば、そのまま江戸へもどっていただろう。

だが、妖しいまでに美しくなった伊志は、高慢であった。それも見下すように、孫十郎どのと呼んだ。

それが、孫十郎を苛立《いらだ》たせ、そして腹の底を煮えさせたのだ。かれには男としての矜《きょう》持《じ》があった。その矜持を保つためにも、伊志を凌辱しなければならない。伊志を凌辱するに痣丸がある。阻む者があれば斬って捨てる。あるいは、一族の女たちをみんな狂わせてもよい。

胸の底に煮えていたものが癒えていた。これで江戸に還れると思った。

三千代が、孫十郎の口に吸いついてきた。柔らかい唇である。ぬるりとした舌が入ってきて、かれの舌とからみつく。

「おのれらは、二人でやれ」

そう言うと、佐千代と八千代は、かれから離れて二人で抱き合った。そしてお互いに口を吸い、お互いの乳房を揉みはじめた。

孫十郎は三千代の細腰を抱き寄せた。乳房は三人のうちでは最も小さい。その乳房を、片手で揉みしだく。

「あ、あーっ、孫十郎さま」

とぬれた声をあげてしがみつく。孫十郎は伊志に、旦那さま、と言わせたかった。そしておのれの腕の中で悶えさせてやる……。

岩風呂は、奇岩に囲まれていた。噴出する湯は煮えたぎっているが、一方から渓流の水が流れ込むようにできていて、体を浸す湯はぬるめだった。

湯に浸りながら眺める渓谷は絶景である。その上に若い美女を抱いている。男にとってこれほどの極楽はない。

伊志に仕える気になれば、この極楽は長く続くのだろうが。飢えることのない暮らしである。江戸での裏稼業の暮らしとは比べものにならない。それでも孫十郎はこの村に棲む気にはなれない。

孫十郎は、三千代を抱きしめ、乳首を吸った。乳首の根元に甘く歯を当て咬《か》む。舌先で乳首をなぎ倒す。勃起した乳首はすぐにはねるように立ち上がる。

三千代が、かれの首にしがみつき、身をよじり声をあげる。

「孫十郎さま、三千代はせつのうございます」

ぬれた声をあげる。

そばには、佐千代と八千代が白い体を重ね合い、お互いの肌を擦り合っていた。それは淫らでありながら、艶《なまめ》かしく美しい光景だった。

湯がざわめいて、飛沫をあげる。

孫十郎の右手は、三千代の丸い尻を撫で回し、しこしことした肉を摑んでいた。尻の溝に指を這わせ、そこにある菊の座をさぐる。指の腹で菊の座を押してやる。すると菊の襞が伸縮するのだ。

「あーっ」

と三千代が声をあげ、顔をのけぞらせ、白い咽を見せたとき、かれの指は、菊の中に埋まっていた。指をその洞の中で回すと、三千代はけたたましい声をあげた。

いまや、声は三千代のものばかりではなかった。佐千代も八千代も、それぞれに喘ぎ、声を放っている。

三千代の手が、かれの股間をさぐり、怒張したものを手にする。その手が強く握りしめて上下する。男のもののあつかいに馴れていない動きである。閨房《けいぼう》の技を教える男はいないのか。あるいはこの一族の男たちは、こうされることをたのしむのか。

いきなり、三千代が湯の中に潜り、手にしたものをくわえた。口取りの技くらいは知っていたものとみえる。

孫十郎は、おのれをくわえさせておいて、そばで八千代と抱き合っている佐千代の体に手をのばした。八千代の股間で、佐千代の手と孫十郎の手がもつれ合った。

八千代は、女の手より男の手のほうが快いのか、佐千代の手を払いのけた。そして抱きついてこようとするのを制して、二人を前に立たせた。湯の深さは女たちの膝の少し上の部分までである。

かれの目の前に、佐千代と八千代のはざまがあった。似ているようでも、女の裸身はそれぞれ異なるものであることがわかる。

股間の叢もそれぞれに異なっていた。白い肌に貼りついている叢は、八千代のほうが黒々としていて多毛のようだ。佐千代の叢は、よく縮まっているが、どうにかはざまを隠す程度にまとまっていた。

孫十郎は二人のはざまに両手をのばし、触れた。叢を撫で回し、そしてはざまに指を滑り込ませる。二人の女はそれぞれに、そこに隙間を作った。

三千代は、顔をあげ、大きく息を吐き、そして吸い込むと、再び湯に潜って、それを口にくわえ、ふぐりを手で包み込み、二個の玉を弄ぶ。そして、さきほど、かれにされたのを思い出してか、菊の座に指を這わせていく。

次に、女三人を、岩に両手をつかせ、尻を突き出させた。それぞれに形も色も少しずつ異なるが、美しい尻をしていた。

その並んだ尻を、次々に凌辱していくのである。これを俗に〝田植え〟と称している。江戸の豪商の中には、芸者を十人ほど並べておいて、この田植えをやる者がいると聞いたことがある。

孫十郎は、まず八千代から貫いた。交媾の方法に、急抜緩入という技がある。つまり体を繋いでの抽送法である。抽するときに急にする。そして送り込むときには緩慢にするという技巧だ。

尻からするときには、この逆のほうがよい。つまり急入緩抜である。一気におのれを送り込めば、男の阜《おか》が女の尻と衝突する。つまり尻の弾力が男をたのしませるのだ。四、五回入抜して、次に移る。その予定だったが、八千代が、

「いかないで」

と叫んだ。気をやる寸前だったのだ。ここで抜いては、蛇の生殺しになる。さらに五、六回を突いた。

八千代が悲鳴をあげて、激しく尻を揺さぶって気をやった。孫十郎が体を離しても、再びの訪れを期待してか、そのまま動かない。

田植えはまだ続いていた。三人の女は、両手を岩につき、尻を突き出している。そのさまは孫十郎の脳を灼《や》いていた。

佐千代の尻を抱く。豊かな尻である。突いてやると、かの女の体がガクンガクンと揺れ、その度に、あっ、あっ、と声をあげる。

佐千代の体には、すぐに震えがおこった。残った三千代は、待ちきれずにおのれのはざまに指を使っていた。切れ込みを押し拡げ、片手の二指を深みに没し、搔き回しながら、もう一方の指で紅い芽を揉み、喘いでいる。

孫十郎は、佐千代の尻を抱きかかえ、菊の座に指を通した。とたんに、かの女の体がはねた。しがみついたまま屈伸する。やがて、かれの胸でぐったりなる。

三千代が佐千代を押しのけた。三千代は孫十郎の股間にそれがまだ屹立しているのを

見て、雀躍《じゃくやく》して抱きついてきた。三千代は続けざまに気をやっているようだ。

その間に、孫十郎は二人の女に着物を着るように命じた。痣丸の効力はまだ半刻《はんとき》(一時間)は残っている。その間は、孫十郎の傀儡《くぐつ》なのだ。

八

洞は、湧湯の口にあった。その洞は奥深く続いていた。急傾斜をもって登っている。

そのために、岩に足場が掘られ、石段のようになっている。

三人の女は、それぞれに足場をたどって登りはじめた。洞の口から、わずかの光が流れ込んでいるだけ。それも、登るに従って薄くなり、やがては闇にとけていた。

孫十郎は、女たちのあとをたどった。女たちの話では、この洞は、伊志が住む館に続いているという。天然の洞にいくらか手を加えられている。

女たちは、確かな足どりでいく。まるで闇の中でも見える目を持っているかのように。

土蜘蛛と呼ばれている女たちである。洞暮らしのため、あるいは目が利くのかもしれない。

洞は曲がりくねっていた。この洞には人は棲まぬものとみえ、灯りもなく、人の気配もない。途中で足もとは平坦《へいたん》になり、そしてまた登りになった。

登りきったところに、重い樫の木造りの扉があった。それを押すと軋《きし》めいて開いた。そこには淡い光が流れ込み、さらに左右に石段があるのが見えた。そこはすでに館の中であろう。人の気配が感じられた。

女たちは、左の石段に向かった。二十段ほどを上がると、再びそこに引き戸があった。その戸を引くと、そこは三和土《たたき》になっていた。履き物を脱いで上がる。館の廊下のようだ。

三人の女が廊下を歩く。この女たちがめざすのは伊志の部屋である。すれ違った二人の小男が、訝《いぶか》るような目で、女たちと孫十郎を見て、反対の方向へ走った。

磨かれた廊下を歩く。廊下をいくつか曲がった。後から走って来た少女久実が、かれの腰にしがみついた。

「浮田さま、おとどまり下さりませ」

久実は、孫十郎が伊志の居間に行こうとしているのを悟ったのだ。可愛い娘ではあったが、いまはかまってやる気持ちはなかった。久実の細い手首を掴むと、振り払った。

「あっ」

と声をあげて、久実が転倒したが、かれは振り向きもしなかった。異変を覚えてか、廊下を走る大勢の足音を耳にした。

阻む者は斬り捨てる気で、刀を抜いた。

背後から野太い声をかけられた。藤原の鎌の声であった。それでも孫十郎は足を止めない。

「浮田どの」

「止めてもらわねば、貴殿を斬らねばならないことになる」

「わかっている」

「わしは、貴殿を嫌いではない。だから斬りたくはない」

「斟酌《しんしゃく》は無用に願いたい」

鎌の技倆はいまだ知らない。この一族の中で鎌は侍大将の地位にあるようだ。この男の立場というものもあろう。矜持もあるに違いない。またそれなりの技倆を持っていると考えるべきだろう。

だが、いまは足を止めるわけにはいかない。

「伊志を斬るつもりはない。だが、おれはおれに対して決着をつけねばならないのだ」

突然、すさまじい殺気を浴びて、孫十郎は足を止めた。振り向くとそこに鎌が立っていた。双眸《そうぼう》がまがまがしく煌っていた。それは蛇の目に似ていた。だが、鎌の腰には脇差しかない。

脇差で、孫十郎の剣に立ち向かおうというのか。剣を鎌に向け、先を歩く三人の女のあとを追った。鎌は追ってくる。あるいは鎌は得物が届くのを待っているのかもしれない。孫十郎は鎌が何を使うかは知らない。

後ろから走って来た小男が鎌に手渡したのは短槍であった。孫十郎は槍を使うのか、と思った。家の中では槍は使いにくい。それで短槍を持ってこさせたのだ。

「浮田どの」

鎌は、悲しげな声をあげた。

廊下のむこうに、三人の女が膝をついていた。そこが伊志の居間とみえた。そこに板戸がある。

「親方さま」

女の一人が声をあげて、戸を開いた。鎌が槍をくり出そうとするのに、孫十郎は、その室に走り込んだ。

そこに伊志が、侍女とみえる若い女と共に座していた。

「孫十郎どの」

伊志は、さして驚きもせず、顔をもたげて孫十郎を見た。戸は背後で閉められた。かれは、ゆっくり刀を鞘に収めた。伊志は無礼であろう、とは言わなかった。

「おまえは、おれの妻だ。ここでおまえを抱く」

「それは、なりますまい」

一族の長だけあって悠然と落ち着き払って、憎々しいほどだ。だが輝くような美貌には変わりない。侍女が怯《おび》えた目を向けた。

「なるかどうか、やってみなければ、わからぬ」

孫十郎は、痣丸を抜いた。侍女が、はっ、となって刀に目を向け、そのまま吸いつい
た。だが、伊志はまだ笑っている。孫十郎を侮っているのか、胆がすわっているのか。

「その刀でわたしを脅そうとなさるのか」

顔色ひとつ変えようとはしない。

「親方さま」

外から、鎌が声をかけた。

「ならぬ」

伊志は、はげしい声を吐いた。室に入ってはならぬ、と言っているのだ。おそらく伊
志の許しなくては室に入れぬようになっているのだろう。

ふっ、と伊志の目の色が変わった。痣丸の魔力にかかったのだ。

そのとき、一方の襖《ふすま》が開いた。そこに刀を手にした亭主の一人が立っていた。急を聞
いて駈けつけて来たものとみえる。

「媛《ひめ》に何をしようというのだ」

「黙れ、この女はおれの妻だ」

「おのれ、捨ておかんぞ」

佩刀を抜きかけた男の手が、ふっと止まった。伊志の異変に気付いたのだ。いや、その前に侍女の様子に目を向けたのだろう。侍女は、すでにおのれの胸を摑んで、体をくねらせはじめていた。

伊志は、痣丸の刃を見ていた。その目が霞《かすみ》がかかったようにぼやけていた。

「媛、しっかりなされ」

男が声をかけた。だが、伊志はすでに正気にもどることはできなくなっていたのだ。

侍女は、おのれの帯を解いていた。すぐに裸になるつもりなのだ。

廊下には、鎌の手の者が揃ったようだ。隠しきれない殺気が、ただようように流れ込んでいる。

侍女が立って、着物を肩から滑り落とした。そこに一糸まとわぬ裸身があった。

「孫十郎さま」

侍女は、孫十郎の腰に抱きつこうとして、足を止めた。そして、敷居のそばに立つ男に向かった。かれが侍女に命じたのだ。声に出さずとも、いまの孫十郎は、女の意志を自由にあやつれるのだ。

「な、なにをする、よさぬか」

男が狼狽し、侍女を突き放そうとする。

「おのれの妻を凌辱するというのも、おかしなものだ」

孫十郎は、呟いて嗤った。

伊志の上半身が、がくりと揺れた。気を支えていたものが崩れたのだ。低く呻いた。体が熱くなってきているのだ。乳首は勃起し、はざまは充血し、潤いはじめているころだ。

孫十郎は、伊志の夫《つま》の名を知らない。告げられたが憶えてはいない。聞き流したのだ。その夫の腰に裸になった侍女がしがみついて男の股間をしきりにさぐっている。男は、突き放そうとするが、侍女は執拗《しつよう》に迫る。

そこに、残る二人の夫が駈けつけた。

「おのれら、伊志が淫らに狂うのを、とっくりと見ているがよい。おのれらの妻が姦淫されるのに耐えられなければ、斬りかかってもよい」

三人の夫には、それだけの気力はないと見えた。第一、剣の振り方も知らぬげな男たちである。

伊志は、帯を解きはじめていた。裸の侍女は男の一物を摑んだものと見えた。白い尻が右に左になまめいて揺れている。

「媛！」

三人の夫が、息をのみ、声を発したとき、伊志は立って、体につけているものをすべて脱ぎ捨てていた。

十三年前は細い体つきだった伊志が、いまは、むっちりと肉付いて、美食による脂が体のすべてにゆき渡っている体つきになっていた。八人の子を産んで、その肌は輝いていた。重たげな乳房が揺れた。細腰にはまだくびれがあり、美しさを保っている。

孫十郎は、三人の夫の背後に、藤原の鎌が立っているのを見た。その目は憎悪で光っている。いずれ鎌とは決着をつけねばならない。

伊志が、よろめくように歩いてきて、孫十郎の前に立った。霞のかかったような目には、潤みをたたえている。その目に焦点がない。うつけている。

「旦那さま」

伊志が言葉を洩らした。孫十郎はこの一言が聞きたかったのだ。

「旦那さま、伊志にお情けを」

「抱いてやるとも、夫婦ではないか」

「はい」

孫十郎は手をのばした。乳房を下からすくいあげるように包み込んだ。乳房は張りつめて光沢を放っている。乳首が鮮紅色にぬめって見えた。すでにそそり立っている。かれは伊志の体を斜めにして、肩を抱き寄せ、乳首を指の股に挟みつけ、乳房を掴んだ。掌に余る大きさである。伊志の手がかれの帯の結び目を解いた。そして、前が開くと、孫十郎の肌に手を滑らせてくる。いとおしむ手つきである。伊志にしては十三年ぶりに触れる旦那の肌である。

その手は下帯をも解いた。下帯が足もとに落ちると、そこに屹立するものに、手を柔らかく触れて来た。

「伊志」

「はい、旦那さま」

「しばらくだったな」

「しばらくでございました」

もう一方の手が、伊志の丸く張った尻を撫でた。孫十郎はもう、周りの者たちの目は気にならなくなっていた。

伊志はその場に膝を折った。そして、目の前にある屹立したものを、右に左に傾けて眺める。

「おなつかしくございます」

そう口走りながら、唇をその頭に押しつけた。

いつの間にか、襖は閉じられ、居間には、孫十郎と伊志の二人っきりになっていた。

一族の者の思いやりではないだろう。おのれらの媛が、男に凌辱されるのを眺めるのを怖れたのだ。

孫十郎は立ったまま、伊志の口におのれが包み込まれたのを見て、これまで胸につかえていたものが氷解する思いがしていた。これで、男として梟《けり》はつけたと思った。離縁状をくれてやる。それで伊志との仲は終わるのだ。

「伊志!」

声をかけておいて、伊志の体をそこに仰臥させた。かの女は膝を折り立て開いて、男を迎える形をとった。はざまをさぐるまでもない。はざまはしっとりと潤みをたたえている。

そこに紅い芽がとがっているのを見た。その芽に指の腹を当てた。ふふっ、と笑った伊志の腰が左右に揺れ、白い腹が波立った。

「旦那さまのお情けを」

「よかろう」

孫十郎は、腿の間に体を割り込ませると、伊志の手がその根元をしっかりと掴み、おのれの切り込みに当て、指を上下させた。そして、かれが埋めるのを待たず、おのれから尻を浮かし迎えに来て、それを奥深くまで包み込んだのである。

「旦那さま、うれしゅうございます」

「おれも、これでおまえを赦してやることができる」

伊志は、両腕をかれの体に巻きつけ、その腕に力を加えて呻いた。

「おまえは、この村の長として生きていくがよい。おれは江戸にもどり、これまで通り無頼な生き方をする。それがおれに似合った生き方だ」

「おとどまりなされませぬのか」

伊志の腰は、浮いたまま、ゆっくり揺れていた。

もっとも、まだ藤原の鎌との勝負が残っている。いまはそのことはどうでもよかった。伊志の壺の中におのれがいることで、すべては忘れられる。

こうして伊志を抱いてみると、十三年が長かったような気がするし、ほんの一刻の間であったような気もする。

「あ、あっ、旦那さま」

伊志が濡れた声を発し、眉をひそめ、そして、激しく体を震わせはじめた。

「旦那さま……」

声がとぎれ、伊志の体が硬直し、そして大きく溜息を吐いた。伊志は下から、孫十郎の顔を見ていた。

「旦那さま、お情けを」

「いいとも」

孫十郎も、思いきり、おのれの精をほとばしらせたかった。かれは腰を蠢動《しゅんどう》させはじめた。それが切れ込みの間に浮き沈みする。

いまは技も何も不要である。ただほとばしらせるだけでよかった。伊志の体に精を洩らすことによって、孫十郎は安堵《あんど》できる。

「あ、あっ」

伊志が、細く高い声を放って、尻を回した。孫十郎は呻いた。浮き沈みを激しくしながら、一気にしたたかにほとばしらせていた。精を受けた伊志もまた、体を痙攣《けいれん》させていた。

「伊志、別れだな」

「はい」

伊志は目に涙さえ浮かべている。だが、次の瞬間、伊志は孫十郎にしがみついていた。

「いやでございます」

身を揉み、肌を擦《す》り寄せてくる。

「伊志もお連れ下さいまし」

「それはなるまい、おまえには一族の者がいる」

「お別れするのは、いやでございます。伊志もお供いたします。この一族の長に迎えられたのは、わたしの意志ではございません。わたしは拐われたのです。旦那さまとの仲を引き裂かれたのでございます。どれほどつらい思いをしてきたことか」

伊志は、ぽろぽろ涙を流していた。十三年前の思いがいま、突き上げてきたのだ。

「わたしは、旦那さまに嫁して二年、幸せでございました。それを一族の者たちが……」

嗚咽《おえつ》であった。

「泣くな、伊志、おれもまた十三年前のおれではない」

「それでもようございます」

伊志は、かれにしがみついたまま、身をよじる。たとえ痣丸の魔力であっても、それは孫十郎の矜持を甘く揺さぶった。お互いのはざまがしきりに擦りつけられる。それで一度しぼんだものが、勃然としてくるのを覚えた。

改めて乳房に手をやった。指がめり込み、重い乳房が形を変える。その乳房が汗ばんでぬめった。

「旦那さま……」

声をあげて、伊志は体を繋いだまま、かれの上に跨がってきた。そして豊かな尻をゆすりあげる。孫十郎が下から突き上げてやると、あー、と声をあげてのけぞる。目の前で二つの乳房が躍っている。乳首が鮮紅色にとがり、濡れたように光沢を放っていた。三人の夫《つま》と八人の子供にしゃぶらせた乳首である。

重い体が、かれの上で痙攣する。続けざまに絶頂に達しているのだろう。その度にあたりをはばからない声をあげる。

この伊志の姿を脳に灼きつけておけば、孫十郎は江戸で生きられる。どうせ無頼の徒である。いずこで朽ち果てようと思い残すことはないと思った。

………

翌朝――

浮田孫十郎は、丘の上に立っていた。眼下に八谷村の七軒の茅葺の屋根が見えている。足下の洞窟では千人あまりの一族の者たちが生きている。それが微妙な震動をかれの体に響かせていた。

孫十郎の前に、藤原の鎌が短槍を手に立っていた。鎌の配下の者が十数人、かれを囲んでいる。いずれも五尺足らずの小男たちである。

見送りではない。孫十郎をこの八谷村から出さないために、ここで始末してしまおうということだろう。かれもまた、その覚悟はできていた。

「浮田孫十郎、おまえを、この谷から出すわけにはいかん。それに、おまえはわれらが白媛《しらひめ》さまを姦《おか》した。ここを墓場と思え」

「伊志には離縁状をくれてやった。もはや妻ではない。それを喜べ」

鎌の配下の者たちも、それぞれに使い手であろう。だが、孫十郎は、うっそりと立っていた。おのれの野性を取りもどしたのだ。口辺には嗤いさえ刷いていた。ただ、腰のあたりが妙に軽いのが気になった。昨夜は伊志の壺に三度の精を注ぎ込んだのだ。一物の尖端にも鈍痛がある。

それが不安といえばいえる。もっとも、この場で果てようと心残りはないのだ。

「どうだ鎌、一族の者を死なすことはない。おれと一騎討ちではどうだ。それで決着をつけようではないか」

鎌を倒せば、あとは斬り抜けられないことはない。そう思った。だが、鎌にはその気がないようだ。逆に鎌は一歩下がった。

「ならば、致し方ない」

孫十郎は、腰をひねって刀を抜き放った。

丘の上には、綿のような雪が降りはじめていた。やがては、この雪が血に染まることになるのだ。

藤原の鎌の配下の者十三人が、刀を抜き、腰をかがめて、ゆっくりと動きはじめていた。円陣である。その円が左に回っている。鎌の姿は、円の外にあった。

孫十郎は、抜いた刀を右手に下げてつっ立っていた。円の速度は少しずつ早まっている。かれがかつて目にしたことのない剣陣であった。ただ、かれはこの円陣には意識を置かなかった。鎌の姿だけを見ていた。円陣に気をとられては、そのうち目が回る。

円陣の速度が迅くなっていた。いまは一人一人を判別することさえできない。孫十郎は、おのれの呼吸を整え、双眸を閉じた。いまや目は無用の長物であった。

ここで、川越藩の件について触れておきたい。川越藩では、豊かな庄内藩への国替えを願い出るため、将軍家に黄熟香（蘭奢待）を献上した。それが功を奏して、国替えが決定した。だが、庄内藩の農民の猛反対に遭い、幕府もこれを強行することができず、川越藩には二万石加増ということで、国替えは取り消された。六万三千両の借財を残したままである。江戸留守居役、六角篤右衛門の労もむなしく終わった。

雪が、ひとしきり強くなった。横なぐりの雪である。いまや、剣陣は凄《すご》い迅さで回転していた。かれらの雪を踏む音と、地の底からの地鳴りを覚えて、孫十郎は立っていた。円陣が少しずつ狭まっているのを孫十郎は覚えていた。それは渦巻のように、孫十郎を渦の中に巻き込もうという戦術である。それははじめから知れていた。

孫十郎の閉じた瞼《まぶた》に、伊志の裸身が浮き上がった。輝くような美しい裸身である。かれはおのれの股間が勃然となるのを覚え苦笑した。

円陣は孫十郎を核として回転している。陣が二間ほどに縮まったとき、かれは翔んでいた。吹雪がそれを助けてくれた。片手で松の枝にぶら下がり、一転して地に立ったときには、孫十郎の剣が小男の二人を斬っていた。

叫びが湧いた。

核を失った小男たちは乱れていた。孫十郎は剣を腰にため、走り回った。吹雪の中に刀刃《ひらめ》が閃く。そのたびに、叫びが湧き上がる。

四人目までは斬った。五人目からは、刀を叩きつけ殴りつけ、そして突いた。刃には血のりが浮いて滑り、切れなくなる。

孫十郎は刀を投げ、小男の胸を貫いておいて、足もとに転がった敵の剣を手にしていた。

そのとき残ったのは、藤原の鎌一人だった。

「無玄流の技、とくと見せてもろうた」

鎌は腰を落とし、槍を構えしごいた。十三人を倒した。だが、孫十郎は息があがっていた。体がなまっていたのだ。足がふらついた。肩で息をしていた。

「これが、最期か」

孫十郎に自嘲があった。脳の中に、江戸での女たちの顔が走馬燈のように流れ去る。

武蔵屋の娘佐登の美しい貌があった。

おのれの体を支えきれずに、孫十郎は片膝をついた。鎌が笑うのを見ていた。槍の白い穂先が、咽を狙ってくり出された。

首をひねると同時に、刀を薙いだ。手ごたえはない。鎌は一歩退いたのだ。

孫十郎は刀を杖《つえ》に立とうとした。刀柄に体重をのせたとき、ずぶ、と刀が雪に埋まった。孫十郎が転ぶのと槍が突き出されるのが同時だった。孫十郎は痣丸を手にしていた。

鎌が腹を裂かれ、のけぞるのを目端に捉えていた。

解説

井家上隆幸（文芸評論家）

「面白さが小説の第一条件だと考えている。小説には文学的、歴史的価値など必要ではないと考えているもの書きである」……峰隆一郎が、みずからの作家としてのスタンスをこう書いているのを読んで、わたしは反射的に〝倶楽部作家〟と呼ばれた一群の作家たちを想起したものだった。

〝倶楽部作家〟とは、明治四十四年に創刊され昭和三十八年に廃刊した『講談倶楽部』を代表格にして約五十年の間に興り滅びた数多くの〝倶楽部雑誌〟を主要な舞台として活躍した作家たちのことだ。吉川英治や大佛次郎、山本周五郎、長谷川伸などをはじめ、いまは〝大衆文学〟作家とされている人々もみな戦前、大正末期から昭和十年代にかけて『講談倶楽部』『面白倶楽部』『キング』『ポケット』『譚海』といった〝倶楽部雑誌〟からデビューし活躍した〝倶楽部作家〟だったのである。

〝倶楽部作家〟の系譜は、戦後も山手樹一郎、城昌幸、陣出達朗、角田喜久雄、山岡荘八、富田常雄、高木彬光、宮本幹也、大林清、城戸禮などといった作家につながっていた。

荒正人・武蔵野次郎編『大衆文学への招待』(南北社、昭34)のなかで、エロチシズムから勧善懲悪、義理人情のロマンチシズムなど「文学ではなく大衆がおもしろく読む小説」を書きまくり、いってみれば〝純文学〟はいうにおよばず〝大衆文学〟あるいは〝中間小説〟の作家たちからも一段下のものと差別されていた〝倶楽部作家〟たちを擁護して田野辺薫はいっている。「彼らは大衆の好みのうつりかわりにしたがってうごく函数的性格の作家であり、だから大衆の低俗趣味におもねる作家とも大衆の本音とともにある作家とも見ることができようが、その振幅は作家の矛盾ではなく、常にそのような多様な生態として存在する大衆の心理を機敏につかみ大胆率直に表現しているのだ」。したがって、「大衆小説を娯楽本位に考えるとき、大衆作家の評価は、どのように読者をたのしませるかの才能と新工夫があるか、という点においてなされるべきであり」、いわゆる〝倶楽部作家〟たちは「読者心理を機敏につかみ、それを俗悪ともいえるぐらい率直に表現する勇気をもって、婉曲語法にしたしまないような読者をおもしろがらせるために一生懸命になっているのだ」と。

ただし、である。田野辺薫の〝倶楽部作家〟擁護論には、同時に〝倶楽部作家〟の通弊として「読者がおもしろく」ということが、「肚の虫がおさまればそれで充分」ということであったり「最後は葵のご紋やお墨付をふりまわしての勧善懲悪が、無批判に権力に依存する大衆の愚民性の肯定」であったりすることに対する批判があることを忘れてはなるまい。

田野辺薫のこの批判は不幸にも的中する。〝倶楽部作家〟たちが「これが大衆の感情」として立脚してきたもろもろのことが、がらがらと崩れていったのである。その最大のといってもよい変化は、大衆が「善は必ず悪に勝つ」という楽天性の虚妄であること、「権力は悪である」と認識したことにあるといってよい。田野辺薫が〝倶楽部作家〟を擁護しながら危惧を語ってわずか四年後の昭和三十八年、つまり一九六三年に『講談倶楽部』が廃刊して『小説現代』となったことが象徴的なように、彼らの「函数」が「大衆の低俗趣味、愚民性」におもねて現実の矛盾や抑圧からの〝解放〟をみないという陥穽に陥ったとき、彼らは大衆小説の舞台から総退場せざるをえなくなったのである。(にもかかわらず、その勧善懲悪がなぜテレビでは全盛であるか、それはテレビというメディアの〝日本的特性〟とともに別個に論じるべきテーマである)

冒頭にあげた峰隆一郎の言は、まさに田野辺薫の〝倶楽部作家〟への評価と一致しているではないか。しかも、峰隆一郎の一連の時代小説は、この〝倶楽部作家〟の陥った陥穽と無縁であるどころか、たとえば、明治新政府に怨みをもち、要人暗殺に奔る剣士たちをえがいた連作『明治暗殺伝——人斬り弦三郎』『明治・人斬り伝——秘剣・二階堂流』『明治剣鬼伝——妖剣・無眼流』『明治讐鬼伝——魔剣・神陰流』『明治殺人剣

──餓鬼・不破亮之介伝』（全て祥伝社刊）にみるように、かつての〝倶楽部作家〟たちが勧善懲悪の矢印を逆にしえなかった決定的な弱点を克服して、なお「読者がおもしろく」という大衆小説の〝理想〟に向かっているのである。

峰隆一郎の時代小説の根幹にあるのは、「歴史は時の権力者によって臭いものには蓋をしてきた。小説を書くには蓋をしたままではなく、蓋をもう一度開きたい」という想いである。そうすれば、立ち上がってくるのは、いうまでもなく抑圧された民衆の〝怨念〟である。

徹頭徹尾「女難」と「剣戟」の時代小説の結構をもった本書『修羅の爪』（初出・「東京スポーツ」「大阪スポーツ」「九州スポーツ」昭56・8・20〜57・2・25）も、その底流に、平将門の末裔で多摩丹沢山塊に隠れ棲む土蜘蛛一党の秘宝〝黄熟香〟をめぐる争闘と、女にかけたむくわれぬ恋慕の想いを精液をもって鍛えた〝妖刀〟痣丸のまきおこす淫風をおくことによって、歴史の隠蔽された蓋をあけてみせる。

寺侍と駆け落ちした妻伊志を追い二十二歳で〝妻仇討〟に出て十二年、伊志の行方は杳《よう》としてつかめぬまま、江戸市中で表稼業は用心棒、裏では殺し屋の元川越藩士で無玄流の遣い手浮田孫十郎は、ある夜、なぜとも知れず襲ってきた武士を斬った。いまわの際に武士が孫十郎に託したのは一振りの脇差と「らあじゃ……」という言葉。

その十日後、怪しげな武士に追われているところを救って抱いた古河藩士江馬伝七郎の妻加代が、その脇差で股間のはざまを貫いて死んだ。恍惚の表情を浮かべて。つづいて、藤原の鎌と名乗る小男が奇妙な頼み事に現れた。津由という女を五日間抱いて孕ませてくれというのだ。さらに、長屋に川越藩江戸留守居役六角篤右衛門が現れたかと思うと刺客に襲われる。孫十郎は、なぜとも知れぬ闇の闘いの渦中にまきこまれたらしい。「女難」の因は――といっても〝女好き〟を任ずる孫十郎にとってはすべて法悦境なのだが――処女であれ年増であれ、その刃に刻みこまれた奇妙な斑紋を見た女を狂わせ悶えさせ男を求めさせる脇差に、「剣難」の因はその脇差の鞘に仕込まれた伝説の香木「蘭奢待」にある。

加代をはじめ、孫十郎と性に狂うのは、お紺、津由、お紋、お蝶、千恵、お篠、お藤、佐登、お佑、お咲、小太郎と名乗る男装の美少女、津恵、津加、久美、三千代、八千代、佐千代。彼女たちと孫十郎の交媾は一期一会的で濃密にして恍惚、そのはてに女が犯され殺されようとそれも運命。しかもつねに「剣難」がつきまとい、究極、剣は殺人の術とする孫十郎のいくところ、血しぶき血煙の連続。孫十郎を「女難」と「剣難」にかりたてるのは、駆け落ちした妻伊志に十二年の〝妻仇討〟の「鳧《けり》をどうつけるか」というただその一点。そのためには冷酷にも非情にもなる――。艶にして壮絶な極彩色の枕絵的交媾は、男と女の性と生をかけた格闘技的迫力があり、その迫力が孫十郎が足を踏み入れた不可解な歴史の闇をさらに漆黒にする。

歴史の闇の蓋をあけるとは、伝奇的であることと同義である。そしていうまでもなく、伝奇的骨格は時代小説の王道である。しかも「現代ものは自分が生きているだけにストーリィを思いつければ書けるが、時代小説は少しずつ資料をあさり、他の作家の小説を読み、その時代の風俗習慣を頭に入れ、少なくとも十年は消化しなければ書けないと思っている」という峰隆一郎である。一見あぶな絵的体裁をとってはいるけれども、この『修羅の爪』もまた、かの弾左衛門にもつながる土蜘蛛一党の暗躍をえがいて徳川封建体制の土台をゆるがしかねない闇の力をかいま見せる結構は、峰隆一郎の本領といってよいのである。

峰隆一郎——昭和六年長崎県生まれ。日大理工学部から芸術学部へ転部し中退。週刊誌などのフリーライターとして、「ゼンソクとコンプレックスに怯え、今日の原稿を書き上げれば次の仕事はあるのだろうかと怯えながら生きてきた」が、昭和五十四年『流れ灌頂』で問題小説新人賞受賞以後は旺盛な執筆活動を展開し、「他の作家に比べ十年遅れだが、作家としての残り時間は充分ある」と闘志満々、時代小説から現代ミステリーまで幅広いジャンルで活躍するこの作家に、ともすれば〝文学〟に向けて上昇する大衆文学作家には期待しえない〝大衆小説〟の旗手であることを期待するのは的外れではないのである。

「小説と言うものは矢張り徳川時代のように大衆を相手にし、結構あり、結局物語であるべきが本来だと思う。そうして実はそれの方が、多くの場合、所謂高級物よりも技巧の鍛練を要し、何等の用意も経験もない者がオイソレと書くことは出来ないのである」と谷崎潤一郎もいっているではないか。

本書は一九九二年『修羅の爪』のタイトルで
廣済堂出版から出版された作品を文庫化したものです。

修羅《しゆら》の爪《つめ》

峰《みね》隆《りゆういちろう》一郎

学研M文庫

平成13年　2001年6月21日　初版発行

編集人――忍足惠一
発行人――太田雅男
発行所――株式会社学習研究社
東京都大田区上池台4-40-5　〒145-8502
印刷・製本－株式会社廣済堂

★ご購入・ご注文は、お近くの書店へお願いいたします。
★この本に関するお問い合わせは次のところへ。
●編集内容に関することは――編集部直通　03-5434-1456
●在庫・不良品(乱丁・落丁等)に関することは――
出版営業部　03-3726-8188
●それ以外のこの本に関することは――
学研お客様相談センター　学研M文庫係へ
文書は、〒146-8502　東京都大田区仲池上1-17-15
電話は、03-3726-8124
落丁・乱丁本はお取り替えいたします。
定価はカバーに明記してあります。

F-み-4-5　ISBN4-05-900046-9